ハヤカワ・ミステリ文庫

〈HM395-2〉

緋色の記憶

〔新版〕

トマス・H・クック

鴻巣友季子訳

早川書房

8937

THE CHATHAM SCHOOL AFFAIR
by
Thomas H. Cook

Translated by
Yukiko Konosu
Published 2023 in Japan by
HAYAKAWA PUBLISHING, INC.
This book is published in Japan by
arrangement directly with the AUTHOR
through TUTTLE-MORI AGENCY, INC., TOKYO.

かけがえのない人
ケイト・ミジアックに

わが身の悪が見えている者、いない者、神はよくご存じだ。

エドワード・ハーバート

（理神論の父と称されるイングランドの哲学者）

目次

第一部 9
第二部 91
第三部 171
第四部 245
第五部 339
訳者あとがき 473
解説 479
トマス・H・クック 著作リスト 491

緋色の記憶

〔新版〕

登場人物

ヘンリー・グリズウォルド…………チャタム校の生徒
アーサー……………………………チャタム校の校長。ヘンリーの父
ミルドレッド………………………ヘンリーの母
エリザベス・ロックブリッジ・
　チャニング………………………チャタム校の美術教師
レランド・リード…………………チャタム校の英文学教師
アビゲイル…………………………レランドの妻
メアリ………………………………レランドの娘
サラ・ドイル………………………グリズウォルド家のメイド
アルバート・パーソンズ……………州検事

第一部

第一章

わたしの父には気にいりの箴言《しんげん》があった。ジョン・ミルトンの『失楽園』からこんな行《くだり》を引き、チャタム校の生徒に聞かせるのを好んだものだ。始業日ともなれば、両の手をズボンのポケットに深々とつっこんで少年たちの前に立ち、いかめしい面持ちで対《むか》いながら、すこしの間をおく。そして「行いに気をつけよ」と、おもむろに始めるのだ。「なぜなら、罪はおのずと報いを受ける」それがいかに当たらぬ警句であったか、その裏腹をいかにわたしが痛感していたか、父はのちに思いみることもなかったろう。

ときとして、木立の茂みに風が吹きつけ、篠つく雨が家の屋根や窓をたたく、そんなニューイングランドらしい底冷えのする冬の日にはなおのこと、あの父の世界へ、あの少年時代へふっと引きもどされる気がするのだ。父が愛した村に、今もわたしは暮らす。こうして事務所の窓から外に目をやれば、チャタムの目ぬき通りが往時の情景そのままに浮かんでくる。ちっぽけな店が点々とし、まるみのあるフェンダーにヘッドライトをのせたいにしえの車が亡霊のように行きかう。わたしの脳裏には、亡き人々が生前の姿でよみがえる。籠いっぱいの貝をケスラーの市場へ卸しにいくアルバートソンのかみさん。自家製の雪上車に揺られるローレンス。雪上車はガタのきた中古《ちゆうぶる》トラックの車台を使い、その前にスキーの板を、後ろに第一次大戦の戦車のキャタピラをつけた代物《しろもの》だ。時の止まった世界で、あの男はすれちがいざま、手袋をはめた手を振ってくる。

こうして過ぎた日々への扉をふたたび開けて立つと、いつのまにかわたしは十五歳の自分にもどっている。髪はふさふさとして、いやらしい肝斑《しみ》のひとつも浮きださず、天国はまだはるか遠く、地獄のことなど心頭かすめやらぬころ。その生の核に、なにか善いものすら感じる。

すると、どこからともなく、またもやあの人の姿が浮かんでくるのだ。それも、昔日わたしが知っていた若い女性のなりではなく、幼い少女となって。きらめく碧《あお》い海を窓から見わたす幼女の横には、白い麻のスーツを着た彼女の父が立ち、世の父親がつねづね子らに語ってきたことを語り聞かせる――おまえの目の前には、暗い森ひとつない緑の草原に未来が広がっているのだ、と。それから一転してあらわれるのは、あの日、コテージにたたずんでいた彼女の姿だ。はかなく終わった信条を語る声が、遠く鳴る鐘の音のように聞こえてくる。〝あなたの好きなだけとればいいのよ、ヘンリー。たくさんあるんですもの〟

あの当時、チャタムの東側の口に建っていた会衆派教会は、背《せい》の高い尖塔が暗色をしているほかは、どこまでも真っ白な建物だった。教会の南側の角にはバス停があって、みすぼらしい白の柱が一本その位置をしるし、ボストンとの往来になぜか列車の旅を好まぬ人々が、ここでバスの乗り降りをする。

一九二六年八月のあの午後、わたしは教会の石段に坐り、そのころ凝っていた戦史ものを読んでいた。やがて、いくらか離れた停留所にバスがやってきた。わたしは少し距離をおいたまま、バスのドアが開くのを見つめ、晩夏の温気《うんき》に金属の蝶《ちょう》番《つがい》がきしむ音を聞いた。まず大柄の女が子どもを二人つれて降り、つづいてネイビーブルーの船長帽をかぶってパイプをくわえた年配の男が出てきた。ひところコッド岬でよく見かけた、〝老水夫〟のタイプである。そのあとは薄暗い車内から降りてくる客もなく、しばらくの間があいたものだから、これで発車するのだろうとわたしは思った。古ぼけた羽毛の襟巻きのような土煙を後ろにたててバスは左へ曲がり、オリンズ近郊の町へ向かうだろう。

ところが、バスは道路端から動かず、低くうなるような音でエンジンを空ぶかしさせている。なぜ出発しないのかわたしが首をひねっていると、やがて後部の座席から立ちあがる人影が目に映った。女のようであった。その黒いシルエットはゆっくり、なめらかな動きで前に進みでた。ドアのそばでいったん立ち止まり、わずかに片腕が持ちあがったが、その手はタラップの下へとみちびく鉄の手すりをつかみかけて、宙に浮いた格好になった。当時のわたしには、あの人がふいに後足《しりあし》をふんだ理由など、いかんせん想像できたものではなかった。しかし爾来《じらい》、長い歳月を経た今では、こう思うようになった。あの人はまさにあの瞬間、実感したにちがいない。長いこと父親と旅をしながら暮らしてきた世界と、チャタムの村がいかに遠く隔たっているかを。父とともに見てきたもの——はなやぐ夏のフィレンツェ、ヴェネツィアの運河、モンマルトルの丘に建つサクレクール寺院の石段から一望するパリの街。このチャタムのどこに、そんなものと張りあえるものがあるというのか？

あの人はとうとう、なにかに押されるように前へ出た。やむにやまれなかったのだろう。先ごろ父親に死なれた身では、ほかにどうしようもなかったにちがいない。それとも、いずれは村の暮らしにもとけこめると思ったのか。もはや知るよしはない。わけはどうあれ、ひとつ大きく息を吸うと、あの人は鉄の手すりをつかみ、タラップを踏みしめて、午下《ひるさ》がりの静寂《しじま》が包む海沿いの小村へ降りてきた。偉大な芸術家ひとり住むこともなく、毎年やってくる突然の嵐や、周期的な大地震でも振りかかるほかは、大事にあずかることもなかった土地である。

あの午後、バスから踏みだしたあの人を出迎えたのは、わたしの父だった。チャタム校の校長の地位にあった父は、中背の人であったが、その身ごなしには悠然とした威風が漂い、じつの身の丈より高く見えたものだ。今もわたしの手元には当時の写真があるが、一九二六年度の〈チャタム・スクール年鑑〉に載った写真の父は、重厚な樫材のデスクの向こうに坐って、磨きこまれた机の上に両手をおき、まっすぐカメラを見すえている。あのころ顕要《けんよう》の職にある男というと、きまってこんなポーズをとったのである。こうかまえられると、およそいかめしく、いささか難物に見えるが、じつはそんなところは微塵もない人だった。当時の父を思うとき、浮かんでくるのは闊達《かったつ》で人当たりのよい朗らかな男だ。めったに怒らず、すみやかに許しをあたえ、どんなときも心のこもった目をしていた。

「大事なのは心だ、ヘンリー」そうわたしに言いおいて、遠からず他界した。これは父がしじゅう口にする持論だったが、本人の生き方はそれとかけ離れていた。わたしの知るかぎり、父ほど情にとらわれなかった人もいまい。このわたしも老耄《ろうもう》の身となった今では、若いころ、そんな父をどうしてあれほど疎んじられたのかわからない。

だが、たしかに疎んじていたのだ。心のうちでは、陰険にも。そんな軽侮の念はおくびにも出さなかったのだから、うわべはいたって温和《おとな》しい息子だったにちがいない。いくぶん鬱《ふさ》ぎがちではあるものの、どこにでもいるような少年であり、人なみに思春期の波風こそあれ、それ以上に深刻なものではない。きっとそんなふうに見えたろう。父を思いだすたび、このひとがキケロやトゥキュディデスに広く通じながら、おなじ家の二階に住んでいた息子の心をなにひとつわかっていなかったことに、いつもながら驚く。

あの日の朝早く、わたしが玄関ポーチのブランコでだらけていると、父が見とがめるような顔で話しかけてきた。「なんだ、することがないのか、ヘンリー？」

わたしは肩をすくめた。

「なら、いっしょに来なさい」父はそういうと、はずむような足どりで玄関の石段をおり、車に歩みよった。ヘッドライトが短い角のようにつきだした、図体の大きな旧型のフォードがうちの自家用車だった。

わたしは立ちあがると、父のあとから階段をおりて車に乗りこんだ。黙りこくった息子をよそに、父は車道《くるまみち》からフォードを出し、わたしはせめて許される反抗のしるしに、うっすら不機嫌な表情を浮かべていた。

道路に出た父はゆったりした速度で村を行き、歩行者や馬のそばを通るときは用心していちだんとスピードをおとした。ウォーレンの小間物屋からケイヴノーのおかみさんが出てくれば会釈をし、灯台前のグラウンドでディヴィ・ブライアントがハッティ・ショウを追いまわしているのを見れば、クラクションを軽く鳴らして、度がすぎると注意する。

そのころのチャタムといえば、店が軒をつらねる目ぬき通りが一本あるていどだった。メイフラワーの雑貨屋、トンプソンの紳士用品店、それからベンチリーの営む薬屋があったが、そのじつここは奥部屋に行くと、村の男たちに密造酒を一杯飲ませてくれた。ただし酩酊《めいてい》しないていどにだ。目ぬき通り《メイン・ストリート》という名の目ぬき通りのつきあたりには、ジェサップ夫人の下宿と〝ダンス・演劇・ピアノ〟を教えるというミス・ヒラードの小さな教室があった。とはいえ、生徒が教室の門を叩いた例《ためし》はなかったから、ミス・ヒラードはケーキとパイを売ったり、湾に臨む陽当たりのよい大別荘に金持ちの避暑族が滞在する時期には、邸で家政婦をしたりして、おもに生計をたてていた。高台から眺めるチャタムはきっと美しい田園の村であったろうが、わたしにしてみれば、まさに監獄だった。ここの建物は高くそびえる牆壁《しょうへき》であり、周囲にちらばる囲い地や菜園は有刺鉄線のフェンスも同然だった。

父はむろん、そんなふうに感じたことはないだろう。あの父ほど、小さな村の暮らしになじんでいた人もいまい。ときおり、これといった用もなく家を出ると、街のあたりまで足をのばし、道々行きあった人たちと世間話をかわす。たいていは天気のことや庭いじりの話だが、よどみない会話をつづけるためならどんな話題でもよく、そういうなんでもないやりとりが人生の潤滑油になると思っているようだった。いわば、ローマ人《びと》が〝神霊《ニューメン》〟と呼んだ、人と人とをつなぎ支える、あの聖なる力だろう。

あの八月の午後、父はやけに上機嫌で村をぬけると、白い会衆派教会の正面へとつづく道をひたすら走りつづけた。これはなにかあるな、そうわたしはぴんときた。父がいつになく機嫌のいい顔をしていたら、それは善行の最中ときまっている。

「いつか話した先生のことは憶えているか？」ウォーレンの小間物屋を過ぎるころ、父はそう訊いてきた。「あのアフリカから来る人だ」

わたしは気だるくうなずき、いつぞや夕食の席でそんな人物のことをちらりと耳にしたのをおぼろげに思いだした。

「あの女性が今日の午後、到着する。ボストンからのバスだ。いいか、きちんと出迎えのあいさつをするんだぞ」

まもなく車はバス停に着いた。父は例の白い柱の横におちついたが、わたしは教会の石段へなんとなく歩いていって、いちばん下の段に腰をおろし、ズボンのポケットから読みさしの本を引っぱりだした。

半時間ほどして、わたしがまだ本に読みふけり、スパルタ軍が敗退したテルモピュライの風塵に埋もれているころ、ようやくバスが到着した。新任の教師を出迎えに飛んでいったほうが父の気に召すとは知りながら、わたしは重い腰をあげずにいた。そんなことをするつもりは毛ほどもなかった。

　そんなわけで、あの午後、バスから降りたったミス・チャニングを初めて目にした父がどんな反応を見せたのか、わたしにはわからない。父の顔は見えなかった。しかし、そのときの彼女がどれほど美しかったか、深緋《こきひ》色の襟に真っ白な頸《くび》がどんなに映えていたか、それだけはよく憶えている。ミス・チャニングは薄暗いバスから踏みだしたとたん、夏のまぶしい日射しを顔に受け、あのまなざしを父に向けただろう。じきにわたしも目にすることになる、謎めいた深みをもつまなざしだ。その瞬間、静けさのなかで、父は息を呑んだにちがいあるまい。わたしがつねづね思い描いてきたのはそんな場面である。

第二章

あの初対面の場——若さと希望にあふれてチャタムの村に着いたミス・チャニングの姿を思いおこすたび、わたしは思わず手を差しあげ、あらゆる書物や人々の経験が不可能と説いてきたことをしそうになる。「時よ、どうか止まってくれ」そんな言葉を口にしそうになるのだ。

旧風の色濃いニューイングランドの村に降りたった若い女性の姿を、そのまま永遠に封じこめたいと願うのでは、もちろんない。老いの境地まで生きたものであれば、かならず人生からある明快な真実を学ぶ。せめてそれをあの人に忠告するまで、時が歩みを止めてくれたらと思うのである。すなわち〝人の情は幾久しくつづかず、ならばその思い、長らえさせることこそ、人のつとめなり〟という真実を。いや、もうひとつつくわえるべきか。われわれの人生に張られた渡り綱がどれほど細く、よじれによじれているか、ほんのわずかに踏みはずしただけで、とりかえしのつかない転落が待ちうけていることか。それを忘れるな、と。

だが、わたしはここでまた思う。〝いや、物事はなるようにしかならないのだ〟そう考えたとたん、ふたたび時は前へ歩みだし、父の手をとるミス・チャニングの姿が浮かんでくる。彼女は短い握手をかわして手を離すと、わたしの姿が目の端にとまったのだろう、心もち顔を左へ向けてきた。ようやくわたしは教会の石段から腰をあげ、手入れの行きとどいた芝生を踏んで、そちらへ足を運んだ。

「せがれのヘンリーです」わたしがかたわらに立つと、父はいった。

「どうぞよろしく」わたしは手を差しのべた。

ミス・チャニングはわたしの手をとり、「初めまして、ヘンリー」とあいさつをした。

初対面のときのミス・チャニングを、わたしは今もはっきりと思いだす。帽子の下で楚々《そそ》とまとめられた髪、汚れのない白い肌。その面立ちの美しさは、ある意味で貴婦人の肖像画の美にも似ており、あでやかというより、ごく繊細な作品のようだった。しかし、なにより忘れがたいのは、卵形に近い水色の眸《ひとみ》に、なにか強くはりつめた表情が浮かんでいることだった。

「せがれも今年は二年生だ」父はいいそえた。「あなたに教わることになるでしょう」

これにミス・チャニングが答えるまもなく、運転士がバスの後ろへ、革の旅行鞄をふたつ提《さ》げてあたふたとやってきた。運転士は鞄を下におくと、また忙《せわ》しそうにバスに乗りこんでいく。

父はミス・チャニングの荷物のほうへ顎をしゃくり、わたしに運べと合図した。いわれるまま鞄を手にとったものの、父はまたミス・チャニングにもっぱら気をとられて、こちらは手持ちぶさたにしているしかない。

「今晩はうちで早めの夕食をおあがりなさい」父はつづけていい、「食事のあと、新居までお送りしよう」と、やや身を引くようにして踵《くびす》を返すと、車へ歩みだした。その横にミス・チャニングがならぶ。わたしは両手にずしりと重い革の旅行鞄を抱え、遅れてふたりについていった。

うちの一家は当時、マートル通りのチャタム校から遠くないあたりに、小さなポーチつきの白い家をかまえていた。村のおおかたがそんな家に住んでいたのだ。父は目ぬき通りを抜けてわが家へ向かう道すがら、店をあれこれ指さして、買い物の要領をミス・チャニングに教えていった。彼女は父がなにをいってもまじめな顔で聞きいり、あちらの店こちらの建物に引きよせられる目には、画廊や美術館をめぐる人のような嘆美のまなざしがありありと浮かんでいた。メイフラワー雑貨店の軒先に張りだすストライプの天幕、町政庁舎の広場に建つ六角の音楽堂、たばこを喫いながらローンボウリング場の前をつれだってすずろ歩く若者たち――そんなつまらぬものにまで目を凝らしている。もっとも、父のほうはそうした若者のだらしない性癖や心得のわるさに、暗たんたる新世代の到来を見る思いだと嘆いていたのだが。

海沿いの道は目ぬき通りからじょじょに昇り、右手にカーブしながら、海に切りたつ断崖へとつづく。崖のてっぺんには古い灯台があり、白いのろを塗った大きな碇《いかり》がふたつ、その足元を飾っている。

「むかしはチャタムにも灯台が三つあったのだが」そう父はいった。「ひとつはイースタムへ移り、ひとつは二十三年の嵐でだめになった」

ひとつだけ残った灯台が車窓を過ぎると、ミス・チャニングはそれをじっと見つめた。「ひとつきりのほうがむしろ際だちます」そんなことをいうと、ふりかえって後部座席のわたしに目を向けてきた。「そう思わないこと、ヘンリー?」

わたしはミス・チャニングがわざわざ自分に訊いてきたのに驚いて、返答につまったが、父は彼女の洞察にいたく感心したようだった。

「なるほど、それもそうだ」父はいった。「二番手が出てくると、ひとつめは色あせる」

ミス・チャニングはおだやかな笑みを浮かべて、しばらくわたしを見ていたが、じき前に向きなおった。

わが家はマートル通りのいちばん奥にあったから、車はとちゅうでチャタム校の前を通ることになる。コンクリの階段がのび、正面口には両開きのドアのある、煉瓦造りの大きな校舎だった。一階に教室があつまり、二階には学生寮、食堂、娯楽室があった。「ここが、あなたの教える学校だ」父は学校の前で車のスピードをゆるめて、ミス・チャニングに話しかけた。「あなたの使う部屋も特別につくらせた。あの中庭に」ミス・チャニングは校舎を見やった。車の窓ガラスに映ったあの人は、水晶玉をのぞいてみずからの未来を探るかのような、たいへん静かな目をしていた。

まもなく、車はわが家の玄関先に到着した。父が助手席のドアを開けて、ミス・チャニングを玄関の石段からポーチへと案内すると、そこには紹介を待つ母がいた。「チャタムへようこそ」母はいって手を差しだした。

母はわずかながら父より年下であったが、身のこなしもひどく緩慢で、くたびれた感があった。その丸顔は器量がよいとはいえず、目は小さくて神経質そうだった。結婚前はチャタムの人々に〝音楽の先生〟とだけ呼ばれ、おおかたもらい手もないだろうと思われていたのだ。そこへ、うちの父がやってきた。三十一歳にしてまだ独り身であり、彼の新設校の後援者になりそうな人々や、雇いいれた教師たちをもてなす家庭を早くもちたいと切に願っていた。母はそんな男が妻に望む条件をみたしていたらしく、わずか六週間の交際で、父は結婚の申しいれをした。母は一も二もなく承諾したが、突然のプロポーズに面食らって、初めは冗談だと軽く受けとったそうだ。少なくとも、裁縫の会の女友だちには、そう得意げに話していた。

しかし、結婚してから二十年近くを経たあの日、あの午後の母はなにかを軽くこなせるようにはもはや見えなかった。すでに腰まわりには肉がついて中年の肥満体型になっており、つれだつ母の歩みの鈍重なことに痺《しび》れをきらして、わたしだけさっさと目的の場所へ行ってしまうこともしじゅうだった。そんな母はやがてポーチの階段をあがっただけで息をきらし、呼吸を整えるのにひと休みするようになる。木製の支柱を片手でつかみ、もう片方の手で胸をあおぎながら、頭をのけぞらせて苦しそうに長い息をついたものだ。白髪のよわいを迎えて視力も衰えてくると、本を読むことも、ラジオを聴くことすらままならなくなり、居間でぽつんとしているか、ベッドでまるくなってばかりいた。それでも最後の最後まで、母の胸のうちには烈しい炎《ほむら》の余焔があった。あの〝チャタム校事件〟が焚きつけた怒りの火は、以後いつまでもくすぶりつづけたのである。

母が亡くなったのは、あの一件が恐ろしい顚末を見てひさしく経ってからであり、そのころには、わたしたちの暮らしも大きく様変わりしていた。もはやマートル通りの大きな家は思い出となり、父はつましい年金で生活していた。チャタム校はとうのむかしに閉じられて、扉には鍵がかけられ、窓は板張りをされて、運動場は雑草の生い茂るままになり、かつての名聞《みょうもん》は暗く悲しい昔語りになりはてていた。

その午後、母が支度しておいてくれたのは、ハマグリとジャガ芋を具にバターをたっぷり使ったこくのあるチャウダー――コッド岬の家庭でよく出される料理だった。わたしたちがダイニング・テーブルを囲んで早い夕食の席につくと、まだ十代の使用人サラ・ドイルが匂いたつチャウダーを大きなスープ皿に注いでまわった。サラは二年ほど前にうちの父につれられて、ボストンから出てきたばかりだった。

例によって父はこの食事の席で、チャタム校の哲学とは、その哲学を掲げるにいたった理由はと、わたしも母も耳に胼胝《たこ》ができるほど聞かされている講釈を開陳したが、ミス・チャニングは興味をそそられたらしく、ときどき質問を差しはさんだ。

「学校はなぜ男子ばかりですの？」あるとき、彼女はそう訊いた。

「女生徒が入ると、学内の雰囲気が変わってしまう」父は答えた。

「とおっしゃいますと？」

「女子の存在を意識するようになる」父はつづけた。「いい格好をしようと、愚にもつかないことをやりだすのだ」

ミス・チャニングはいっとき考えこんだ。「けれど、それは女子と男子、どちらのせいでしょうか、グリズウォルド先生？」

「どっちもどっちだろうね、ミス・チャニング」父はそう答えたが、彼女の問いかけに不逞なものを感じて驚いたにちがいない。「つまり……そう、校内が浮わついた雰囲気になる」

父はこれで話にけりをつけたつもりだったのだろう。その思いなしはわたしもおなじだったから、ふいにミス・チャニングがまた口を開いて、挑戦にひとしいことをいいだすと、いよいよ開戦の狼煙《のろし》でもあがった気がした。

「では、女子がいない学校はどんな雰囲気なのです？」彼女はそうたずねた。

「勤勉であり、まじめであり」と父は答えた。「かつ規律正しい」

「それが、チャタム校に望まれる雰囲気なのですね？」

「そのとおり」父はきっぱりと答えた。「わたしはそう望んでいます」

ミス・チャニングはもうこの話題にはふれなかったが、真向かいに坐っていたわたしには、いい残したことがまだまだあるのがよくわかった。さまざまな思いがしきりと頭をもたげ、小さな弾のように飛びかかっていたにちがいない。

夕食がすむと、父はお茶にしようといって、ミス・チャニングと母をとっつきの小さな居間にエスコートした。わたしはひとり食卓についたまま、サラが料理の皿をひくのを眺めていた。父はダイニングと居間を仕切るフランス扉を閉めていったが、静かに父の話を聞くミス・チャニングの姿はかいま見えた。

「それで、きみはあの新しい先生をどう思うの？」サラがわたしの肩ごしに身を乗りだしてテーブルからスープ皿をとりあげたのを機に、わたしは訊いてみた。

サラが答えないので、わたしはちらりとその顔を見あげた。彼女はこちらのことなど見ておらず、居間に目をやっているのだった。窓辺の椅子には、ジョーン・クロフォードばりの帽子を目深《まぶか》にかぶったミス・チャニングが、両手を膝の上でしかつめらしく組んで腰かけていた。

「なんて品のいいかた」うやうやしいばかりの口ぶりでサラはいった。「ご本に出てくるような人だわ」

わたしはミス・チャニングに視線をもどした。彼女は父の話を聞きながら紅茶をひと口飲んだが、鋭くものを見きわめる蒼《あお》い眸《ひとみ》が、帽子の縁からのぞいていた。まるで心に入りこんできた素材を、これは良し、これはだめと、休みなくよりわけているようにも見え、この人の裁定にはふしぎと動かしがたいもの——上訴を受けつけない法廷のような厳しさが感じられるのだった。それは、のちの経緯も裏づけることになる。

それから一時間後、わたしが自分の部屋に引きあげて、〈グレイティーズ・イラストレイテッド・マガジン・フォー・ボーイズ〉の最新号を夢中で読んでいると、階下の父からお呼びがかかった。

「チャニング先生をお送りする時間だ」父はそういった。

父のあとについて玄関を出て石段をおりると、すでにミス・チャニングは車に乗りこんで待っていた。

「まあ、車ならすぐだ」父はそう彼女にいいながら、窮屈そうに運転席におさまった。

「このぶんなら、ひと雨くる前に送りとどけられる」

ところが、そうはいかなかった。コテージへの道のりなかばで、低くたれこめていた暗雲がだしぬけに、堰《せき》をきって自白でもするかのように、その重荷をザアッと地上に吐きだしてきたのだ。

市街地をぬけ、すぐ右に折れて海沿いの道に出ると、車は海に臨んでそびえる大きな別荘をつぎつぎと過ぎ、そまつな小屋や漁師の家があつまる沼沢地へ向かった。手入れのわるい庭には、ロブスターを獲る罠かごが積まれ、灰色の漁網がもつれあって散乱している。

どしゃ降りの雨に車のスピードはあがらず、旧型フォードは四方から突風に吹き殴られて今にもエンストしそうだった。ワイパーは規則正しく音をたてるばかりで、いくら窓をなでてもまるで効果がない。

父は当然のことながらまっすぐ前を見ていたが、わたしはミス・チャニングがコッド岬の景色に目を向けているのに気づいた。岬には低くなだらかな丘がつらなって、山腹には雑木や樫が入りまじってまばらに繁り、海辺の砂丘にはえる草木の間に風が吹きあれている。

「美しい岬だと思わないかね、チャニング先生?」父が愛想よく話しかけた。

その答えに、父はさぞびっくりしたことだろう。

「苦しげですわ」ミス・チャニングは助手席の窓から外を眺めながら、ふいに声をおとしていったのだ。心の暗がりから出てくるような声だった。

父はあの人の横顔を盗み見た。「苦しげ?　それはまた、どういうことだか」

「フロリダ・キーズの島々を思いだすのです」まだ岬の景色に見いりながら、ミス・チャニングは答えた。「スペイン人が群島につけた名前を」

「名前というと?」

「ロス・マルティレス」ミス・チャニングは答えた。「まるで波風にいたぶられているようだと」

「無学でもうしわけないが」父はいった。「その〝ロス・マルティレス〟とはどういう意味だね？」

ミス・チャニングは窓の外を見つめたまま答えた。「殉死者」心もち細めたその目には、もはや窓の向こうの砂丘や草木ではなく、拷問に苦しむ大むかしの聖人の血にまみれた軀《からだ》が映っていたのだろうか。

父は道路に目をもどした。「いや、わたしはこの岬をそんなふうに見たことも考えたこともない」そういってから、意外なことにルームミラーをのぞきこみ、わたしと目を合わせてきた。「おまえは岬をそんな目で見たことがあるか、ヘンリー？」

そういわれて右の窓から外を見ていると、岬の風景はもはや無表情なものではなく、風と怒濤に鞭打たれて乱心しているように見えてきた。「いえ。今の今までは」わたしはそう答えた。

目ぬき通りを離れて一キロ半ほど走ったところで、車はわき道に入っていった。鬱蒼とした森に囲まれた道で、かつては牡蠣《かき》の貝層が地表をおおっていたのだが、幾世代にもわたって、馬のひづめと人々の足と馬車の車輪に踏みしだかれたすえに、貝殻は細かい粉のようになっていた。

道は森の樹が大きくかぶさり、わたしたちの車が揺れながら入っていくと、まわりにせまる木末《こぬれ》が折れたり、車の側《わき》をこすったりする音がした。

「このへんに来ると、さすがに寂しくなるな」父がいった。それきりなにもいわないので、わたしたちも黙っていると、まもなく道は二股《ふたまた》にわかれ、車は右の路に入った。三、四百メートルも走ったろうか、急に道幅が広くなったかと思うと、いきなりつきあたり、その奥に白い小さなコテージがあらわれた。

「さあ、着いた」父がいった。「ミルフォード・コテージだ」

マートル通りのわが家にくらべれば小さなものだった。森に囲まれて小さいことが目立つのだろう。ミルフォード・コテージは猛々しい濃緑《こみどり》と、家の裏手に寄せる暗い池の水におびえて、縮こまっているかに見えた。水の面は暗く動かず、その底知れない濁った淵は、まるで心臓にあいた大きな穴のようだった。

「ああ、あれは〝黒池〟といってね」と父がいった。

ミス・チャニングがわずかに身を乗りだし、降りしきる雨の向こうに建つコテージを一心に見つめた。絵の構図を考え、光のかげんを計り、イーゼルの置き場所を決める画家のような目をしていた。なにかに惹《ひ》かれた一途なこの表情を、以後わたしはくりかえし見ることになる。その顔はふしぎな力をもって、あらゆるものを引きつけるかに思えた。「田舎住まいだが」父は言葉をついだ。「住み心地はいい。少なくともくつろいではもらえるでしょう」

「まちがいありません」ミス・チャニングはいった。「前はどなたが住んでらしたんですの？」

「いや、じつは住まれずじまいだった」父は答えた。「ミルフォードが花嫁のために建てたハネムーン用の別荘なのだが」

「なのに、ふたりがここで暮らすことはなかった？」

父は答えをしぶっているようだったが、責任感から答えた。「ここに来るとちゅう、ふたりそろって亡くなったのだよ。ボストンからの帰路、自動車事故にあってね」

ふとミス・チャニングの顔が妙に輝きだした。ふたりのもうひとつの物語を思い描いたのかもしれない。とうとうあらわれなかった若い夫婦が到着し、かなわなかった共寝《ともね》の夜を愉《たの》しみ、夢に終わった朝を迎える。

「もちろん、ぜいたくな住まいとはいえない」父は気づまりな話題をさけようと、いつもながらのきっぱりした口調ですぐにいいそえた。「だが、暮らすにはじゅうぶんだ」父は一瞬、ミス・チャニングの顔を注視していたが、やましいことでもしたように唐突に目をそむけた。まるで禁書でも読んでいるのを見とがめられた男の態《てい》である。「さあ、ともかくなかへ」

父はそういうと車のドアを開けて、雨のなかへ降りたち、「早く、こっちだ、ヘンリー」といって、ミス・チャニングの旅行鞄を持ってついてくるよう、わたしに合図した。

わたしが追いつくころには、もう父は玄関のドアを前に鍵と格闘し、濡れた髪から雨のしずくを滴《したた》らせていた。そのすぐ後ろで、ミス・チャニングがドアの開くのを待っている。だが、鍵を差しこんで左右にひねっても、ちっともまわろうとしないので、父はいささか威信が傷ついたとでもいうのか、少々決まりわるげな顔になった。「まったく、海風で錆《さび》だらけだ」と、つぶやく声が聞こえる。もう一度強くひねってみる。ようやく鍵がまわり、ドアがいきおいよく開いた。

「このあたりまでは電気が来ていないのでね」父はそう弁明しながら、真っ暗な部屋に足を踏みいれた。「けど、冬のために暖炉もそなえてあるし、オイル・ランプもじゅうぶん用意したから、明かりには事欠かない」といって窓辺に歩みよると、カーテンを引き開け、暮れなずむ外の景色をのぞき見た。「先だって手紙でご説明したとおりだが」父はカーテンから手を離すと、ミス・チャニングのほうに向きなおった。「あなたはこういう、その……いくらか素朴な生活にも慣れておられるのでは」

「ええ、ご心配なく」ミス・チャニングは答えた。

「では、われわれが失礼する前に、ひととおり点検なさい。手抜かりはないはずだが」

父はランプのひとつに火をつけにいった。黄色い光が部屋じゅうにあふれ、磨きたての壁、つけかえたばかりのレースのカーテン、念入りに掃いた質素な木の床、灰ひとつなく掃除した石造りの暖炉が照らしだされた。

「キッチンに必要なものはひとまずそろえてある」父はいった。「ラード、小麦粉、砂糖はたっぷり買いこんだし、必需品の類は心配ない」そういって、今度は寝室のほうに顎をしゃくった。「それから、リネン類はそっちの衣装だんすのなかです」

ミス・チャニングは寝室を見やると、鉄枠のベッドに目をとめた。幅の狭いマットレスにはきちんとシーツが掛けられ、足元にはキルトの上掛けがたたまれ、頭のほうには枕がひとつおかれていた。

「なにごとも慣れだと思うが、チャニング先生」父はいった。「じきにこの家の暮らしにも幸せを感ずるようになる」

父のいう幸せがなにを意味するのか、わたしにはよくわかっていた。それは父にとって満ち足りることであり、なにごとも予測の範囲を出ない、枠にはまった生活を指すのだった。いうなれば窮屈で味気なく、あの深く烈しい憧憬を前にしてはいかにも力ない暮らしの提案だった。

今のわたしにはわかるが、じつは父もそんな切々とした想いに誘われることが、ときとしてあったにちがいない。

一方、ミス・チャニングの考える幸せがどんなものであるか、それはなんともいいがたかった。ただ、あの人は不可解なエネルギーに包まれ、肌に感じるような波動と熱気を発していた。今後どんな幸せを見つけようと、きっとこのエネルギーに相応のものになるだろう。わたしにわかるのはそれだけだった。

「チャタムも気にいってもらえるといいが」父はややおいてつけたした。「小さいながらもきれいな村だ」

「ええ、好きになれそうです」ミス・チャニングは答えたが、そういう胸のうちでは、旅してまわったローマやウィーンの都、そぞろ歩いた街路や大きな広場と、この村を引きくらべていたかもしれない。彼女が幼いころから見知ったそんな広い世界は、わたしにとって夢に見るしかないものだった。

「さて、そろそろお暇《いとま》しよう」と父はいい、わたしの提げる旅行鞄を見てうなずいた。

「ああ、そこにおいてよろしい、ヘンリー」

わたしは、いわれたとおり鞄をおろし、玄関口に立つ父のあとにしたがった。

「ゆっくりお寝《やす》み、チャニング先生」父はドアを開けながらいった。

「お寝みなさい、グリズウォルド先生」ミス・チャニングもいった。「なにからなにまでお世話になりました」

じきにわたしたちはふたたび車に乗りこみ、プリマス通りへ車をバックで出した。走りだした車のフロントガラスに雨が細い条《すじ》をつけ、その雨の向こうに、コテージの玄関にたたずむミス・チャニングの姿が見えた。別れに手を振るその顔はなんとも安らかで輝いていたから、わたしはあの人を思いだそうというとき、この最初の晩をえらぶようにしてきた。最後に会ったときではなく、最後に見たあの人は、短く切られた髪の毛がもつれ、肌はつやを失い、まわりに立ちこめる空気はじっとり湿って、死の臭いを放っていた。

第三章

うちの事務所は、父の肖像画の掛かる長い板張りの壁と向かいあってわたしのデスク、絵の下にはもう使っていない大理石の暖炉、その両わきを法律書のならぶ本棚がはさむ格好になっている。肖像画の父は黒の三つ揃いを着こんで、チョッキのボタンをきちんと上までとめ、当時のポートレイトによくある正装だ。なのに、この絵の構図にはどこかおかしなところがある。父はモデルにふさわしい出で立ちをしているものの、デスクの向こうに坐ってポーズをとるでもなく、壁一面の書を前に立つでもない。金色のサッシュでまとめた深い緋色のカーテンがさがる大きな窓に向かって佇んでいるのだ。窓の外は夏めいた色合いだが、ガラスの向こうに見えるその景色は、チャタムにもコッド岬にもまるで似ていない。

父が遠く眺めているのは、見知らぬ涯《は》てなき草原である。広い大地は熱帯の牧草におおわれ、真紅の花をつける常緑樹を点々とさせて、四方《よも》に広がり、やがてかなたに見える蒼い湖のみぎわに消える。父の視線はエキゾチックな草原の遠く——湖のはるか対岸——におかれ、その描き方の効果で、もの憂く焦がれる顔に見えた。

善人とは悲しいかな、おおいなるロマンスを誘う力に欠けるのがさだめだ。女を惹きつける男の魅力。そんなものが父にあろうとは、少しも思えなかった。だが、それでも父は恋する男だった。今ではそう思う。ただ、相手は女ではなく学校という場だったのだ。チャタム校に深い情熱をささげ、創設者として校長として、また生徒たちの導師として、教師らのよき助言者として務めたあのころ、父はその後のいつにもまして人生の充足を深く感じていたはずである。

わたしはこの肖像を幾度となく見てきた。父という人を知ろうとつぶさに眺め、その内にある謎めいたものに目を凝らしてきた。ところが、そうして絵を見ていると、きまって漠とした苛立ちと胸騒ぎにおそわれて、わたしの目はカンバスを離れ、小さなくずし字で書かれた作者の署名、〝エリザベス・ロックブリッジ・チャニング〟の名にすいよせられる。

この肖像画が描かれて時ならず、チャタム校はその門を閉じた。往時の校長室では、父が窓辺に立って外を眺めるポーズをとり、ミス・チャニングは少し離れたところにイーゼルを立て、グレイのスモックをしみだらけにし、肩にかかる豊かな髪をふり乱して、かかりっきりで描いたものだ。その四月のミス・チャニングには、前年の八月、ここへ降りたったころの面影はすでになかった。若さの輝きが消えて面やつれが目立ち、あの最後の日々に教室でひとりぽつんとしている姿、海沿いの道を孤独に歩いていく姿を見ても、あの若い女性とおなじ人とは思われなかった。これがほんの何か月か前、ミルフォード・コテージの玄関口に立ち、プリマス通りへと車をバックさせる父とわたしに手を振って見送ってくれたあの人とは。

あの晩、父とわたしがコテージを去ったあと、ひとり残ったミス・チャニングがどんなふうに過ごしたのか、それはわからない。わたしが思い描くのはこんな場面だ。あの人はふたつの旅行鞄を開けて荷ほどきをし、新調の帽子は衣装だんすの上部の狭い棚にのせ、たんすの端から端までわたされた横木に服をかけ、肌着類はたんすの下の抽斗《ひきだし》にしまう。

翌日ふたたびコテージを訪れてみると、ミス・チャニングはさっそく釘のありかを見つけて、父親の肖像写真を壁に掛けていた。だいぶ前にイタリアのウフィツィ美術館の中庭で撮ったものだという。その男は降りそそぐフィレンツェの陽のもと、白いズボンを粋にはきこなし、ネイビーブルーの上着に藁《わら》の山高帽をかぶり、磨きこまれた木杖の銀の握りに手をおいている。

オイル・ランプの配置はいいかげんなものだったから、きっと新居のあちこちに暗い影ができてしまったのだろう。つぎの日の置き方を見るに、ミス・チャニングは到着したその晩、コテージじゅうのランプの置き換えまでしたようだ。あれこれいじってみたらしく、暗がりの多い部屋にはまんべんなく光が行きとどき、すみずみまで明かりが照らすようになっていた。

だが、なによりたしかなのは、ようやく雨のあがった真夜中近くに、ミス・チャニングが池の水辺まで散歩に出たことである。ほかのことはおいそれと断言できまいが、これだけはわかっている。あの人は黒い池を見わたし、静かなはずの水面《みなも》に幽《かす》かな動きがあるのに気づく。厚い雲に切れ間ができたのは、そのときだった。月明かりが池の面におち、光の輪の向こう側を白いロウボートの舳先《へさき》がさっとすべり、夜のとばりに消えていくのが目に映る。ボートには人影があった。のちの彼女の表現によれば、黒いポンチョを頭からかぶっているようで、肌はほんのわずかに四角くのぞくだけだった。大きくたくましい手が片側だけのオールを握り、水を掻いていた。

それだけはまちがいない。その一年後のうだるような夏の日、ミス・チャニング本人がそう話したからだ。あつまった人々は彼女の姿をよく見ようと、やっきになって首をのばし頭をもたげ、そうしながら陰気になにかつぶやき、人の死や自殺や殺しのことを話していた。そして、死に魅入《みい》られた目で、ミス・チャニングが法廷を歩いていって証人席に坐る姿を追ったのである。

後年、わたしはチャタムに帰郷して法律事務所を開いたが、オフィスの窓からふと外を見れば、一九二七年八月のあの午後、ミス・チャニングに反対尋問を行った男の名がいつでも目に飛びこんできた。パーソンズは当時、わたしのこの事務所から道路をへだてた向かいに看板をあげていたのだ。今もそこでは彼の息子アルバート・パーソンズ・ジュニアが開業しているが、父の名を全州に知らしめた刑事犯罪の起訴は手がけず、個人的な名誉毀損や契約問題の訴訟を専門にあつかっている。

今でこそ、小さな矩形《くけい》の嵌《は》めガラスの上にはパーソンズ・ジュニアの看板が掛かっているが、かつてはそのおなじ場所に父親の看板が出ていた。うちの父がミス・チャニングをバス停で出迎えたあの日も、わたしはその看板をしっかり目にしたはずである。おんぼろフォードはあの事務所の前を通って、マートル通りのわが家へ向かい、父がハンドルを握る隣にはミス・チャニングが坐り、わたしは彼女の荷物といっしょに後部座席に押しこまれていた。まだ物知らずな子どもだったわたしは人生の鉄則がわからず、それを目の前につきだされても、その支配力を否定しただろう。あれ以来、パーソンズの看板を一瞥《いちべつ》するたび、過去から響いてくる彼の声をくりかえし聞くことになるが、当時はむろんそんなことは知る由もない。――〝張本人はあなただ、ミス・チャニング。この死の責任はあなたひとりにある〟

あのころ、アルバート・パーソンズは州検の地区検事局をとりしきっていた。銀縁のめがねをかけた、短軀だが恰幅《かっぷく》のよい男で、ブライアーパイプをふかしながら板張りの歩道を事務所へと向かい、道行く人にグレイのホンブルグ帽をひょいとあげたりしているのをよく見かけたものだ。往年のパーソンズは余裕しゃくしゃくとして、よほどおのれの能力に自信があったのだろう、いわばルールの明確な世界で一生を終えるものと思っている男だった。きっとチャタムをそんな楽園と考えていたのだろう。だが、その村は天国の縁でようやくバランスをとっているにすぎなかった。

今も、パーソンズの老いた姿が浮かんでくる。町政庁舎の前におかれた木のベンチに坐り、足元にあつまる鳩にソーダクラッカーのかけらを投げて、あの男は妙に焦点のさだまらぬまなこで鳥たちを眺めていた。それでも、こうなる以前、隠退してまもないころは、裏庭に仕事部屋を建てさせ、スチールの本棚や木机、真鍮《しんちゅう》の電気スタンドや、古い黒のタイプライターをそろえたりしたものだ。〝チャタム校事件〟の顚末を書きつづったのもそこである。事件の謎の暗部をあばいたと、パーソンズは確信していた。

あれからというもの、わたしはなにかにつけあの男を思いだし、多くの死の原因をつきとめた男の自負を思う。裁判のあと、チャタムの通りを大手を振って誇らしげに闊歩していた姿。その顔はまるで、チャタムの健康の守り人は自分をおいてほかになく、ミス・チャニングという悪しき腫瘍も、この手で切りだされれば、おしまいだといっているようだった。

わたしが二度めにミス・チャニングに会ったのは、始業日をひかえた最後の土曜、よく晴れた日射しのまぶしい日だった。

朝がた母に聞いたところ、父はすでにオスターヴィルへ出かけていたが、ミルフォード・コテージのようすを見てくるようにと、わたしに言いつけを残していた。ミス・チャニングに用を訊き、足りないものがあれば遣いに出るようにというのだ。

ミルフォード・コテージはチャタムの市街から三キロほど離れていたから、歩いて行くにはけっこうな時間を要した。十時ごろ着いたわたしはドアを軽くノックして、ミス・チャニングが出てくるのを待った。待っても返事がないので、今度はもう少し強くノックしてみた。それでも人の応じる気配はなく、わたしは三度《みたび》ドアを叩いた。

そのとき、あの人の姿が見えた。室内にたたずむ姿でも、開いたドアのわきに立つ姿でもないのは意外だった。ミス・チャニングは森のきわからこちらへのんびりと歩いてきたのだ。きのうの正装とはうって変わり、淡いブルーの夏服を着て、黒い乱れ髪をしどけなく肩にたらしていた。

初めはわたしに気づかないまま、森の樹々や低木をよけながら、地面に目をおとして歩いてきた。なにかの跡でもたどっているふうだった——たとえば、周囲の森からコテージに近づいて、しばらくそばをうろつき、また密かな森の奥へもどっていった何者かの足跡を。あの人は森の出口で立ち止まると、低木の茂みから葉をひとつ摘み、それを陽にかざして、細く射しこむ木漏れ日にゆっくりとまわしながら、あどけない畏怖の目で見つめた。そして、葉から目を離してようやくこちらに気づくのだが、玄関口にわたしを見て驚いた顔をした。

「おはようございます、チャニング先生」わたしは大声で呼びかけた。

あの人は微笑んで、歩みだしてきた。スカートの裾が、まだ湿った地面を軽くこすっていた。

「脅かすつもりはなかったんです」わたしはいった。

その言い方がおかしかったのだろう。「脅かす？　わたしはべつに怖くなくてよ、ヘンリー。なぜそんなふうに思うの？」

わたしは肩をすくめたが、射るようなまなざしで見つめられて、へどもどしはじめた。

「困ったことはないか見てこいと、父にいわれたんです。とくにコテージのなかを。修理の必要な場所がないか。屋根が、その、きちんともったかどうか。雨に降られたから。だから雨漏りが……」

「いいえ、とくに問題ありません」ミス・チャニングはいい、わたしの顔をまじまじと見てきた。ほんの小さなくぼみや曲線、顎《あご》の造り、目の形までよく目に焼きつけて、顔立ちを記憶しようとするかのようだった。

わたしはさらし者にされているようでおちつかず、一枚また一枚と皮をはがされ、その下にあるものをあばかれていく気がした。骨格、血のめぐる動静脈。ぬかりなく押しこめてあるはずの憎悪。喉元のボタンを、知らず知らず片手でいじっていた。

「なにか必要なものは?」わたしは訊いた。まだ父の言いつけが引っかかっていたものの、早く逃げだしたい一心だった。「月曜日までにということです。学校が始まるまでに」

「ええ、今のところ大丈夫よ」

「なら、いいや」わたしはいった。「それじゃ、月曜日に学校で」

わたしはそれだけいうと、別れに軽く頭をさげて、道路へ引きかえしていったが、怖《お》じ気《け》づいたと思われてはかなわないので、わざとゆっくり歩いた。

玄関口から道路まで半分がた行ったとき、呼び止める声が聞こえた。

「村まで帰るのですか、ヘンリー？」

わたしは立ち止まって、後ろを振りかえり、「はい」といった。

「いっしょに行っては迷惑かしら？　村のようす、まだよく見ていないので」

教室外の場で教師と同伴しているのを見られるのは、あまりぞっとしなかった。「街まではかなりありますよ」わたしはそういって、思いとどまらせようとした。

あの人はひるまなかった。「歩くのは慣れっこですもの」

そういわれては、逃げ道もなさそうだった。「だったら、どうぞ」わたしはしぶしぶ肩をすくめた。

ミス・チャニングは心もち歩調を速めながらやってきて、わたしの横にならんだ。

それからしばらくのち、彼女の父親の書いた本を読み、彼が旅行時代に娘をあらゆる異境へつれていったことを知ると、なぜミス・チャニングがあの朝、村へ行きたがったのか、ふしぎでならなくなった。それほどの広い見識があるなら、チャタムなど古くさいだけの村に見えたはずだ。さりとて、その興味は見せかけとも思えず、いくらナポリの細い路地裏やマドリッドの広場を散策した経験があろうと、チャタムの小さな通りや店を見てまわる意欲が薄れるわけではないらしかった。きっと異国を歩くミス・チャニングの隣には父親がいて、不吉な死の影を感じさせる音声で、トルケマダの異端審問や狂女ファナの亡霊にまつわるおぞましい話を語り聞かせたのだろうに。だが、いずれチャタムの父親たちは黒池の畔《ほとり》を散歩しながら、それとよく似た音声で、子どもにいかめしく物語を聞かせることになるのだ。この池で終幕を迎えたといわれる、あの恐ろしい物語のいきさつを。

第四章

わたしはたえず考えてきた。プリマス通りをミス・チャニングといっしょに初めて歩いたあのとき、のちにパーソンズ検事が彼女の心に見いだしたという〝闇〟を、気配なりとも感じてはいなかったか。パーソンズは最初の取り調べのさいから、彼女のなかにあるものを感じたといい、回顧録ではそれを〝底気味のわるさ〟と呼んだり、〝彼女は黒魔術に淫している〟と表現したりした。そうした言葉の意味を、わたしも理解しようと少なからず努めてきたのだ。

あの朝、ミス・チャニングはそよ風に軽く髪をなびかせて、まわりに見える草木の話などしながら、わたしのペースによく合わせて歩いた。道端の木々や花の名前をたずねてくるのだが、多くは低木のスモモやニンジンの花などのおよそありふれた植物だった。

「アフリカの草木はこういうのとはちがうんでしょう」わたしはいった。

「そうね、ずいぶんちがうわ」ミス・チャニングはいった。「けど、アフリカといって人が思い浮かべるようなところではないのよ。ジャングルのような森ではなくて、平原、それもほとんどは草地。そこをぬって川が流れ、いたるところに動物がいる」そういって微笑む。「すばらしく大きな動物園の真ん中で暮らしているようなものね」

「そこの暮らしが好きでした？」

「ええ」とあの人は答え、「けど、あまり長くはいなかったの。父が亡くなってほんの数か月、叔父の家に身をよせて」というと立ち止まり、まわりにせまる森の奥をのぞきこんだ。「初めて探検隊が乗りこんでいったころは、きっとこんなふうだったのでしょう」

わたしはそんな遠い地のことならなんでも聞きたくて仕方がなく、「どうしてアフリカから帰ってきたんですか？」と訊いた。

ミス・チャニングはこちらに目をもどした。「働く必要ができたものだから。うちの叔父とあなたのお父さんは同窓の仲なのよ。どこかに教職の空きはないかと、叔父が手紙でたずねたの。すると、お父さんはこのチャタム校で働いてはどうかと」

「どの学科を教えるんですか？」

「美術よ」

「うちの学校に、美術の先生なんていなかったな」わたしはいった。「チャニング先生が初めてだ」

ミス・チャニングはなにかいいかけて地面に目をやった。足や靴に白い粉塵がうっすらつきはじめていた。

「牡蠣《かき》の貝殻なんです、それ」わたしはそっけない説明をした。「その白い粉」

ミス・チャニングはさっと振りむいてきた。「牡蠣の貝殻？」

「ええ、むかしこのへんの道路を舗装するのに使った」

あの人は黙ってうなずくと、急に上の空になって歩きつづけた。チャタムに来る前にミス・チャニングが送っていた暮らし――わたしがその異質さをおぼろげながら感じとったのはこのときが最初だった。そんな生活が彼女の人となりをつくるのに、どれほど深く影響してきたことだろう。

「ヒュパティアを殺した道具だわ」ミス・チャニングはそういったのだ。

わたしの目にとまどいを見てとったのだろう。あの人はすぐそれに答えてくれた。「ヒュパティアというのは、異端天文学者といわれた最後の人よ。クリスチャンの暴徒に殺されたの」目が地面の上をさまよった。「牡蠣の殻で掻き殺されたといわれている」

そう説明するあの人の頭には、ヒュパティアの惨殺場面が浮かんでいたにちがいない。そうであることは、顔を見れば知れた。熱狂の渦のなかあざけり笑う暴徒、地面にくずおれるヒュパティア、軀から削りとられ宙に投げあげられる肉片。

「最後にはなにも残らなかったと」ミス・チャニングはいった。「顔も、胴体も。こまかく切り刻まれて」

わたしはそのとき、ちらりと感じたはずだ。ミス・チャニングがじつにあまたの世界に移り住んできたこと、今やその心にはそうした世界のほうが住みついていることを。万華鏡にも似た不可思議な心のうちでは、とりどりの場面が演じられていたことだろう。なんとも美しい情景が——そう、モン・サン・ミッシェルの修道院が大船のごとく濃い霧のなかをすべっていたかもしれない。あるいはまた、死と裏切りの光景が浮かぶこともあったろう。聖地奪回をめざしながら力つきた〈子供十字軍〉の残党が、待っていた船によろよろと乗りこみ、金を惜しまぬアラブ人奴隷商のうろつく砂漠の荒野へ消えていく……。

ところが、そのときのわたしには、ミス・チャニングに話を合わせるしか能がなかった。デリカシーを装ってしらじらしく顔をしかめたものの、じつはヒュパティアの話にどこか惹かれる自分にも気づいていた。

「そのヒュパティアの話、どこで聞いたんですか？」わたしはたずねた。

「父が話してくれたのよ」ミス・チャニングはそう答えた。

あの人はそれ以上父親のことにはふれず、黙って先へ進みだしたので、おたがいしばらくはなにもいわずに歩いた。粉微塵になった貝殻をそっと踏む足音が響き、四方からせまる森に葉音を鳴らして、風がわたっていった。

チャタムの街はずれまで来ると、ミス・チャニングはしばし立ち止まり、村の目ぬき通りから崖っ縁の灯台へとゆるやかにカーブしながら延びる道路を見おろした。「なんだかとても……アメリカらしい眺めだわ」そう彼女はいった。

わたしはそんなおかしなことを聞かされるのは初めてで、きわめて異質のものが自分の生活に入りこんできたのにはっきり気づいたのは、この瞬間であったと思う。

もちろん、わたしはそんな予感めいたものは胸にしまい、チャタムの村の入口に立つ彼女の姿を黙って見つめていた。あのとき、ミス・チャニングは目ぬき通りを一望したはずだ。向こうの端に立つ会衆派教会のそばで、彼女は到着の日にバスを降り、いずれ反対側の裁判所で審理にかけられ、外にあつまる人々に〝人殺し〟と罵られることになる。もしあのとき彼女が細かいところまでつぶさに見ていたなら、木のベンチも目にとまったろう。それこそは、老いたパーソンズが午下がりに腰をおろして自作の回顧録のことを思い、ミス・チャニングの暗い心の闇を見とおしたと悦に入ることになる場所なのである。

わたしは街はずれにミス・チャニングを残して、海に切りたつ断崖の坂道をあがっていった。坂のてっぺんでマートル通りへ曲がり、チャタム校の前を過ぎて家に向かう。

新年度にそなえて、そろそろ生徒たちが着きはじめる時期だった。そのときも、トランクや旅行鞄を引きずって、校舎の正面口へと長いコンクリの道路を歩いていく生徒の姿が見うけられた。彼らはみな、正面口から今度は二階の寮室まで荷物を抱えてあがり、各部屋のベッドの足元におかれた古い兵舎用小型トランクに、鞄の中身をあけることだろう。

あの少年たちの姿も、多くは時を経てぼやけてしまったが、何人かは今もよく憶えている。ゆくゆくは大きな製造会社を経営することになるベン・コールダー。いずれはニューヨーク証券取引所に勤めるテッド・スペンサー。ラリー・ビショップはウェスト・ポイントの士官学校に進み、オキナワの島へ部隊を率いていく途中で命をおとした。

生徒はおおかた良家の子息であり、ほとんどは躾《しつけ》のよい子たちだったが、少し悪ぶってみせたばかりに、チャタム校で叩きなおしてもらえと、親に送りこまれてきたのである。なかなか頭もよく、少なくともそこそこ勤勉であったし、いずれは生まれたときから敷かれたレールに乗って、れっきとした知的職業につくか、みずから事業をおこすか、父や祖父が築いた会社を継ぐのが大半であった。すばらしくロマンチックな人生など求めず、また期待してもいない。これといった才能もないが、ただひとつ挙げるとすれば、とくに興味もなく心から打ちこめぬことに——おそらく一生涯——飽かずつきあっていけるという、妙な能力だろう。チャタム校を卒業してからは、すべしとされることをし、結婚して独立し、自分も子どもをもうける。わたしは彼らを退屈で野心のない人々だと思っていたが、父はいたって従順で優秀な生徒と見ていたようだ。

その午後、わたしが玄関ポーチのブランコに坐っていると、五時ごろになって父がオスターヴィルからもどってきた。石段をあがってきた父の目に入ったのは、ブランコの木の腕に足を投げだしている締まりのない息子の姿だった。そんな格好はお気に召さなかったと見える。

「ほう、ミルフォード・コテージにはあまり用事がなかった。そういうことか？」父はうろんな目で訊いてきた。

「とくに用はありませんでした」わたしは答えた。

「屋根は漏《も》っていなかったか？」

「はい」

「それはチャニング先生の口から聞いたのか？」

「はい。父さんが屋根のことを心配しているのは伝えましたよ。けど、大丈夫だって」

父はうなずいたが、まだ例のいぶかしげな目でわたしを見ていた。「おまえ、少しはチャニング先生の手伝いをしてきたのだろうな？」

「街まで送りました。頼まれたのは、それだけです」

父は少し考えてから、こういった。「仕方ない、車に乗れ、ヘンリー。チャニング先生が困ったことになっていないか見てこよう」

その午後、父についてコテージに行かなかったら、のちにミス・チャニングが肖像画のなかにとらえることになる父の側面を知ることもなかったろう。緋色のカーテンをわけて外をのぞき見、エキゾチックな蒼い湖にまなざしを注いでいるあの顔、湖はまぎれもなくなまめかしい誘いをかけているのに、父は行こうとしない。

コテージの前に車を乗りつけてみたものの、なかに人の気配はなかった。玄関のドアは固く閉ざされ、もう午後も遅く、陽も傾きかけているというのに、ランプひとつ灯《とも》っていない。

「きっと、まだ街からもどっていないんだ」わたしはいった。父もわたしも車を降りかねていた。

「そうかもしれんな」父はいったが、今しばらくコテージを眺めていた。ドアをノックしにいくべきか。少なくとも立ちよったことで義理を果たしたのだから、満足してチャタムへ帰るべきか。まだ決めあぐんでいたのだろう。

そうしているうちに、コテージのドアが開き、ミス・チャニングが前庭の涼しげな草地に踏みだしてきた。素足のまま近づいてくる彼女の足元に父が目を向け、口を半開きにしているのに、わたしは気がついた。だが、父はすぐさまわれに返ると、車のドアを開けて降りていった。

「あまり時間はないのだが」もっと大事な予定が押しているといいたげに、ややぎこちなく、せからしげにいう。

ミス・チャニングはそっと草を踏んで、なおも近づいてきた。

「困ったことはないか、気になったものだから」まだ父はなんとなく忙しそうな調子でつづけた。わたしは車から出ずにいたが、埃まみれのフロントガラスを通してさえ、ミス・チャニングが洗い髪のままでいるのはわかった。解きさげた濡れ髪が暮れの薄闇に照り光り、その女性らしいしどけなさが粋に見えて、以後、わたしはそんな女性の姿をたいへん美しいと思うようになった。

「いや、じゃまだてするつもりはなかった」と父はつづけた。

ミス・チャニングが立ち止まったのは、父から一メートルと離れていないところだった。

「今朝はすみませんでした。ヘンリーを寄こしてくださって」あの人はいった。「けど、ほんとうに、してもらうことがなかったんです」

「ああ、せがれもそういっていた」父は目をいくぶん上に向け、しばし口をつぐんで上着のポケットを探っていた。「じつは、これをお届けしたかったのだ」父はポケットから大ぶりの封筒を引きだした。「学校の時間割だ。あなたの授業時間、昼休みなどの予定が書いてある。月曜日の朝は忘れず持ってくるように。もちろん、郵送してもよかったのだが」父は口早につけたし、ミス・チャニングはその手から封筒を受けとった。「ほかの教師にはいつもそうしているが、なにぶん、あなたはアフリカにおられたから……いろいろと……」

そういってふっつりと黙りこむので、このあとはあわただしく別れのあいさつをして車にもどってくるものと思っていた。ところが、父はひとつ質問をして、わたしをどぎまぎさせたのだ。「家庭をもとうと思うことはないかね、チャニング先生？」

そんなつまらない私生活のことは訊かれたこともないし、それの意味する生活など考えたこともない――ミス・チャニングの顔はそう語っていた。「さあ、どうでしょうか」あの人は静かに答えた。

「それなりの代償もあるものだ」その父の言い方は、ミス・チャニングに語りかけるというより、自分にいいきかせているようだった。「家庭生活には」

ミス・チャニングはわたしとおなじく、この発言にとまどったような顔で、父を見つめた。

父は自分の言葉に、急にうろたえだしたようだった。おのれのちっぽけな哀しい一面を不用意にさらけだしてしまった男の顔をしていた。あわてて校長らしい態度にもどると、話をつづける。「さて、ヘンリーもわたしもお暇《いとま》する時間だ。お寝み、チャニング先生」「お気をつけて」ミス・チャニングはいったが、あいかわらず面食らったような表情を浮かべて、父が悠々と車にもどって席に乗りこみ、去っていくのを見つめていた。

いくらもしないうちに、わたしたちは家に帰りついた。母はポット・ローストを用意しており、夕食の席の父はいつもと変わったところもなく、ふだんどおりマナーにかなった食べ方をし、ほぼひと口ごとに白ナプキンで口の端をぬぐった。

しかし、食事がすむと居間に引きあげるのがつねであるのに、その夜は、つぎの月曜の朝授業が始まる前に〝細かいところを念のため点検したい〟とだけいい残して、マートル通りを学校へ向かった。

母はなにも訊かなかった。わたしもだ。けれど、日の暮れ間近、玄関の階段に坐っていたわたしはふと目をあげたおり、学校の鐘楼に、村を見はらしてひとりたたずむ父の姿を見た。もう今にも陽が落ちようというころで、茫とした静寂があたりを包んでいた。鐘楼のあの位置に立てば、チャタムの家々の屋根が一望できたはずである。灯台から低く射す光の条《すじ》がゆっくりと動きながら、闇に呑まれゆく海の面を、村の上を、最後にはその向こうに見える黒檀《こくたん》のような池の面をなめらかになでいくのを、きっと父は見つめていたのだろう。

あのとき、父はミス・チャニングを思っていた。わたしはかねがねそう考えてきた。彼女の卵形の眸、濡れ光る髪を思い、午下がりに見たあの姿、ひんやりとした深緑の草を素足で踏みわける姿を目に浮かべていた。しばし父は目を閉じてそんな光景にひたり、ふたたび目を開くと、今度は村の家並みに、創設のためにすべてをささげた学校に、小さな灯りのともるマートル通りのわが家に、目を向けたのではないか。そして、なんの悔いも恨みもなく、自分の歩んできた道と、その道が強いる義務をひとまとめに受けとめたことだろう。けれど、その気持ちのなかには、かつて知らなかった身の震えるような陶酔があることも、父はみずから気づいていたにちがいない。

第五章

　あのころのわたし、そのわたしのしたこと、そして事件後の経緯を思わせる写真といえば、今や手元に一葉が残るのみである。この粒子の粗《あら》い写真は、裁判所の向かいの建物の屋上から無造作に撮られたもので、木の電柱と電線がはすかいの線をつけているものの、あの日、裁判所のおもてに男女が群れ、正面の広い石段を大挙して駆けおりていくさまはよく伝えている。写真を初めて見たとき、まずわたしの目を引いたのは、この人の群れではなく、彼らの頭上に高くつきだされた一枚のプレートだった。そこには黒く大きな文字で荒々しく、〝あの女を吊し首に〟と書き殴られていたのだ。

　あれから何十年というもの、あの文句がくりかえし思いだされてならず、今もってわたしは深い想見にふけることがある。なにしろ、ミス・チャニングがチャタム校にやってきた日には、この女性が人々のあいだにあんな心火《しんか》をかきたてるとは、それまで来ては去っていった教師たちとちがう存在になろうとは、だれもが予想できなかったのだから、なおさらである。

あの初日、わたしが他の生徒たちにまじって校舎の前庭にならび、父の始業のあいさつを待っていると、マートル通りへ曲がってくるミス・チャニングの姿が目に入った。あの人は教科書もプリント類も抱えず、両腕をわきに軽くたらし、むきだしの手にも、大きくふくらんだブリーフケースなどは提げていなかった。

だが、そのほかの点では、まわりにとけこむべく努めたのだろう、地味な白のブラウスにプリーツスカートをはき、大きな銀ボタンのついた踵《かかと》の四角い黒靴をえらんでいた。髪型もきのうとは変わって、ひとつに編んだ毛をうなじのあたりで丸くまとめあげ、銀色の髪飾りでとめてある。コテージを出るまぎわ、鏡の前に立って自分をとくと眺めるあの人の姿が目に浮かぶようだった。父親に教えられてきたはなやかな人生観を思えば、鏡に映る自分はなんともつまらなく見えたことだろう。鏡に向かって「田舎教師《スクールマーム》」とつぶやいたかもしれない。

「おはようございます、チャニング先生」わたしは通りすぎようとするあの人にあいさつをした。

あの人はこちらを見て微笑んだだけで、そのまま芝生を歩いていき、教師たちの集まりの輪へ近づいていった。見ていると、教師らがぱらぱらと振りかえり、数学を教えるミスター・コーベットなどは出迎えに得意のフェルト帽まであげてみせた。いずれはこの教師のなかから、ミス・チャニングはじつは学校にとけこんでいなかったとか、最初から近よりがたい雰囲気だったとか、父親との旅で聞きかじった残酷きわまりない話を生徒に聞かせ、暗く血塗られた光景を若者の心にうえつけようとしていたなどと、村の人々に洩らすものが出てくる。あまつさえ、ミス・チャニングが災いのもとになるのは端《はな》からわかっていたといわんばかりに、先見の明を自慢するものもいた。あとあとペイトン教授なる人はこの「災い」を独特の大仰な言葉つきで、〝ジェイクスピアばりのおぞましい殺傷と死の密宴〟と表現した。また、〝彼女に初めて会った瞬間から、善からぬことが起こるのはわかっていた〟と、歴史教師のミセス・クーパーがウォーレンの小間物屋で話しているのを耳にしたこともある。それらしいことを見たわけでもなかろうに。

ミス・チャニングが教師たちのなかでひときわ目だっていたのは、もちろん若さと美貌のせいもある。あの朝、近づいてくる彼女を見る級友の目つきからして、新任教師に見せるいつもの好奇心とは段違いの興味をもっているのがわかった。

「だれだ、あれは?」ジェミー・フェルプスがウィンストン・ベイツの肘をつついて訊く声が、耳に入ってきた。

わたしは校長の息子として、ここぞとばかり内輪の知識をひけらかし、「新しく入った先生さ」と、えらぶって教えた。「はるばるアフリカから来たんだ」

「それで、あんなブレスレットをしているんだな」とジェミーはいって、木製の珠がひとめぐりするミス・チャニングの手首を指さした。やがてパーソンズはまさにこのブレスレットを黒池の水際で見つけることになる。そのときには糸がほどけ、木の珠がぬかるんだ地面に散らばっていた。


始業の日のならいで、校舎の正面入口には、中央に父、その左手に学校職員、右手に生徒たちがチャタム校の制服を着て整列していた。白シャツに黒のズボン、グレイのタイに黒のサスペンダー。秋になれば、ここにグレイの上着がくわわる。

「静粛に、生徒諸君」父はそう話しだした。「またこうして諸君を迎えることができて喜ばしく思う。わが校の日課も、おたがいの顔もすでによく知っていると思うが、今年は新しい先生がいらしているので、紹介しよう」

父が石段をあがってくるよう合図すると、それを受けたミス・チャニングはしずしずと父のかたわらへ行き、まず同僚に目顔であいさつしてから、生徒に顔を向けた。

「こちらはチャニング先生だ」父はいった。「遠くアフリカから、わがチャタム校へ教えにきてくださった。美術を受けもたれる」

お義理の拍手が鳴りやむと、ミス・チャニングは退いてふたたび同僚の列にまじり、つづく校長の始業心得に、静かに耳を傾けた。父は学校生活のこまごました注意を生徒たちにあたえ、改めて校則を挙げて、カンニング、剽窃《ひょうせつ》、不敬行為、喫煙、飲酒は、〝いついかなるとき、いかなる理由をもっても〟禁ずるといましめた。

こうして父が規則を唱えるのを聞くミス・チャニングの胸中には、どんな思いがあったろう。わたしはしばしばそんなことを考える。チャタム校の生徒たちが規範としていた校則は謙虚、実直、信頼を説き、いかなる無謀、裏切り、自堕落をも厳しくいましめていた。ミス・チャニングには、彼女の父の独創的な教育とはあまりに対照的なものに思えただろう。父からくだらないものと教わった生活——つましく味気ない先の見えきった村の生活に、チャタムの校則はいかにも深く根をはっていた。

訓話がすんだとたん、もう生徒たちはおちつきをなくして、そわそわささやきあった。父は今いちど手を打ち鳴らして、締めくくりの言葉を口にしたが、それが悲しい皮肉になろうとは、気づくべくもなかったろう。「諸君、今年もまたチャタム校の歴史に刻まれるすばらしい一年を過ごしたまえ」

それから一時間ほどして、わたしはミス・チャニングの教室に入っていった。

これまで学校の調度や備品がしまわれていた場所を、美術室にしつらえなおした小さな部屋である。校舎とは直接つながっておらず、裏手の中庭に離れ屋の形で建っていた。だが、そんな部屋でも教室らしい格好にはなっており、三卓の長机がならぶいちばん前に、ぐっと小ぶりのミス・チャニングの机がおかれていた。後ろの壁には、灰色のエプロンが六枚ほど木釘に掛けられ、その横には、大きな白い字で〝美術用品〟と書かれた金属製のキャビネットがあった。すみのほうには、木製の塑像台が卓の面と面を合わせる形で重ねられ、上になった台の脚がブリキの天井に届きそうになっていた。

絵らしいものといえば、ジョージ・ワシントンとエイブラハム・リンカーンの肖像画、そして当時の大統領カルヴァン・クーリッジの額入り写真くらいだった。

わたしたちのクラスは五人しかいなかったが、教室に散らばって席をとった。ラルフ・シャーマンとマイルズ・クレイトンがいちばん後ろの長机に陣どり、ビフ・コナーズとジャック・スローターは真ん中の机に坐っていたので、わたしは最前列に坐るしかなかった。

教室に入ってきたわたしたちに、ミス・チャニングは微笑みもせず、歓迎の言葉ひとつかけてこなかった。もう目の前に塑像台をすえ、ぞろぞろ入ってきた生徒たちが席につくあいだもほとんど目をあげず、粘土をやさしくこねはじめた。五人が席におさまると、やおら粘土から手を放して目をこちらに向け、ひとりひとりの顔を順ぐりに見た。わたしに気がついたようすもなかった。

「わたしは人に美術を教えたことはないし」ミス・チャニングはいきなり切りだした。「人から教わったこともありません」

そういって粘土の湿った表面を指でなで、ゆっくりとしなやかな手つきで形をつけながら、つぎの言葉を探す。

「先だって父が亡くなり、わたしはアフリカにいる叔父の家族のもとに身を寄せました」ミス・チャニングはようやく言葉を継いだ。「叔父の営む伝道所の近くには村があり、部族の人々が木の小屋に暮らしていた。ええ、草原のなかのほんの小さな耕地よ。村に住む人たちはそんな小屋で料理もするのだけど、煙が抜けるのは屋根にあけた小さな穴だけ。朝早く小屋から出てきた彼らの後ろには、薄紙みたいな煙がたなびいていた」粘土から顔をあげてこちらに向けてきた目には、感嘆と歓びがあった。まるで、物語を語りだしてようやく教師としての声を、わたしたちに近づくすべを見いだしたかのようだった。「そう、光にとけていく翼のように」そうあの人はつづけた。

「わたしが絵を描くことを覚えたのはそこ」粘土をこねる手は小気味よいリズムを速め、押しやるようにすばやく動く。「アフリカの地」ミス・チャニングはふいに手を止め、わたしたちをじっと見つめてきた。なにかひらめいたのだろう。生徒に話しかけながら、思いつくことがあったらしい。「あそこでは、どうしたって感覚が新たになる。そんななかで、わたしは画家や彫刻家に必要なことを学んだの」あの人はそうつづけた。「さあ、あなたたちも頭を切りかえて。指でものを見て、目でものに触れること」

授業のあと、ふたたびミス・チャニングの姿を目にしたのは、その日もだいぶ遅くなってからだった。最後の授業は小一時間前に終わり、わたしは校内に残ってせっせと当番の仕事をしていた。

チャタム校は校長の指導により、〝学業と労働の一体〟を方針とし、ここの生徒たちは父の着任以来、さまざまな日課を割りふられてきた。教室と寮の掃きそうじの当番、シーツと毛布を洗濯する当番、茂みを刈りこみ、芝刈りをし、運動場の手入れなどをこなす運動場の整備係。冬になれば、生徒は総出で雪かきをし、もちまわりで石炭をくべた。

その午後、わたしにまわってきたのは、図書室の机に出しっぱなしの本を決められた棚にもどし、図書室長のミセス・カートライトが導入した〝十進分類法〟にのっとってきちんと整理しなおす仕事だった。それがすんだら、つぎは羽毛はたきで本棚の埃《ほこり》をはらう。ひと月ほど前にメイフラワーの店で新品のはたきを買った母が、お古を学校に寄付したものだ。

四時近くになって、ようやくひととおりの仕事がすんだ。ミセス・カートライトはすっきり片づいた机を見わたし、本棚の表面にすっと指をすべらせると、「いいでしょう、ヘンリー」と、埃ひとつないのを確かめていう。わたしは合格点をもらって、その午後いっぱい放免にされた。

校舎の階段を駆けおり、あの大きな両開き戸を押して、外の空気のなかへ飛びだしていくたび、わたしは大いなる開放感に包まれたものだ。なぜそんなにもチャタム校に重苦しさを感じていたのか、それを振りはらいたいと思っていたのか、わからない。あの学校は牢獄などではけっしてなく、父も暴君とはほど遠かったはずである。それでも若気にはやる少年時代、チャタム校での生活は、鉄玉つきの枷《かせ》に足を引っぱられるにひとしかった。学校の束縛のひとつひとつが鞭打のように痛み、わたしは夜になると、つまらない決まりや旧弊な校則に人生がすっぽりおおわれ、くすぶっているように感じることさえあった。

ミス・チャニングの授業はそんな黴《かび》くさい空気に、一種の解放をもたらした。わたしは初日の午後からもうつぎの授業が楽しみになったが、こんな気持ちは、ミスター・クロウフォードのラテン語の授業や、ミセス・ディラードが長々としゃべりたてる歴史の授業には抱いたことがない。ミス・チャニングの教え方は新鮮で、古めかしい教授法にとらわれない若々しい感覚があった。かくいうわたしも若かったのだが、そのわたしがいつか手に入れたいと願う自由な空気を、ミス・チャニングの授業はすでにそなえていた。

さて、街を軽くぶらついてこようか、ローンボウリング場の裏でこっそり煙草でも喫《の》もうか。校舎を出てさっそくそんなことをぼんやり考えていると、海に切りたつ崖のすみに、木のベンチに坐るミス・チャニングの姿が見えた。それまでは、一歩教室を出たら教師には近づこうとも思わなかったが、もはや彼女には先生というより同志のような気持ちを抱いていた。今はひとまずチャタム校という瀬に乗りあげているが、いつかは先へと旅だっていく。おたがいそうした運命にある気がしたのだ。

わたしが前をふらりと行きすぎても、ミス・チャニングは驚いたようすも見せなかった。わたしは真後ろに坐る彼女に気づかぬふりで背を向け、崖沿いにめぐる手すりをつかんで、海を見わたした。

「こんにちは、ヘンリー」ミス・チャニングの声がした。

わたしはあの人のほうを見返って、「あれ、チャニング先生」といった。「ちっとも気づかなかったな――」

「すばらしい眺めね？」

「うん、そうですね」

わたしは肩ごしに、断崖の下へ視線を投げた。眼下の海に泳ぐ人影はなかったが、浜辺を散歩したり、縞模様のパラソルの陰でくつろいだりする人々はぽつぽついた。わたしはミス・チャニングの目で、この景色を見ようとしてみた。後ろからまた声がした。「なんだかリドを思いだすわ」

「リド？」

「ヴェネツィアに近い海浜地で」と、あの人はいった。「一年中、縞模様のパラソルがたくさん並んでる。更衣室もおそろいの縞に塗ってあるの。黄色のね。明るい黄色」そういうと首を振り、「ほんとはね、リドなんかに似てやしないの」と、今度は内緒話でもするかのように、心なしか声をおとす。「あなたが来たとき、ちょうどリドのことを考えていただけなのよ」

「どうして？」わたしには、そんな質問しか思い浮かばなかった。

「そこで父が亡くなったから」ミス・チャニングはいった。「正直いうと、そのときのことを考えていたの」

人はおとなになると、それがどんなものだったか忘れてしまう。生まれて初めて、対等の相手として話しかけてもらえたときの、あの喜びと胸の高まり。少年時代の殻のある部分がむき捨てられ、その下から顔を出した男が苦しげに最初の息をつく。そんな感覚である。

「ごシュウショウさまです」わたしはこんな場でよく耳にする文句をさっそく使った。

あの人は表情ひとつ変えなかった。「ご愁傷さまだなんてとんでもない、父はすばらしい一生を送ったんだから」

ミス・チャニングが父親に抱いていた愛の深さを感じ、尊敬できる父をもつとはどんなことだろう、とわたしは考えた。

「お父さんはどんな仕事を？」わたしは訊いた。

「作家だったのよ。旅行記を書くような」

「いっしょに旅をしていたんですよね？」

「ええ、四つのときからね。四つで母が亡くなったものだから。それからふたりでずっと旅をつづけてきた」

急に校長の父が乗り移ってきたかのように、わたしは自分らしくもない、むしろ父の訊きそうなことを訊いた。「なら、学校は？」

「父がわたしの学校だった」ミス・チャニングは答えた。「なんでも教えてくれた」そういうと、立ちあがってわたしの隣に来た。わたしたちはならんで眼下の浜辺を眺めた。

「父は自分の信ずる道を行く人だった」そこで口をつぐむと、ふと浮かんだらしい言葉をそらんじてくれた。それは、あとあとわたしも彼女の父親の著書に見いだす行《くだり》だった。

「芸術家はおのれの情熱にのみしたがうべし」ミス・チャニングはいった。「ほかのすべては首かせにすぎぬ」

あの言葉、それをそらんじるあの人のおだやかな口ぶり。こうして思いだすと、わたしはいやな胸騒ぎに襲われる。脳裏に浮かんでくるのは、雑草の生い茂る岸辺をつき走る古ぼけた車、水際で振りかえる人の姿——戦《おのの》きに呆然と見開いた目。そのあとに聞こえてくるのは、長くこだましてやまぬ女の悲鳴だ。

第六章

ミス・チャニングの裁判から何年もかけて、父は〝チャタム校事件〟にまつわる資料をあつめ、ささやかな記録簿をこしらえた。父の遺産としてわたされたそれを、わたしは今も捨てられずにいる。母の縫い針であるとか、父の鵞ペン、村の図書館には蔵書の山など、そのほかのものはみんな人に譲《ゆず》ってしまった。ところが、父のあの記録にだけは手をつけず、事務所の本棚のいちばん下のすみにしまいこみ、今では手前においたフロアランプにほとんどかくれている。事件が招いた数々の出来事を思えば、じつにささやかな記録だろう。狂気、自殺、殺人——一連の出来事の過ぎさったあとには、失意の時が残された。だが、つかのま記録簿に思いが向くと、わたしはいい知れぬノスタルジアを覚えることがある。そこには、まぎれもないわたしの青春の時が眠っているからだ。

記録簿といっても、書類挟みがひとつに、チャタム校の一九二七年度の年鑑からの写しが一枚と、新聞の切り抜き、それに写真が何枚かはさんであるにすぎない。そのなかには、はからずもサラ・ドイルの写真もまじっている。校舎の横手の細い通路を駆けていく姿だ。カメラに背を向けたサラの長い暗色のケープには、舞いふる雪が積もり、校庭では男子生徒たち——焦点はこちらに合っている——が雪合戦をして遊び、正面の石段には、腕を胸の前に組んだ父がわざと怒った顔をしてみせている。

この品々に、父は三冊の本をくわえた。うち二冊は、黒池での顚末そのものを語った著書だが、残る一冊はかなり関係がうすい。

まずはパーソンズの回顧録だが、これは公判のあと、あの男が手っとり早くまとめて、私家版として出版したものだ。書物としては、つける難はいくらもある。ずばりいって、公判の進行録の書き起こしから言葉を寄せあつめ、パーソンズのおもしろくもない語りでつたなくつなぎあわせた、という代物である。

二冊めは、もう少し詳細にふみこんでいる。題名を『死の過ち』といい、ウィルフレッド・M・ペイトンというオバーリン大学の倫理学教授の著書だ。百ページ足らずの書で、基本的には、一九二九年に小さな宗教出版社が載せた論文に加筆したものだが、ペイトン教授のいかめしい説教口調があだになっているばかりか、ミス・チャニングひとりを悪の張本人としたうえ、この事件を〝黒池の殺人〟と呪文のごとく再三呼ぶあたりが、興を殺《そ》ぐ。ミス・チャニングを憎むあまりなのだろうが、彼女に筆がおよぶたび、旧約聖書の預言の怒りのごとき調子になるのだ。「父にしてみれば、彼女はつねにかわいい〝リビー〟であった」そう書きだした行《くだり》など典型的である。「娘が幼いころ、父はこの愛称で呼んでいた。だが、この女はのちのちまで正式の名エリザベスとして知られるべきだろう。この冷たく堅苦しい名も、彼女と同類の女どもの名のなかに数えいれねばならない。デリラ、サロメ、イゼベルといった放埒、残酷な女どものなかに」

書架にそろえた三冊のうち、ペイトン教授の著書だけを、父はあからさまに嫌っていた。本の冒頭からおしまいまで、腹立ちまぎれの反論を書きつけ、ときにはささいな矛盾点をやりこめて（たとえば、学校の図書室にはたった二千冊しか蔵書がないとペイトンは書いているが、現実には三千冊ある、など）、教授の解釈に文句をつけ、あとから読む人々の目に、本の権威をおとしめるべく努めた。

父がそこまでペイトンの著書を嫌った理由は明らかだ。ミス・チャニングのみならず、チャタム校までを、〝富家《ふけ》の放蕩息子をあまやかす安穏の場〟として糾弾の的にしていたからである。さらに、ペイトン教授は本書をにべもなくこう結んでいる。〝一九二七年五月二十九日、平生《へいぜい》静かな黒池の水面を言葉につくしがたい悲劇が見舞った。それは、この二十年来、教育論にあらわなる倫理相対主義および学府に対する侮りを象徴するものである。チャタム校は、この卑しむべき悪風の最たる例といえよう〟父が黒いインクでこの箇所に下線を引っぱり、「否《いな》！　否！　否！」と悲痛な叫びを書きこんでいるのも、意外ではない。

だが、いかに怒りと道徳心にあふれて、父を苦しませようと、『死の過ち』はしょせんまったくの下作であり、わたしも一読したあとは、二度と手にする気が起こらなかった。

ところが、コレクションの最後の本だけは、少し勝手がちがう。わたしは幾度となくそのページを繰りなおし、黒池であの日なにがあったのか、それをふせぐ道はなかったのか、そんな答えを探してきた気がする。心をしずめてくれるもの、つつましく満ち足りるすべを探してきたのかもしれない。

三冊めの本は、題名を『窓辺からの眺望』といい、カバー裏に著者ジョナサン・チャニングの写真が入っている。四十代後半と見える、長軀のなかなか渋い男で、ルーヴル美術館の中庭でカメラに向かう姿だ。

「読んで気にいったら、差しあげるわ」あの日、ミス・チャニングはそういって、この本を貸してくれた。

金曜の午後も闌《た》け、新学期の最初の週が終わろうとしていた。わたしは、父が前日ボストンの書店で買ってきた画集をひと箱託され、ミス・チャニングの教室に遣わされたところだった。なにかにつけせっかちの気味のある父は、月曜の朝、図書室のミセス・カートライトにその本をわたしてしまう前に、ミス・チャニングの意見を聞いておきたがった。

わたしが入っていくと、ミス・チャニングはキャビネットで用具の片づけをしていた。

「これ、父が見てほしいといってます」わたしは箱をちょっと上に持ちあげた。「画集なんです」

ミス・チャニングはキャビネットの扉を閉めて、自分の机に行き、「どれ、拝見しましょうか」といった。

わたしが机に画集を運びおくと、ミス・チャニングは一冊ずつゆっくりとページを繰りだした。たまに手を止めては、そこに写された絵を見つめ、絵を所蔵している美術館の名を挙げたりした。わたしはその顔を見つめていた。あの人は「ああ、これはフィレンツェにある絵ね」といったり、「これはプラド美術館で見たわ」といったりする。一度は画集をこちらに向け、「この絵を見るたびにぞっとする。あなたはどう思う、ヘンリー？」と訊いてきた。

わたしはその絵に目をやった。貧相な金髪の少女が大樹の前にうずくまっており、カンバスには端から端まで尖った大枝が広がって、その節くれだった枝からは、シュールレアルなタッチで描かれた生首や手足がぶらさがっている。色彩は全体に鉛色で、反吐《へど》のような緑と、鮮血のような赤が使われていた。少女は目の前の樹に見いり、その恐ろしさと巨きさに、凍てついているようだ。

「この子のような気持ちになったことはある？」ミス・チャニングは、憎悪と混沌に血塗られた絵を凝視しながら、静かにたずねてきた。

わたしはかぶりを振った。「ないと思います、チャニング先生」そのときの言葉は嘘ではなかったが、今ではそうはいえまい。

あの人は画集を手前に向けなおして、またページをめくりだし、最後にルーヴル美術館の中庭の写真にいきつくと、「父もこの庭で撮った写真があるのよ」といった。「出版社が父の本に使ったわ」

「お父さんの本？」

「ええ」ミス・チャニングはいった。「旅行作家だったでしょう。雑誌の記事はうんと書いたけれど、本は一冊だけ」

わたしはほんのお愛想のつもりでいった。「いつか読んでみたいな」

ミス・チャニングはこれを本気の興味ととったらしく、机の抽斗を開けて、本を一冊引きだすと、「これよ」といって、手わたしてきた。「さっき話した写真は、裏表紙に入ってる」

わたしは本をひっくりかえして、写真を眺めた。そこに写っているのは、細身で背の高い、いささか悪《わる》な感じの美男で、黒のズボンに白いタキシード・ジャケットを着こみ、髪は当世の流行《はや》りで後ろになでつけているが、カールした黒髪をひとふさ右目のきわにたらして、野趣をそえていた。

「わたしが十歳のころね。この写真を撮ったのは」ミス・チャニングはいった。「ちょうどルーアンの旅から帰ってきたところね。父があそこの大聖堂を訪れたいといって」

「信心の深い人でした？」

「いいえ、ちっとも」そういうミス・チャニングの笑みがわたしの心を惹いた。

わたしは本を返そうと差しだしたが、彼女は受けとろうとせず、「読んで気にいったら、差しあげるわ」といった。

たいして読む気はなかったが、断る態《てい》のいい口実が見つからなかったので、わたしは仕方なくその本を借りて帰った。

この本はけっきょくその午後のうちに、崖っ縁のベンチにひとり坐って読みだすことになった。チャタム校の男子たちはそろって運動場でサッカーに興じるか、目ぬき通りにある〈キルティー・アイスクリーム・パーラー〉の前にたむろしているようだった。

学校に入って初めのうちこそ、わたしも彼らの仲間に入ろうとした。いっしょに試合をしたり、教師をからかってあだなをつけたり、そんなよくあるいたずらにも参加したものだ。ところが、じきにうまくいかなくなった。つまるところ、わたしは校長の息子であり、彼らにとっては、チャタムの一生徒としては受けいれがたい立場にあった。わたしがそばにいては、罰当たりなことをいってばかをやったり、うちの父を〝グリズウォルドじいさん〟と呼ぶのも気がねがいる。そう、父は陰ではそう呼ばれていたのだ。

つまはじきにされたわけではないが、わたしはいつしか友を離れて本の虫になり、いつ見ても、ポーチのブランコや運動場のすみで読書にふけっている子になった。そういうわたしを父はたまに〝哲学少年〟と呼んだが、さっぱり褒め言葉とは聞こえない口ぶりだった。

あの孤立した寂しい少年の姿を思いかえすと、このわたしもチャタム校事件の犠牲者のひとりだという気がしてくることもある。黒池の水を揺るがしたあの罪に、少なからず人生を傷つけられた。だが、ふたたび黒池で現実に起きたことを思いだすと、風の吹く浜辺に立つ少女の姿が脳裏によみがえってくるのだ。風に逆らって走る少女の後ろには、古ぼけた凧《たこ》が右へ左へはためき揺れている。ようやく凧があがると、少女はそれを寂しげに見つめ、見棄てられたような目をしていた。あれ以来、そんな表情が少女の目から消えることはなかった。人生のあの瞬間に少女が見せた顔——それが浮かんできたとたん、わたしは黒池の真の犠牲者たちを思いだし、しばし呆然となりながら、自分のまぬかれた恐怖、味わうことのなかった喪失の深さに思いいたるのである。

その午後、わたしは借りた旅行記を読んで、ミス・チャニングのことをずいぶん知るようになった。彼女の父親についても知った。その人はマサチューセッツ州の名家に生まれて、ハーヴァード大学に学び、卒業後はしばらくボストンで報道記者として働いていた。二十三歳で、やはりニューイングランドの名門の出であるジュリア・メイソン・ロックブリッジと結婚する。ふたりはボストン・コモン公園近くのマールボロ通りに新居をかまえ、一九〇四年に、長女エリザベス・ロックブリッジ・チャニングをさずかる。そのあとも、夫は〈ボストン・グローブ〉紙の仕事をつづけ、妻は往時の上流婦人にふさわしい社交界の役割をこなした。ところが、一九〇八年の秋、ジュリア・チャニングは病に倒れる。何週間かもちこたえたものの、一九〇九年の一月、ついに帰らぬ人となった。あとには、四歳のエリザベスが父親ひとりの手に遺された。

まずもって『窓辺からの眺望』は、ミス・チャニングと父親の旅の暮らしをつづる日記である。旅行時代、ふたりは定まった居をいっさいもたず、父と娘の関係のほか、世間のしがらみはいっさいなかった。そんな根無し草のような生活を送る意味、父チャニングがそこにこだわる理由が、著書の冒頭で明かされている。

妻が他界してなおボストンに留まることが、わたしには運命と思われた。わたしはマールボロ通りのわが家を歩きまわり、亡き妻の長年かけてあつめた贅沢品の数々を眺めた。天鵞絨《ビロード》のカーテン、ティファニー・ランプ、ほかいろいろの飾り。それらはみなジュリアとおなじに独自の美をそなえていたが、もはやわたしには長久の愛情は感ぜられなかった。そのため、わたしは世界中をあてどなく住み移りながら、涯てなき遠い異境を娘のリビーに見せてやることにした。

この結論については、人さまに隠したことも、また隠そうとしたこともない。わたしはわたしなりに、良かれと思う教育を娘にえらんだのだ。どのような意図をもって？　それはひとえに、あるひとつの村なり国なりの影響にしばられない人生を送らせたいと思ったからである。慣わし、イデオロギー、血統といったまやかしの桎梏《しっこく》にとらわれぬ人生を。

主旨を大きくうって出たわりに、『窓辺からの眺望』は基本的に旅行記の域にとどまっている。とはいえ、風景や音、歴史的背景といったことのみならず、ミス・チャニングと父親がともに世界を遊歩しながら過ごした日々が、つぶさに描きこまれていた。

本が明かすところによると、それはつねにどこかへの途上にある、いわば浮き雲の暮らしであり、娘に独自の人生哲学を仕込もうという、父チャニングの固い決意のほかは、道標もない旅だった。幼いリビー――じっさいそう呼んでいたらしい――を恐ろしげな悲劇の地へつれていくことで、その哲学を厳しくたたきこもうとしたようだ。足を運ぶ先々に、父の伝えようとする教えがあった。

その午後、崖っ縁でチャニングの哲学を読みながら、わたしは自分の父とあまりにもちがう人生観に圧倒される思いだった。それはチャタムの村や学校の頭ごなしの極めつけとも、それまで出会ったどんな物の見方とも、まるきりちがっていたから、わたしは突然、異世界に入りこんだような気になった。チャニングによれば、彼の世界には〝人生のおきてにおきてはなく〟、人の自由な情熱をじゃまだてするものはなにもないという。

じっさい、わたしが尊ぶよう教えられてきた世界とは正反対だった。あらゆるものが裏返しになり、逆さまにひっくりかえっていた。つつしみは一種の隷属、誓いや約束は心を押さえつける道具、道徳などはそれこそ一時の気の迷いにすぎなかった。なによりそこでは、よこしまな悪魔でさえ、ふしぎとおごそかな威厳をもっているらしいのだ。

わたしたちはソレントから船に乗り、まもなくカプリ島の東岸にあるマリーナ・グランデで下船した。街は祭り気分で人々を誘い、リビーは島の匂いや、曲がりくねって迷宮のように入り組む小道に嬉々としてはしゃぎ、ときにはスキップしながらわたしの先へ行ってしまう。島の亜熱帯の緑に夢中のようすで、ことにその青々と繁る草花が気にいったのだろう、道行きに出会う茂みや花からひっきりなしに葉だの花びらだのを摘んできた。

だが、わたしが娘をカプリ島につれてきたのは、なにも午後の戯れのためだけではない。古風な村の裏道や、いろいろな植物を見せにつれてきたのでもなかった。やはりここにも、わたしなりの意図、わたしなりの目的の地がある。その場所はまだ、街の狭い路地から、ぼんやりかいま見えるだけだった。

そうして一時間あまりも、わたしたちはまぶしい夏の陽を浴びながら、美しい花垣に左右をはさまれて東へのびる歩道を抜けて、山道を登っていった。花の香があたりを包み、小さなトカゲどものたてる音が聞こえる。五匹六匹とかたまって茂みを駆けぬけ、薄い緑のリボンのように目の前の道を横切る。

道行きは楽ではなかったが、スエトニウスの歴史書で悪名高い、あのジョヴィス荘の大廃墟が頭上からわたしを誘っていた。はるか眼下に見えるあのナポリ湾でオデュッセウスを誘ったというセイレーンのような謎めいた恐ろしい呼び声で、わたしを招いていたのだ。そんなたとえをするのも、この朝の目的地は、オデュッセウスの船乗りたちが旅する古い神話の世界とおなじく、血にまみれた倒錯の場だったからだ。

だが、皇帝が設計したこの緑の悦楽園には、輝かしく、いたって自由な空気もあった。皇帝は生きた人を彫像に仕立てあげ、はしたなくも手放しの喜びようで、この淫《いん》靡《び》な見せ物を愉しんだという。この園こそティベリウス皇帝が、肉体の完成を不毛の精神の上にかかげ、既存のタブーをことごとく破った場所なのだ。男と男、女と女をつがわせ、自身の皺《しわ》んだ軀《からだ》に、年端もいかない子の肉体をまとった。おぞましく不自然なことに見えるかもしれないが、真にかぎりなきものへ近づこうという、異教世界のきわめて熾《し》烈《れつ》な意思表示にはちがいない。

だから、わたしはリビーをこの場へつれてきた。廃墟となった今も、こんもりと繁る木立《グローブ》。なかへ入るとすぐ、わたしは悪名高いティベリウスの滝を眼前に眺めて、リビーとともに腰をおろし、人の生とはどうあるべきか、どんな高みに行きつくべきか、どんな情熱をもつべきかを語った。わたしがこんなことをし、こんな話をするのも、それはひとえに、娘が翼をもつ鳥のように生きてほしいと願うからだ。なぜなら、人生は愚に瀕してこそ、このうえなくうるわしい。

陽の暮れの影が、断崖から寂しい砂浜を、やがてはチャタムの小さな領国をすっぽり包むころ、ようやくわたしは『窓辺からの眺望』を読みおえた。わきに本を抱え、マートル通りを家へと歩きだす。そのとちゅう、運動場で遊ぶダニー・シーンの姿や、つぶれたトランクを引きずって、チャタム校の前の歩道を歩いていくチャーリー・パターソンの姿を見かけた。校舎の二階には灯りがともり、学生たちはみな図書室で勉強をするか、休憩室で静かに話でもしていたのだろう。じきにベルが鳴って夕食におりていくと、金曜日の慣わしで、うちの父が食事をともにする。父は夕食がすむと、立ちあがって小さな鈴を鳴らし、ゆくゆく少年たちの役にたちそうな言葉を引用して散会にする。

そんなことを考えると、このマートル通りが先の先まで平板に淀《とろ》んだ瀞《とろ》がつづく川のように思えてきた。自分はチャタム校の型にはまった生活しか知らず、目の前にべつな人生が開けていてもわからないのではないか。たしかに、当時のわたしは決められた運命に疑問のひとつも抱かず、チャタム校を卒業すればカレッジへ進み、いずれは独立して家庭をもつものと思っていた。わたしは父にならい、その父は祖父にならった。生まれた日付けと死ぬ日付けがちがうだけだ。それ以外は、父たちとおなじように生き、おなじように死んでいく。祖先がはるか朧《おぼろ》のむかしから踏みならしてきた道を行き、そこになにがしかの栄誉と喜びを見いだす。

ところが、その夕べ、家路についたわたしには、人生がそんなに決まりきったものとは思えなくなっていた。ときに苛立ちを感じてすねてみせたり、生徒たちを前にもっともらしい説教をたれる父に嫌気がさしたり、そうした今までの不満の萌芽が、ついにあるはっきりした形をとりだし、じつは自分が人生になにを求めているのか、漠然とながらわかってきた。

まったく明快なことだった。わたしは自由を求めていたのだ。自分という人間に答えを出し、なにかに向かってつき進みたかった。どうしたら自由が手に入るのか、自由を手にしてどうするのか、まだなにも考えていなかった。ただ、自分の求めるものを見つけたと思い、この大発見を機に黒いとばりがあがってドアが開いた——そんな気がしていた。行き先はわからなくとも、父が歩んできた道、チャタム校の生徒たちが歩んでいく道とはちがう方角へ行くのだと、わたしは心に決めた。

わたしは一新された世界観に胸を躍らせ、息をきらしてマートル通りを駆けた。家につくころには宵がせまっていたが、夜明けを見る思いだった。二階へ駆けあがり、ベッドに転がって軀を思いきり伸ばし、チャニングの本を初めから終わりまで読みかえしたのを憶えている。そのなかの一文は、久しく心に焼きつくことになった。〝人生は愚に瀕してこそ、このうえなくうるわしい〟

寝室で、その一行を何度も読みかえしたときの胸の高鳴りを思いだす。わたしが感じてきたことのすべてを、その一行がまばゆく照らしだしているように思えた。闇はあまりに明るい炎からは生まれない。わたしは今も、そんな気がしている。

第二部

第七章

老いを迎えてなかば隠退の身となりおおせた今、よもやあの人のことをふたたび思う時がくるとは、わたしは予想だにしていなかった。ときおり老女が木造りの広いポーチをおっくうげに歩いていく姿、揺り椅子をゆっくりとゆらしている姿を、車で通りがかりに一瞥するほか、彼女を思いだす出来事もさしてないまま月日は流れた。ようやくミス・チャニングも遠い過去になったということだろう。よしんば思いだすことはあっても、それはもろくなった古書のページに挟んだ押し花のような、色あせた存在であった。ところが、わたしの人生も終わりに近づいたそんなおり、突如として思いもよらぬ道すじから、ミス・チャニングはわたしのもとへ帰ってきたのだ。

その朝、わたしは早々に事務所へ出むいていた。街の通りはまだ閑散としており、海から流れてきた霧が〈ダルメシアンズ・カフェ〉の角のあたりで渦を巻き、町政庁舎のベンチの下にうっすらとたまっている。わたしは事務所のデスクで、まだ片づかない訴訟の整理をしていたが、ふと目をあげると、ドア口に老いた男が立っていた。

「おはようさん、ヘンリー」男はいった。

クレメント・ボッグズだった。例によって、フランネルのシャツにバギーパンツをはき、古ぼけた帽子を耳にかかるぐらい深くかぶっている。クレメントとは若いころからのつきあいだが、じつはそれほど親しい仲ではない。あのころ彼はローンボウリング場の前で煙草を喫《の》んだりする不良学生のひとりで、父がわたしにきつく交際を禁じるような手合いだった。いわば貧しい階級の暴れん坊だったが、そのうち気持ちを入れかえてまともな暮らしを送るようになり、そうとうの財産も築いた。わたしはこの男の法律問題を少なからず引きうけてきた。ここ数年、クレメントは生涯こつこつ買いためてきた土地を手放しはじめていたので、最近の仕事は登記の変更——すなわち不動産売買の手続きのまとめばかりになっていた。

クレメントは難儀そうに小さくうなりながら、デスクの向かいの椅子に腰をおろした。

「じつは、大むかしに買っておいた土地に買い手があらわれてな」クレメントはそう切りだした。「プリマス通りに面したあたりなんだが」といったなり、口ごもる。くだんの出来事より、名前そのものが忌《い》まわしいとでもいいたげだった。「黒池のあたりだ。あのミルフォード・コテージのある」

あの怖ろしい夏の日にいきなり引きもどされ、パーソンズ検事の声が耳朶《じだ》によみがえった。〝きみはよくミルフォード・コテージに行っていたのではないか、ヘンリー？〟わたしの答えはそれまでの答弁とおなじく、短く率直だった。〝はい、行っていました〟

クレメントがわたしの顔をまじまじと見つめてきた。「気分がわるいんじゃあるまいな、ヘンリー？」

わたしはうなずいた。「ああ、なんでもない」

むこうはいぶかしげな顔をしつつ、とりあえず話の先を進めた。「今いったとおり、あの黒池の土地に買い手があらわれたわけだ」というとゆっくり椅子に背をもたせ、わたしの顔をじっと見つめてきた。こちらの胸中によぎる場面を想像していたにちがいない。渦《ゾー》巻く池の水、緑色の深みから近づいてくる顔……。「その買い手なんだが、あの土地が区画割《ニング》の適用除外を受けられるかどうか、知りたがっている。市がこいつの適用を除外してくれるかどうか調べてくれんかね」

すぐそこにいるクレメントが、やけに遠く感じられた。代わってパーソンズ検事の顔が、息もかかりそうな間近にせまってくる。〝最後に黒池へ行ったのはいつだね？〟わたしの口から気負いも隠しだてもない答えが淡々と出る。〝一九二七年の五月二十九日です〟

〝日曜日にあたるのではないか？〟　〝そうです〟

「まあ、見てこないことには、わからんだろう」クレメントはそういいながら、右に首をかしげて、こちらの顔をのぞきこんできた。この男の脳裏にも、わたしが証人席に立った日のことがよみがえっているのだろうか。人々でうめつくされた法廷に響くパーソンズの声を、ふたたび聞いているのか。〝あの日、黒池でなにがあったのだ、ヘンリー？〟

クレメントはまぶしい光を避けるように目を細めた。いくらわたしが心の動揺を抑えつけようと、あの男にはわかったのだろう。「あんたも、しばらくあそこへは行っていないと思うが」といった。

「そうだな、ずいぶんになる」

「およそ変わらんね」

「なにとくらべて？」

そう問われて、ごく当たり前と思っていた答えに惑いが生じたらしい。「いや、それは、あのころの佇まいとくらべてさ」あの男はそう答えた。

わたしはなにもいわなかったが、クレメントのいう〝あのころ〟に、自分が引かれるままもどっていくのを感じていた。暗闇を走る古い車。黄色いヘッドライトがふた条《すじ》射してわたしを飲みこみ、車が停まる。だれかが運転席からこちらを見つめ、手招きしながら低く呼びかけてくる。〝乗りなさい〟

「まあ、なにかわかったら、知らせてくれ」クレメントはそういって、椅子から立ちあがった。「その、つまり適用除外のことで」

「さっそく現場を見にいってこよう」

クレメントはドアロまで出てから、今いちど振りむいた。「なあに、長居することはないさ」彼なりに、わたしの重荷を軽くしてくれようとしたのだろう。「あのあたりに開発業者が入ったら市はどう思うか、それだけわかりゃいい」

わたしはうなずいた。

クレメントはそれから先をいいだしかねているようだった。わたしに聞かせたものかどうか、迷っていたのかもしれない。ようやく切りだした。「もうひとつ相談があるんだがな、ヘンリー。金のことだ。土地を売った上がりだよ。ある人に、その金が行くようにしたい」クレメントは短い間をおいてから、女の名を口にした。「アリス・クレイドックに」

わたしの脳裏に、アリスの姿が浮かんできた。大兵肥満の老女。白くなった髪はべっとり汚れ、頭のほうも朦朧としているようだった。生徒たちが彼女をあざけって心ない歌を歌うのを、よく耳にしたものである。

アリス・クレイドック
閉じこめられて囲われて
おまえの母さんどこ行った？

「あの土地から得るものがあるなら、アリスにやるのが妥当だろう」クレメントはいった。「わたしも齢《とし》だ。あそこの金は要らん。それに、アリスはここのところ生活に困っているというじゃないか」

中年のころのアリスの姿が思いだされた。ポテトチップスとキャンディバーで太りだしたアリスは口元にも締まりがなくなり、目は輝きをなくしてどんよりしていた。悪い子どもたちがそんな彼女を追いまわしては、指さして笑いものにした。そのうちウォレスに追いはらわれると、少年たちは通りを逃げていき、彼らの背中にウォレスの声が長くこだましたものだ。〝そっとしておいてやれ。アリスはもうじゅうぶん苦しんできたんだ〟

「もらった金も、底をつきかけているだろう」クレメントはいった。「じゅうぶんではないだろうな」

クレメントは肩をすくめ、「なら、いくらかの足しになるかもしれん」とだけいうと、踵を返して出ていった。

あの男が出ていくとすぐ、わたしは窓辺に立って外を眺めた。通りの向かいに薄汚れたトラックが駐まっており、そこへクレメントがとぼとぼ歩いていく。だが、その図に、何十年もむかしの、公判の日の彼の姿が重なった。悪友たちと裁判所の石段に立っているクレメント。目の前を追いたてられるように降りていくミス・チャニングに、彼らは嘲りのやじを飛ばす。ミス・チャニングをにらみつけ、クレメントが吐いた侮辱の言葉が聞こえてくる。〝この売女め〟

よもや、こんなことになろうとは思ってもみなかった。ミルフォード・コテージを再訪して、かつて親しんだ場所の魅力をふたたび感じ、あの場所にかきたてられた思いを新たにしようとは。とはいえ、クレメントのトラックが行ってしまうと、わたしの心はもうコテージに向かっていた。ただし、若き日をなつかしむような気分ではない。あたかも、自分のしでかしたことをつきつけられ、朽ちはてた廃墟に横たわる屍を見せられる心境とでもいおうか。一種、犯人が犯行現場にもどるような心もちであった。

そうして一時間もするころには、わたしはミルフォード・コテージへと車を走らせていた。まだ朝が早いせいで通りは人影もまばらであり、〈ダルメシアンズ・カフェ〉で朝食をとる人々の姿が見られるていどだった。こうして目ぬき通りを走ってみると、ミス・チャニングの裁判のあったころから、村はほとんど変わっていないように思える。あの時期、人々は群れをなして裁判所のまわりに押しよせ、キルティー・アイスクリームやメイフラワーの店先をうろついて、人殺しと裏切りについてささやきあったのだ。

市街をぬけてしまえば、あとは海沿いの道を走るだけだった。道の両側には、湿地や沼沢がむかしと変わらぬ風景を展開し、ときに上空をカモメが旋回したり、遠い木立の上をカラスがかすめ飛んだりする。

村を出て一キロ半ほど行ったところで、わたしはプリマス通りに入り、初めてつれられてきた午後、父が通ったとおなじ道すじをたどった。ミス・チャニングは助手席に、わたしは彼女の旅行鞄ふたつといっしょに後部座席に押しこめられていた。押しかぶさってくる木々の鬱蒼たるさまはあの日と変わらず、この日も、車体の両側に緑の蔓がこすれてきた。

最後にカーブをひとつ曲がると、ミルフォード・コテージがいきなり視界にあらわれる。コテージは最後に目にしたときより、ずっと小さくなったような気がした。だが、時の刻みつけた変化ばかりでもなかろう。建物は来し方《こかた》の年月にすっかり朽ちはて、タールを塗った屋根は裂け目が入ってめくれあがり、網扉は錆ついた蝶番からはずれて、庭は雑草とイバラが一面に繁っていた。そのうらびれて荒れはてたようすたるや、ともすれば不朽の黒池の水に、建物ごと屈してしまいそうに見えた。

わたしはその光景を眺めて、このコテージが廃家となった顚末を思いおこした。もはや二度とここに人が住まうことはあるまい。若い女がランタンを置き換え、父親のポートレイトを壁に飾ることもない。パーソンズ検事の著書にふんだんに引かれた公判の進行記録を読めば、あの狭い法廷でどんな言葉が交わされ、人々がなにを感じたか、おおよそ知ることができる。けれど、そこには記録には残っていないべつの声、べつの心があったことも、わたしは知っている。パーソンズがいかに努めようとあばきえなかった事柄が。まるで耳元でささやく声のように、今もミス・チャニングの言葉が聞こえてくる。〝こんなこと、もうつづけていられないわ〟それに対して、わたしがいう。〝なにか手を貸せることは？〟

奥の玄関をのぞきこんでみると、初めてここに来た日の夕方、父が開けるのに手こずったあのドアが見えた。鍵をいじりまわす父の後ろには、ミス・チャニングがたたずみ、降る雨のなかを黙って待っている……。わたしはおもむろに玄関へ歩みよると、そっとドアを押した。ドアは抵抗なく開き、目の前にがらんとした室内があらわれた。

コテージに踏みいると、わたしの視線は、枯れ葉の散り敷く床をたどり、暖炉に積もった鼠色の灰の上でしばし静止した。ミス・チャニングの声が聞こえる。〝これを始末してちょうだい〟わたしはあわてて目を閉じた。いつ浮かんでくるともかぎらないあの場面を見まいとしたのだろうか。炉辺に立つミス・チャニングが険しい目で炉棚をにらみ、燃えさかる炎に手紙をくべている図を。

また目を開けても、コテージの部屋はあいかわらず空っぽであり、音や動きをそそるものがあるとすれば、わたしの胸中に展開するドラマだけだった。

人気《ひとけ》のない寝室に、わたしは目をやった。かつては小さな木製の本棚がベッドの横におかれていたものだ。あそこにあつめられた本の数々――バイロン、キーツ、シェリー。黒っぽい子牛革装の本にしるされた彼女の父の英雄たちの言葉を思いだす。

一陣の突風がコテージに吹きつけ、かろうじて残っている埃まみれの窓ガラスを鳴らした。むきだしの手のような大枝が窓をなで、骨ばった指のような細い枝先が外に出ろと合図する。わたしは次の間にでも案内されるように無言でうなずくと、コテージの奥へ行き、裏口から外に出て庭をわたり、池の水際まで足を運んだ。

池の畔《ほとり》には、今もヤナギの大木がそびえたち、褐色の巻きひげのような細枝を水面にたらしていた。ミス・チャニングがよく絵に描いた木だ。チャタムに来た最初の一週間、あの人は幾度この木の葉陰に立ち、ありし日の父親がよく読んでくれた詩——ときには、詩が書かれた当の場所で聞いた——を思いだしたことだろう。ナイチンゲールにささぐ頌歌、古代ギリシャの壺、歓楽宮、水晶のようにきらめく海、宵のごとく歩む美しい女たち。だが、ミス・チャニングのベッドサイドの本棚には、またちがう類の書物も挿されていた。メスマーの催眠術論、ブラヴァツキー夫人の神智学、そしてマルキ・ド・サドによるいささか異常な狂想の書。

こうした世界がいっしょくたになって、あの人の心にひそんでいたのだ。ああいうものすべてが。わたしは過ぐる日、ミス・チャニングがたたずんだ場所に立ち、静まりかえった黒池の面を見つめて、そう思った。池を見わたせば、陰惨な問いをささやく、冷たく力ない声が聞こえてくる。〝あなたはふたりに死ねと？〟

ミス・チャニングがその男の姿を初めて目にしたとき、わたしはその場に居合わせていた。あれが最初だったと、少なくともわたしは思っている。もちろん、ほかの教師にまじっているところや、廊下から教室に入っていく姿などは、とうに見かけていただろう。けれど、それまでは、まわりの人々から彼を截《き》りはなして見たことはなかったと思うのだ。その男に並ならぬものを感じ、強く目を惹きつけられたのはそれが初めてだったにちがいない。

十月も半ばになろうというころで、ミス・チャニングが着任してからひと月が経とうとしていた。彼女はいつものように塑像台を前にしていたが、このとき台の上に粘土の塊はなかった。そこに粘土があると仮定して、心のなかだけで形をつくれと、わたしたち生徒にいうのだ。

「たとえば、筋肉を想像するなら、その力を感じることが大切よ。自分の形づくるものの下になにがあるか、それを感じなさい。その内側にあるものを」ミス・チャニングはあらかじめ机の上に用意した大きな本をとりあげ、こちらに差しだしてくると、いわんとすることの例となるページを開いた。

「これはロダンの〝バルザック〟という作品です」といって、ミス・チャニングは本を開いたまま、作品の載ったページをこちらにつきだして、教室の片側を歩きだし、「バルザックの軀は見えませんね」とつづけた。「長くたなびく外套にかくれている」

ミス・チャニングが横を通りすぎても、生徒たちは半身をひねってまだ見ようとしていた。「けど、外套の前を開けたら」そうあの人はいいながら、「こういう姿が見えるはずよね」と、すばやい手つきでページをめくると、わたしたちの目の前に、恐ろしく肥大したバルザックの裸の巨体があらわれた。腹の肉が足元に届かんばかりにでっぷりたれている。

「じつは、ケープの下にはこんな人物がいる」ミス・チャニングはいった。「ロダンはまず下の裸体を彫ってから、ケープをつけたしたのよ。バルザックそっくりの軀の上に」

そういうとあの人は本を閉じ、いっときわたしたちを無言で見つめた。そうしてから両手を胸の前に持ってゆき、もどかしげにひねりまわす。「自分の造るものの皮膚の下になにがあるか、それを想像すること。筋肉の伸び縮みを感じること」ミス・チャニングは両手をすうっと持ちあげると、顔のわきでぴたりと止めた。

「どんな小さな筋肉にも役割があるわ。目を閉じ開きする小さな筋肉のようにね」

わたしたちはショックで押し黙りながらミス・チャニングを見つめ、今見せられた裸体に肝をつぶしながらも、そこに畏敬のようなものを感じていた。

「あすの授業で粘土をこねはじめたら、今日話したことをひとつずつ思いだして」ミス・チャニングがそういったとき、ちょうど終業のベルが鳴った。

その日は、これで彼女の授業は最後だった。チャタム校の教師として着任してからのひと月、ミス・チャニングの仕事ぶりはすごく順調だな、そう思ったのをわたしは憶えている。じっさい、それは父も褒めるところであり、ある晩の夕食の席でも、〝チャニング先生はたちまちコツをつかんでしまった〟〝教えることが天職のようだ〟とまで母に話していた。

その午後、元気に教室を飛びだしていく級友たちをよそに、わたしがドアロでもういちど振りむいてみると、まだミス・チャニングは塑像台の前にひとり坐っていた。話しかけるには絶好の機会という気がした。

「チャニング先生」わたしはゆっくり近づいていった。

あの人は目をあげた。「なにかしら、ヘンリー?」

わたしは『窓辺からの眺望』を鞄から出して、差しだした。「すごいや、これ。何回も読みなおしたし、ところどころ写したりしました。お父さんのいうこと、どれもこれもそのとおりだって気がした。あの〝人生を駆けぬける〟というところ」

ミス・チャニングは本を受けとろうとはしなかった。わたしがどんな生き方に憧れているか察してくれたにちがいないと思った。このチャタム校の壁をこえて広々とした世界へ飛びこみ、愚に瀕して生きてみたいと、わたしがどれだけ熱望しているか。ちらりとこちらの顔を見てきたミス・チャニングは、この子にはそんな人生を生きぬく意志があるだろうか、そんな自由を得るに必要な冷徹さがそなわっているだろうかと、品定めするような目をしていた。

「うちの父のように生きるのは、やさしいことではなくてよ」ミス・チャニングは蒼い眸で、わたしをしっかり見すえた。「おいそれと真似のできることではない」「けど、そうでもしないと……みんなとおなじように生きることに……」わたしは口ごもった。「ぼくはうちの父みたいな生き方なんてまっぴらです。あんなふうにはなりたくない……つまらないもの」

わたしが父を容赦なく裁断しても、ミス・チャニングは驚いたようすもなかった。「では、どんなふうになりたいの、ヘンリー？」

「ひらけた心をもちたいんです。新しい物事に」

ミス・チャニングはわたしの顔をしばし見つめてきた。この人はだれの見方ともちがう角度から、ぼくのことを考えている。幼い少年としてだけでなく、いつか一人前の男になることまで考えて。わたしはそう感じたものだ。

「あなたの絵には一目おいていたのよ」ミス・チャニングはいった。「とてもいい絵だものね」

そうあいづちを求められても、意外なばかりだった。「ほんとですか？」

「ええ、うんと感情がこもっているの」

わたしは自分の絵が妙にひねくれ、おどろおどろしい闇に包まれているのは承知していたが、そんな特徴が重なりあって絵画の〝感情〟になるとは、そんな表現が心の奥深くから湧きでてきたものとは、考えたこともなかった。

わたしは肩をすくめた。「このへんには、たいして描くものもないんです。海とか、灯台とか、そんなものしか」

「けど、そこにあなたはなにかを与えているのよ、ヘンリー」ミス・チャニングはいった。「あなただけのものをね。スケッチブックを持って歩きなさい。わたしもアフリカではそうしていた。スケッチブックを持って歩くだけで、世界が変わって見えるものよ」ミス・チャニングはこちらの返答を待ってひと息おいたが、わたしがなにもいえずにいるので、先をつづけた。「とりあえず、また何枚か描いたら、持ってきて見せてちょうだい」

わたしは教師に褒められた例《ためし》のない少年だった。ましてや、すねて独りでいることのほか、とりたてて才能などあろうはずがない。教師たちにとって、わたしはつねづね失望の的であり、校長の息子だから仕方なく辛抱している存在、将来の見込みも薄く、野心にも乏しい生徒だった。〝及第点〟だと父がわたしを表するのを耳にしたことがあるが、心底では見下したような口ぶりであり、こいつはろくなものではない、どうせものにはならんだろう、といっているように聞こえた。

「描いてみます、チャニング先生」ほかの教師に見えなかったものを、あの人はわたしのなかに見いだしてくれた。それがうれしくてたまらなかった。

「楽しみにしてます」ミス・チャニングはいうと、彫刻の作業にもどり、わたしは机のあいだを通って教室を出ていった。

裏庭に踏みだすと、わたしは気持ちよく深呼吸をひとつした。あたりはもう秋めいて、空気は爽やかに澄んでいた。けれど、ミス・チャニングに褒められたことで逆上《のぼ》せあがっていたわたしには、冬の寒さの微かな気配など感じるべくもなかった。

それから二、三時間したころ、わたしはその日最後の授業の席についた。しばらくは、ちらちら窓の外を見やったり、壁に掛かった作家たちの肖像画を眺めたりしていた――シェイクスピア、ワーズワース、キーツ。あちこちに視線をあてもなくさまよわせていると、コツ、コツ、コツ、と教師が木杖をついてやってくる音が聞こえてきた。遠く鳴る太鼓のくぐもった音にも似て、静かにリズミカルに響く。

まもなく教室に入ってきた男を、ハンサムと表すべきだろうか？　いつものごとくチョークの粉を上着につけて、コーデュロイのズボンをはいたこの男を？

そういってよいと、わたしは思う。もちろん、この男なりにという意味だが。

それにしても、見るからに壊れたあの軀のなかに、あんなにも烈しい感情が渦を巻いていたのか。村の人々はのちにそういって驚いたが、わたしとてそれは意外ではない。

上背があり細身の男だったが、わたしはその軀つきを見るたび、どこかバランスが狂っていると感じ、傾いた塔のような、土台の崩れた建物を見る気がしたものである。授業中は教室の壁に背を押しつけ、つねに背筋を伸ばしていたが、なぜか軀そのものに独立した意思があるように見えることがあった。左肩が右よりいくぶん下がって、首は心もち左にかしいでおり、いわば、造りは古典的なのだが、妙に傷つけられてゆがんだ胸像、という印象なのだ。震える手がこしらえた作品のような。

だが、なにより人目を引くのは、その顔立ちだった。ぼうぼうと伸びた黒い顎髭には、ところどころ白いものがまじり、目はやはり黒く、眼窩《がんか》が深くくぼんでいた。しかし、とくに目立つのは、左目のすぐ下から鉤形《かぎがた》に走るクリーム色の傷痕である。これは下へいくほど幅広くなって深くえぐれ、その先は濃い髭のなかに消えている。

この男の名は、レランド・リードといった。

初めて見た彼の姿を、わたしはよく思いかえす。このときから何年も前の夏だ。ある日、うちの玄関ポーチでだらけているおり、ふと目をあげると、マートル通りをあの男が歩いてきたのだ。右、左と肩を揺らしてゆっくり歩を進めてくるさまは、おだやかにうねる海を行く小さな船のようだった。ようやく、通りとわが家をへだてる低い鉄門の前までやってくると、男はそこで止まり、「ちょっと、失礼」と話しかけてきた。「アーサー・グリズウォルド氏を探しているのだが」

「うちの父さんだ」わたしは答えた。

男は門を開けはせず、ただこちらの顔をのぞきこんでいた。まるで、わたしの来し方行く末を一瞥のうちに見てとり、わたしがどんな育てられ方をしたか、その結果どんな人間になるか見とおすような目だった。

「父さんなら、なかにいる」探るような男の視線が射すようでつらかった。

「ああ、どうも」男はそう答えた。

ほどなく父がドアを開けて、「いらっしゃい、ミスター・リード」と、客人を招きいれる声が聞こえてきた。まもなくわたしも客間に入っていくと、父とリードが坐っていたが、父はこのお客との会見に夢中で、わたしがドアロに立ち、幼い好奇心から大人の世界に惹かれて聞き耳を立てているのに気づきもしなかった。

なんでもリードはボストンから来たとかで、この三年間はボストン・ラテン学校で教鞭をとっていたという。あの街にはうんざりしました。リードはそれだけいって、話題を変えた。自若とした男らしい声を出すが、どこかうちとけない感もある。顔は独特の強さと率直さをもちながら、癒しがたい深手《ふかで》を負っていた。わたしはいずれ、その声と顔に似かよったものを感じるようになる。

「驚きますな。あなたのような若い方がボストンに住みたくないとおっしゃる」父はいった。「わたしなどは、なかなか面白い街だと感じてきましたが」

それに対して、リードはなにもいわなかった。

「失礼ですが、お齢は？」

「二十八です」

父はもっと年上と思っていたようだ。口髭にちらほら見える白髪《しらが》のせいか。いや、きっとリードの物腰にたいしたおちつきがあり、まなざしが静かだったからだろう。

「二十八ですか」父はくりかえした。「それで……まだお独り？」

「ええ、そうです」

その午後、ふたりは一時間あまりも話しこんだ。わたしは開いた客間のドアの前を幾度かなにげなく通り、ひきもきらない会話に漫然と耳を傾けたが、あとになって思いだしたのは、会話のあるささいな断片だった。そのひと言が、リードという人の本質をあらわしていると思ったのである。面接も終わりに近づいたころだった。すでに父のパイプは椅子のわきの灰皿で火種をおとして冷たくなっていたが、リードはあいかわらず対座して、両者とも足に根がはえたように腰をすえていた。

「ところで、旅のほうはどうです」父が訊いた。「あちこち行かれました？」

リードは首を振った。「いえ、数えるほどです」

「というと、どちらへ？」

「フランスです」

父は満足げだった。「ほう、フランスに。そう、あそこはきれいな国だ。どのあたりを訪ねられたのかな？」

「つまらん片田舎です」そう静かに答えたきり、リードがなにもいわないので、父は質問を重ねて会話を継がねばならなかった。

「それはお仕事で？」

リードはかぶりを振った。微かに膝が震えだしたのがわかり、大きな手がそこへのびた。

「というと、休暇で？」父は軽い調子でたずねた。

「いえ」とリードは答えた。急に漆黒の眉が片方だけつりあがり、またもとにおさまった。

「戦争です」

そう答える声がはりつめ、目がつかのま窓のほうへ向けられた。そのとたん、今のたあいもない質問が、意外なほど生々しいリードの過去の一面を浮き彫りにしたことに、父もわたしも気づいた。数年前にリードが目の当たりにしたものが、思いもよらずあらわになった。砲弾が炸裂してぬかるんだ地面の土塁を噴きとばし、兵士が空高く飛んで落下する。

煙霧の中でリードの軀が回転し、現実とは思えない焔火《えんか》のなかに肉片が飛んでいく。

「そうでしたか」父は低くいい、木杖に目をやった。「それは、存じあげずに」

リードは視線を父のほうにもどしたが、なにもいいださなかった。

「戦争経験のことは、手紙でふれておられなかった。男性はたいてい願書に書いてくるものです」

リードは肩をすくめ、「書くのは気が進まなかったもので」といった。

父はパイプに手をのばしたものの、火はつけなかった。「ところで、なぜチャタムで教えようと思われました？」

これに対する答えは記憶にない。父が悦に入った顔になったこと、それからまもなくリードが帰っていったことだけを憶えている。おそらく徒歩で市街のバス停まで引きかえし、ボストン行きのバスに乗ったのだろう。そのあとリードに再会したのは二か月近く経ったころだが、それもちらりと見かけただけだった。片手に本をつかみ、もう片手に杖を握って、チャタム校の廊下を歩く姿だ。乱れのないリズミカルな杖の音が、テーマソングのようにあの男の到来を告げていた。

それから七年を経たあの秋の午後も、杖の音が到来を告げることは変わらず、そのあとにいつもの〝じっ、リード先生が来たぞ〟という警告の囁きが広がった。

ところが、その日にかぎって、リードはいつものように教室に入ってこず、ドアロで立ち止まると片方の肩をそこにあずけ、軀をかしげた姿勢になった。「こんなに気持ちのいい日和は、もういくらもないだろう」そういって、窓のほうへ顎をしゃくる。窓の外は暖かく晴れわたっていた。「今日の午後は、校庭で授業をしよう」

そういうとリードは踵を返し、廊下の先の校舎の裏口から小さな中庭へと、わたしたちを率いて出ていった。校舎を出るとすぐ、庭の中ごろに立つ樫の大木に寄り、生徒たちに手招きをして、自分を半円に囲んで地面に腰をおろすよう合図してきた。そうして、自分は木にもたれ、持ってきた本に目をおとす。「今日から、バイロン卿の詩を読みはじめよう」リードは優しさと荒々しさが妙にいりまじった声でいった。ときおり、彼の声はやけに触感的になり、まだやすりをかけていない上質な木材を思わせた。「じっくり読みこみたまえ。バイロンはみずから書いた詩を生きた人だ」

いつものように、リードは詩人の生涯をこまかく語ることから始め、波瀾万丈の旅に焦点をあてた。その奔放な流浪児の存在に憧れているようだった。「バイロンは世の安定とは無縁の一生を送った」そうリードは語った。「彼にすれば、わたしたちの生き方など、耐えがたいほど退屈に思えただろう」

それからの一時間で、わたしたちはさまざまなことを学んだ。バイロンがアバディーンというスコットランドの土地で育ったこと、子どものころ小児麻痺をわずらって、右足全体がいちじるしく縮み、生涯ひどく足を引きずるはめになったこと。「わたしと似ているな」と、リードはおだやかな笑みを浮かべ、木杖のほうに顎をしゃくった。「ただ、バイロンはそんなものごときに、生きるじゃまだてはさせなかった。生き方を変えることもなかった」

バイロンには、リードいうところの〝冒険心〟があり、自分の屋敷で乱痴気騒ぎをくりひろげ、人の頭蓋骨から赤ワインを飲んだという。「心のままに生きた人だ」リードはそういってのけた。「なにごとも、彼を止めることはできなかった」

授業が終わりに近づくころ、ようやくリードはバイロンの生涯を語りおえた。しかし、それで解散にはせず、たずさえてきた本を開いた。「では、よく聴いて」と、すばやくページをめくり、目当てのページを探しだす。それから、わたしたちのほうに向きなおり、あのふしぎな微笑み方をするのだった。前々からわたしは気になっていたが、リードは微笑むだけで、人知れぬ努力が要るようなのだ。「詩はときに耳で聴く必要がある」リードはそういった。「もともとすべての詩は語りだったのだから」

リードはえらんできた詩を朗読しだした。低くささやくような声で読むので、いつになく密やかな空気が醸《かも》され、リードと異形の悲しみを一《いっ》にする詩人による親しげなメッセージの観をもたらした。

ことごとに心は揺さぶられぬ。
　世には屈せぬ誇り、
されど汝にこうべを垂れぬ。
　汝に棄てられし今、魂とて我を去れり。

だが、万事過ぐれば、言葉はむなし。
　この我から出づるは、ことさらの愚。
しかし、思いにかせは塡《は》められじ。
　意思なくも、強いてその歩みを継ぐ。

最後の行で、声は細く消えいったが、まなざしはひととき詩集のページを漂い、リードは倦《う》んだように頭をたれていた。彼自身、抑えきれぬ思いに圧《お》されていたのだろうか。
「授業の締めくくりに詩を読むのも、たまにはいいものだな」リードはようやくいった。

そこで言葉をきり、答えを期待したのか、わたしたちを黙って見つめた。だが、なにも返答がないと見ると、本を閉じた。「今日はこれでおしまい。行ってよろしい」

生徒たちは本をかきあつめるようにして抱えると、そそくさと立ちあがって三々五々に散った。あるものは校舎にもどり、あるものは校庭の裏口から、その向こうの運動場へ出ていく。リードだけはその場を動かず、木に背中を押しつけて立ったまま、片手にバイロンの詩集をぶらぶらさせていた。今にも、地面にくずおれそうなようすだった。ところが、しばらくすると、急に生きかえったように長々と息を吸いこみ、肩をまっすぐに正して樫の木を離れ、校舎に向かって歩きだした。「気をつけてお帰り、ヘンリー」と、追いこしざま、わたしに声をかけてきた。

「さよなら、リード先生」わたしは答えた。

わたしは本を拾いあげて、右手へ向かった。真向かいにある美術室に目をやると、中庭に面した大きな三つの窓のひとつに、ミス・チャニングが寄りそっていた。まぎれもない憧れのまなざしで、リードの姿に見いり、彼のわずかに足を引きずるさまや、細い杖や、あの異様なクリーム色の傷痕にさえ、目を奪われているようだった。そんなふうに男を見つめる女を、わたしは知らなかった。たんに男を見る目ではなく、絵画を見て手法の大胆さに感服するような目だったのだ。ありきたりの対称性《シンメトリー》を棄てて、ふぞろいな危うさを採りいれた手法――このとき、ミス・チャニングの初《うぶ》な美意識は新たなものをとりこんで組みなおされ、破壊の美にひとつの場所をあたえようとしていた。

第八章

今こうしてヤナギの木陰から黒池の水面を見わたしてみても、むかしリードの住んでいた家がどこにあるのかほとんどわからない。

わたしは木を離れ、細い歩道に入っていった。猟師や水浴者や、ときにあらわれる森の隠者たちが、長きにわたって整えてきた道であり、ミス・チャニングがあれから二週間後の土曜日に往復した道でもあった。その夜、彼女は黒池の対岸にあるリードの家へ出むくのである。その小道をたどりだしたとたん、またパーソンズ検事の声が聞こえてきた。

〝では、きみは当初から、ふたりが会っているのに気づいていた？〟わたしが答える。〝はい、知っていました〟〝そのことにどんな印象をもった、ヘンリー？〟〝べつに悪いことではないと思いました〟〝では、今もおなじように思っているかね？〟〝いいえ〟

その晩、ミス・チャニングは繁る森のなかで、一羽の白いかもめが池の面をかすめ飛んでいくのを見たかもしれない。足元の葉がたてる微かな音はもちろん、さまざまな鳥の声や、野ネズミの走る音や、カエルが池に飛びこむ水音も、きっと耳にしたことだろう。というのも、わたしがその朝、老人の足でゆっくりミス・チャニングの足どりをたどりなおしたときも、そんな場面に出会ったからだ。

リードの家での会食は、何日も前からの約束だった。それまでには、こんなやりとりがあった。そろそろ寒くなるから、この先も学校とコテージを徒歩で往復するのはたいへんだろうと父がミス・チャニングにもちかけ、おなじ黒池にもうひとり教師が住んでいると話したのである。朝、ミルフォード・コテージに車で寄り、放課後、また送ってくるぐらい、彼にとってわけないことだろう、と。

十月の末を迎える前には、リードがミス・チャニングを自家用車に乗せる光景を見かけるようになった。壊れかけたセダンのタイヤは泥にまみれ、乗り口のステップは錆びついた板が一枚ぶらさがっているようなもので、窓は汚れの縞やら引っかき傷やら、まるで海塩でも吹きつけて磨いたようなありさまだった。

初めてのドライヴの車中、ふたりはなにを語りあったのか。パーソンズがふたりの会話をもれなく知ろうと執拗に探らなければ、けっきょく他人《ひと》の知るところにはならなかったろう。パーソンズはいたってこまかな証言をさせた。こうしてわたしが黒池の畔をよろよろと歩いている今も、どこからともなく、ふたりのささやきあう声が聞こえてくる。

わたしはちょうど黒池の向こう岸に住んでいるんです。あなたのコテージからも見えるでしょう。

ええ、お見かけしています。

なら、池に出ていったわたしの姿も見ているかもしれませんね。たまにボートを漕ぎにいきます。

夜も？

そう、ときにはね。

でしたら、一度お見かけしたと思います。コテージに着いた日の夜。散歩に出て、池の畔にしばらくおりましたの。雲がかかっていましたけど、ふっと人の姿が見えました。あなたの姿というより、ボートの一部かしら。それから、あなたの手。なぜ、夜中に外へ？

孤独を求めて、というところですか。

独り住まいではないのでしょう？

ええ、女房子どもといっしょです。ところで、あなたは？　独り暮らしですか？

ええ。

怖くありませんか？　こんなところに住んでいて？

いいえ。

きっと怖がる人もいますよ。

そういう方は余所《よそ》に住めばいいでしょう。


その朝、わたしはふたりのやりとりを思いながら、黒池の畔を歩きつづけた。こうして歩いてみて思うが、リードはミス・チャニングの発言に、驚くばかりのおちつきを感じただろう。今まで出会った女たちとは大きな違いを感じたはずだ。


一度あなたの授業風景を見たことがあるんです。生徒たちは夢中で聞いているようだった。

そうだといいけれど。

みんな、ひたむきな顔をしていた。

わたしも、先生の授業を拝見したことがあります。校庭に出て、詩を聞かせていらしたでしょう。

ああ、それなら二週間ほど前だ。外へ出られるのも、今年はあの日が最後だと思ったものので、有効に使いたかったんですよ。冬が来る前に。

バイロンですね。

わかりましたか。

ええ、もちろん。バイロンは父がずいぶん読みきかせてくれましたから。シェリーもです。それから、キーツ。

キーツが没したローマの薄汚いアパートを訪れたことを、ミス・チャニングはリードに話した。そこにはまだキーツの蔵書がおかれ、詩人の手でなにやら書きこまれたページもあったという。

リードがミス・チャニングにどれほど深い関心を抱くようになったか、それはつぎの行動から察せられる。

急なことをいうようですが、チャニング先生、あすの夜にでも、うちの家族といっしょに夕食をいかがですか？

ぜひうかがいたいわ。

六時ごろは？

けっこうです。

車で迎えにいきましょうか？

いいえ、歩くのは好きですから。それに、お宅は池のすぐ向こうですもの。

リードの家は廃屋となって残るのみだが、それすら草木におおわれていたので、その朝、わたしは黒池をめぐりながら、あやうく見すごしそうになった。家屋には蔓《つる》がからまり、屋根は森の枯れ草の類が積もり積もって、地面にはロブスター獲りの罠がつぶれて転がっていた。ある日突然うち棄てられ、朽ち果てるがままになった。そんなわびしい気配を漂わせていた。

ぐらつく手すりにつかまって、うるさくきしむ階段を昇りきると、わたしはしばし玄関ポーチにそっとたたずんで、家のなかをのぞきこみ、この狭い部屋のなかで発せられたであろう恐ろしい言葉を思った。壁にはえるという毒黴《かび》のように、言葉の毒が今も残っているのではないか。幼い声があたりを裂く。〝母さん、母さん〟

そのとき庭を振りかえると、ほんのたまゆら、幼い少女の姿が目に映じた。ブロンドの髪は細い赤のリボンでまとめられ、池畔にしっかりつながれた白いボートに乗って、オールを漕ぐ真似ごとをしている。またべつな声がよみがえり、わたしの背後から少女の名を呼ぶ。〝メアリ、メアリ〟

家のほうに向きなおると、玄関にリードの妻の姿がある。からまる蔓は消え、ペンキの剝げも見あたらない。空き家となって長らく、建材は黒ずんで湿気《しっけ》ていたはずだが。ミセス・リードは、わたしなどいないかのように庭の先を見ていた。まるで、こちらが亡霊となり、向こうが生きかえったかのようだった。夫人は目を細め、赤い髪のほつれ毛をかきあげながら、もう一度娘の名を呼ぶ。その声はあたりにこだまし、幾重にも反響しながら、静かな黒池の面をわたっていく。〝メアリ、うちに入りなさい〟

わたしは冷たい波が総身に走るのを感じ、メアリが幸せそうに笑いながら、母親のわきを駆けぬけて家のなかへ入るのを見る。その姿が暗い闇にとけこむと、駆けつづける少女が涯てしない無限のトンネルの向こうに遠ざかるように、笑い声はじょじょに小さくなっていく。

凍える風が吹くように、過ぎた日の恐怖になでられ、わたしは戦慄を感じて息をのんだ。ミセス・リードと娘を無理やりこの世に呼びもどしたというより、こちらのほうが彼女たちの世界に引きずりこまれた気がする。

わたしは家のなかをのぞき見た。玄関の扉はとうにはずされている。壁は板張りがはがれて下塗りがむきだしになっており、暖炉はもはや崩れかけ、木の床も板がたわんで継ぎ目がすかすかになっていた。家の奥にあるキッチンはがらんとして静まりかえり、裏手の窓から、ほの暗い陽が斜めに射しこんでいたが、家具らしいものは見えず、床についた錆び色のへこみだけが、ガス台のあった位置をしめしていた。かつてはこのガス台で、夫人が家族の食事をつくったのだろう。

法廷での証言によれば、アビゲイル・リードはミス・チャニングを招いた晩、腕によりをかけた料理を出したという。キャベツとハムの煮こみ、固茹で卵の詰めもの、ルバーブ・パイ。夕食のあとも、娘のメアリには居間で一人遊びをさせておき、リード夫妻とミス・チャニングはコーヒー・ポットをかたわらに、まだ食卓で話していた。こうしている今も、コーヒーの幻の芳香が匂うようだった。長い歳月が流れてなお、その薫りは忘れられたキッチンから漂いでて、棄てられてひさしい部屋いっぱいに広がり、ポーチに立つわたしのもとまで届いてくる気がした。

夕食の席で、リードはもっぱらミス・チャニングを会話の中心におき、世界旅行で訪ねたあの土地この土地に、彼女を舞いもどらせた。おかげでミス・チャニングは食事のあいだじゅう、ポンペイの廃墟を脅かしてそびえるヴェスヴィオ火山の威容から、クリスチャン・アンデルセンの愛したデンマークの小さな村のようすまで、つぎつぎと物語ることになる。「いや、それは面白い」リードはいちいちあいづちを打った。「生徒たちも、あなたの話が楽しくて仕方ないはずだ」

アビゲイル・リードはといえば、静かに話を聞きながら、ミス・チャニングを見つめる夫の顔を見つめていた。ときおり愛想よく微笑み、折々にうなずく夫を見て、妻は人生に予期せぬものが入りこんできたのを、ひょっとしてすでに気《け》どりはじめていたかもしれない。しゃれた服を着て、自分の読んだ本のこと、目にしたことを語る女性。リード夫人にとって、それは未知の世界であり、知る必要を感じたこともない世界だ。わたしの耳元に、パーソンズ検事の声が響く。〝きみはアビゲイル・リードのことを、どのていど知っていた？〟彼女の顔が目の前にあらわれる。目を見開き、緑の淵に漂うあの顔が。〝たいして知りませんでした〟

夕食会がお開きになったのは十時ごろだった。そのころには、メアリはいつのまにか居間を出て、家をとり巻く暗闇に姿を消していた。ポーチに出ていたミス・チャニングは、リード夫婦に夕食の丁重な礼をいって、玄関の階段をおり、池畔をめぐる細い小道へ向かっていった。遠ざかりながら、リードが娘を呼ぶ声、それにつづいて妻のなだめるような声を聞いたという。メアリなら心配ありませんよ、小屋のそばで遊んでいるだけですよ。アビゲイルはそういっていた。

まさか、それがまだ残っているとは思っていなかった。ところが、リード家の廃家の階段をゆっくりとおりて、左手を見てみると、目に入ったのだった。その木造小屋は細長く、屋根にブリキの波板をかぶせてあり、塗装こそしていないものの、母屋にくらべるとかなり良好な状態にあった。母屋から小道をへだてて、百メートルほど離れているだろうか。ドイツトウヒの木立のなかに建っている。かつては小屋まで道がついていたが、今ではそれも草木におおわれ、ブリキ屋根にはマツの針葉が積もっていた。それでも、厳しい気候と長きにわたる放置のせいで、リード家もミルフォード・コテージもみじめな姿になりはてたのに対し、ここはそう影響を被っていないようだった。

わたしはおずおずと小屋に近づいた。かつてこの場を震撼させた悲劇を知る身には、仕方のないことだろう。小屋の扉を小さな指が引っかく音、べそをかく声が、この厚い木板の向こうから洩れきこえてきたのだ。〝父さん、父さん〟

小屋に窓はなく、壁は屋根用のタール紙が張られ、重たいドアの縁は黒いゴムをめぐらせて、しっかり目張りしてあった。なかは真っ暗だったが、天井が高く、壁の大きな羽目板が三メートル近い高さまでつづいているので、あんがい広々とした感じがする。羽目板の下部には錆びた大鉤《おおかぎ》が打たれ、曲がった赤い指みたいにぶらさがっていた。ミス・チャニングの審理で、パーソンズ検事はくりかえしここを〝精肉小屋《スローターハウス》〟と呼んだが、じつはそんなものではさらさらない。むしろ、いたってあの時代らしい離れ屋である。つまり、大きな肉の塊を吊るして、燻製や塩漬けにしたり、少しそぎとって料理の材料にしたり、そんな用途の場所だった。床をやや上げて造り、割り板と割り板のあいだに一センチあまりのすきまを空けてあるので、肉から滴《したた》りおちた血はそのあいだから流れでて、下の地面にしみこむ。家の敷地内にありながら、リードがここを使うことはめったになかったが、小屋の内外で遊ぶメアリの姿はよく見かけられた。

メアリがよく小屋のあたりにいたこと。あの午後、マサチューセッツ州警察のローレンス・P・ハミルトン警部はそれを聞いて、この大きな灰色のドアの前にようやく足を運んだのである。リード家の母屋はすでに、小さな土造の地下室から、電気もない狭苦しい屋根裏部屋まで捜しつくされていた。警部は小屋のなかに、つぶれた段ボール箱とナイフ、その箱のなかにロープと、妙な文字が記された古い初等読本を発見する。だが、この日、ハミルトン警部はもともとこんなものを探しにきたのではなかった。警部の懸念はそれよりずっと差しせまった問題にあった。というのも、ミセス・リードはすでに発見されていたが、メアリはいぜん行方不明だったのである。

第九章

午前十時になるころ、ようやくわたしは車にもどって運転席に乗りこみ、チャタムの村へ引きかえしはじめた。今しがた訪れた場所の空気はすでに、消しがたい黒ずみのごとく記憶のなかに浸みこんでいた。ミルフォード・コテージ。リードの家。あのうだるような五月の午下がり、ハミルトン警部がそっと近づいていった小屋。あの恐ろしい一日につづく経緯を、わたしはいろいろと思いおこした。すぐに過ぎたことも、今日まで尾をひいてきたこともある。書斎机に坐る父を思いだす。すでに失われた夢を少しでもとりかえそうと自棄になる父を、母は苦りきった目で見つめ、失意の殻に閉じこもって不貞《ふて》ていた。わたしの記憶のなかでは、若々しかった世界もよわいを重ね、チャタム校の少年たちは成長しておとなになり、やがて小さく縮んでわたしのような老いぼれになった。もっとも、わたしにはこの世で披露できるものなど、彼らの半分もない。妻も子もなく、少年時代のある出来事ひとつで、憶えられているような男である。

こんな故人や老人たちの記憶のなかに、そのとき若々しいサラ・ドイルの顔が一瞬のぞいた。

あれは、たしか十一月初旬の土曜の午後だった。ミス・チャニングがリードの家族と夕食をともにしたすぐつぎの週だと思う。わたしは崖っ縁のベンチに腰をおろしていた。眼下の浜辺には、のんびり散歩をしたり、縞模様のパラソルの下でくつろいだりする人々の姿がちらほらあった。もう海水浴の季節は過ぎていたから、海にはもちろんだれも入っていない。けれど、はるか沖合に、十五フィートの白いヨットが海岸沿いをすべっていくのが見えた。わたしは走る船を眺めるうちに、あれに乗って広くかぎりない蒼海《そうかい》をわたってみたいという思いに駆られた。

その朝、わたしのもとへやってきたサラは、青のロングスカートに赤いブラウスを着て、花柄のスカーフを肩に掛け、その端を胸元でゆるく結んでいた。サラの髪は長く黒々としていたが、いつ見てもぼさぼさに乱れており、なんだか、今さっき足首をつかんで逆さに振りつけられたもので髪の毛がもつれてしまいました、という風情《ふぜい》なのだ。

そんな多少の難はあっても、サラはたいへんかわいい娘だったし、齢もわたしとおなじとあれば、部屋の前を通ったり、階段を駆けあがっていったりする姿に、目を惹かれることもしばしばあった。だが、いちばん気になったのは、サラがポーチのブランコに腰かけて両手をわきにつき、もの憂げに目をなかば閉じているときだった。だれかに身をまかせる夢にでもひたっていたのだろうか。

もちろん、あの時代は当世より階級の違いにうるさかったから、サラにどんな気持ちを抱こうと、それは周到にかくしておかねばならなかった。七つの大罪のうちでも〝肉欲の罪〟はときとして愛と結びつく。そんな雲行きになった日には、まちがいなく母の手厳しい反対にあったろう。だから、わたしは秘めた想いも微かなまなざしも、ずっと自分の胸だけにとどめ、サラのことを考えるのは夜と決めて、昼間は彼女を使用人の娘という立場に押しもどしていた。

「おじゃまします、坊ちゃま」サラはそういって、そばに寄ってきた。わたしにとって、彼女のアイルランド訛りはなんともエキゾチックで、胸くすぐられるものだった。

わたしは軽くうなずいた。「やあ、サラ」

彼女はくったくなく微笑んだが、つぎにどうしたものか困っているようだった。「あのう、お隣に坐ってもいいでしょうか？」そういった。

「ああ、どうぞ」わたしは、きみの軀が近くにきたところで、そんなものは通りの向こうの街灯とおなじだとばかりに、さりげなくいった。

サラは隣に腰をおろすと、海を眺めわたした。わたしもおなじようにしていたが、ひたかくしにした胸のうちでは、彼女の乳白色の肌と、漆黒の髪と、気持ちをそそってやまない未知の部分のことばかり考えていた。

サラの生い立ちについては、おおまかなことしか知らなかった。とはいえ、マートル通りのわが家をうろついて、会話の断片を洩れきき、母親がリメリックで早逝したことは知っていたし、母の死後にサラが育てられたという、寂れた海辺の村の写真も見つけていた。兄弟は三人いたが、うち二人は大戦で亡くなり、残る一人は、職にもつかずふらふらしたすえ、イースト・ロンドンの貧しいスラムに姿を消してしまった。父はというと、五年前に結核で他界していたが、そのさい、サラが渡米費にあてるぐらいの金は遺してくれた。アメリカまでの途上については、うちの父がしぶい顔で話すのを聞いたことがある。下級船室のひどい生活、湿った船底の部屋でサラに色目を使ってくる男ども。彼女はボストン港で船を降りるまで、黴《か》びたパンと干し牛肉で糊口《ここう》をしのいでいたという。

ボストンに降りてからは、アイルランド移民救済協会に身を寄せて、衣食の世話を受けていたが、じきにあるボストンの屋敷のメイドの職にありついた。三年後、その家でうちの父に会うことになる。サラはぜひまた田舎暮らしがしたい、海の近くの村なら願ってもないことだ、と話した。父はもともと誠心誠意の願いは聞き捨てにできない人なので、サラの熱心な訴えを聞くと、まず彼女の雇い主と話をつけにいき、そのあとわが家のメイドの口を申しでた。サラは一も二もなく飛びつき、それ以来まめに務めてくれていた。ところが、あれから二年たったその朝、サラの顔を見るに、かつての決断に満足しているとはとても思えなかった。目は悔いに翳り、深い失望が見える。

「なるほど、気にいらないことがあるわけだ」わたしはぞんざいに訊いた。自分自身の強い焦燥がはけ口を求めて、ひどく短気な物言いになった。

銀器を盗んだと咎められでもしたように、サラはキッとしてわたしを見ると、「なぜそんなことをおっしゃるんです？」と、守りの固い尖り声で訊いてきた。

わたしは訳知り顔をしてやった。

サラは顔をそむけて、頬に手をあてた。「なにも不満なんてありません。泣き言を言ってるみたいに思われるのはいやです」

わたしはわたしで自分の不満に鬱没としており、サラの悩みにまで優しい気持ちはもてなかったので、なにもいわずにおいた。

それが、かえってサラの気にさわったらしい。「いっときますけど、あたし、チャタムに来たことはちっとも悔やんでやしません。ええ、これっぽっちも。旦那さまに恩知らずな娘だなんて思われたくありません。ただ、あたしはメイドになるために、アメリカに来たんじゃないってことです。もっと夢があるんです。掃除や料理から離れて、もっと勉強したい。いつかりっぱな人になるために。今のあたしみたいな……ただの使用人じゃなくて」サラは激しくかぶりを振った。「ああ、こんな気持ちじゃ、やっていけない。縄で縛りあげられてるみたい」

サラの顔を見れば、わたしにはよくわかった。この平々凡々とした生活を飛びだして遠くへ行きたいという思いが、大きくうねっているのだろう。わたしもチャニングの本を読んでから、そんな気持ちを以前にもまして強く感じるようになっていた。心を揺らし、焦燥に駆られるサラを見ていると、ふいに親近感がめばえてきた。ふたりとも、ちっぽけな片辺《かたほと》りの村で孤立し、この社会の枠組みだのかせだのに脅かされ、圧《お》しつぶされそうになっている。わたしたちの行く先には、古くさい本を読み、堅苦しい金言を口にする父が頑として立ちはだかっていた。今にも、あの説教が聞こえてきそうだった。あれをしろ、これをしろ。こんな人間になれ、あんな人間になれ……。わたしは父の指図のことごとくに、これほど深い軽蔑を覚えたことはなかった。

「なら、逃げだしちまえよ、サラ」わたしはいった。「ボストン行きの列車に乗って、消えてしまえばいい」

そういいながら、わたしは自分が逃げだす図を夢想していた。勇《ゆう》を鼓《こ》して逃げだしたとたん、現実の世界は後ろでかき消え、灰色の壁は崩れさり、目の前にどこまでも大空が広がる。人生は無限の宇宙のようにかぎりない。

「自分のやりたいことをやるんだ、サラ」わたしはさらに大見得をきり、本気のほどをわかってもらおうとしてつづけた。「力になれることがあったら、いってくれ」

すると、サラはこれに質問で応じて、わたしをおおいに驚かせた。それは家出やボストン行きの夜行列車とは関係がなく、どこかの街へ雲隠れするという話でもなかった。サラはわたしの顔を一途な目で見つめて、こう訊いたのだ。「チャニング先生のことを憶えています？　夏の終わりにここへ来たかたがいたでしょう。美術を教えるご婦人」

「今その人に習っているよ」

「ほんとにすてきなかただったわ。お話の仕方からなにから。とっても頭がよくて。ね、そう思うでしょう？」

「ああ、そうだな」

きっと初めから頼みごとは決まっていたのだろうが、急に気後《きおく》れを感じたのか、サラは先をためらった。だが、わだかまりが解けたらしく、こうきりだしてきた。「チャニング先生みたいに優しそうなかたなら……あんなすてきな話し方をする女性なら、もしかして、あたしに読み書きを教えてくださるんじゃないでしょうか？」

つぎの日曜日の朝、わたしたちはマートル通りをつれだって歩いていった。横にならんだサラは、チャニング先生への手みやげだといって、焼きたてのクッキーを詰めたバスケットを片手に提げていた。

わたしたちは崖っ縁の手前で左手に折れると、灯台の大きな影をくぐり、カーブしながら街へつづく道をくだっていった。

「チャニング先生に断られたらどうしよう」サラはいった。「あたしに教えるのなんて、いやだといわれたら？」

「あの人は断らないと思うよ、サラ」わたしはそういいつつも、心のどこかで、ミス・チャニングが願い入れを断り、拒まれたサラが例のもっと大胆な案を検討するはめになればいいと思っていた。人にけしかけておきながら、逃亡という狂おしい企みに自分で逆上《のぼ》せはじめていた。

「でも、教えたくないといわれたら？」

わたしは新たな決意をもって答えた。声には、確固とした響きがあったろう。「そのときは、ほかの道を探すんだ」

この返事に、サラは安心したようだった。ほがらかに微笑むと、あいた手でわたしの腕をとってきた。

それでも、プリマス通りに入るころには、また不安が根をはってきたらしい。歩みが遅くなり、足はおずおずと牡蠣の殻を踏んでいく。高価な絨毯を自分の足跡で汚したくないとでもいう足どり。

「この服、おかしくないですか」ミス・チャニングのコテージにいよいよ近づくと、サラはそういった。

彼女なりに考えたのだろう。その日のサラは、チャタム校の制服を女学生に移しかえたような格好をしていた。スカートは黒で丈が長く、ブラウスは真っ白だった。襟元に黒のボウタイを結んで、胸には小さなカメオをつけている。母が残してくれた唯一の形見だと、いつか話していた品だ。

正直いって好みのなりではなく、わたしはその姿を見つめながら、がらりとちがう装いのサラを思い描いていた。〝ジプシー・バンド〟のラモーナのように、大きな輪の耳飾りを揺らし、口にはナイフをくわえ、眸には死を誘う一閃の光、肩もあらわに燃えさかる焚き火の周囲を踊りまわる女だ。それは、ときに抱く思春期の夢想と変わらなかったが、人を殺《あや》めかねないときの女ほど劣情をそそるものはないという、あのいにしえの女性観に、少しばかり染まっていた。

ミルフォード・コテージの前に来ると、サラはスカートを見おろして、顔をしかめた。「裾が埃だらけ」そういってかがみこむと、スカートの裾を手ではらったが、「いやだ、糊みたく頑固ね」と、けっきょくはあきらめた。そして決然と顔をあげたとたん、わたしの腕にからめた手がこわばるのがわかった。「もう大丈夫」サラはいった。「覚悟はできました」

コテージの玄関へとつづく小道を、わたしたちは歩きだした。サラは間をおかず、ドアをそっとノックすると、にこやかながら、やや緊張した笑顔をわたしに振りむけて、応答を待った。

だれも出てこないと見ると、サラは困ったような顔でこちらを見た。

「もういっぺんノックしてごらんよ」わたしはいった。「こんなに朝早くだもの、きっとまだいるはずだ」

サラはいわれたとおりドアをまたノックしたが、それでも返事はなかった。

わたしは何週間か前の出来事を思いだした。あのときもこんな時間にコテージへ来たが、今とおなじく家に人の気配がなく、ミス・チャニングは森の縁を散策していた。

「先生はたまに朝の散歩に出るんだ」わたしは自信たっぷりにいったが、そんな習慣を知っていたわけではない。「そのへんを見てこよう」

わたしたちは玄関からコテージのわきをまわって、裏庭に出ると、黒池に向かっていった。水の面にはまだ濃い朝霧が立ちこめ、たゆたう霧が岸へゆっくりと流れて水辺にかかっていた。

しばしサラとわたしは黒池の前に立ちつくした。池から漂う靄《もや》は先が見えないほど濃く、コテージの裏手のささやかな水の辺をおおいつくしていた。

なにひとつ動《ゆる》ぐものはなかった。ない気がした。空気も、池の水を包む靄も、周囲のいっさいがしんとしていた。ふいに、こちらに向かってくる人影が目に映り、濃い灰色の靄がじょじょに晴れだすなか、その女はすうっとこちらに浮かびあがるように近づいて、雲のかかる水面の下から浮上する屍を思わせた。

「チャニング先生」サラは呼びかけた。

ミス・チャニングは小さく微笑み、「池の畔を散歩していたの」といった。「玄関にだれか来たような音がしたものだから」水際においたイーゼルがぼんやりと見えた。台の上にはすでに大判の画用紙がすえられ、そのまわりで灰色の靄が余波《なごり》のように渦を巻いていた。

「サラ・ドイルです」わたしは紹介をした。「憶えていますか。チャタムに着いた日の夜、うちで夕食をたべたでしょう」

サラはバスケットを差しだし、「クッキーをお持ちしました、チャニング先生」と、緊張した声でいった。「今日のために焼いたんです。お礼金の代わりに」

「礼金？」ミス・チャニングは聞きかえした。「なんのお礼かしら？」

一瞬、サラは答えをためらった。自分の一生がこの瞬間にかかっている。かぎりない可能性が他人の手にゆだねられている。きっとそんなことを思っていたのだろう。

「読み書きを教えていただくお礼です」サラはミス・チャニングに顔を見すえて、臆せず答えた。「もし、そういうお気持ちがあればですけど」

ミス・チャニングは間髪いれずに答えた。「ええ、ありますとも」そういうと前に進みでて、サラの震える手からバスケットをとりあげた。

それから一時間が過ぎても、ふたりはまだ勉強に余念がなかった。池の水辺に腰をおちつけたわたしには、小さなテーブルにつくミス・チャニングの姿が見えていた。コテージからヤナギの木の下へ運びだしたそのテーブルの向かいにはサラが坐り、彼女の目の前には、ミス・チャニングが大きなブロック体でアルファベットを書きならべた紙が一枚と帳面がおいてあった。

ミス・チャニングの声がきこえる。「さあ、初めから」

サラはミス・チャニングの目に視線を釘づけにし、紙を見ないようにしながら、そらんじだした。「A、B、C……」

とちゅうでつかえて口ごもると、やや間があってから、ミス・チャニングが出てこない文字をいってやり、するとサラはまたいさんで先へ進み、とうとうアルファベットの最後までたどりついた。

「よろしい」ミス・チャニングは静かにいった。「では、もう一度」

ふたたびサラは最初から始めたが、今度はUで一回つかえただけで、すらすらとそらんじ、おしまいまでいくと、息をきらしながら得意げに手ぶりまでつけてみせた。

最後の文字をいいおえると、ミス・チャニングは褒めてやるように微笑んで、「よくできました」といった。「あなたは覚えが早いわ、サラ」

「ありがとうございます」サラはいい、あふれる笑みに顔を輝かせた。

ふたりがレッスンをつづけて午《ひる》も近くなったころ、ミス・チャニングのこんな声がした。

「もうじゅうぶん勉強したでしょう、サラ」

サラは立ちあがると、メイドにもどって主人に暇乞いをするように、膝を折って軽くおじぎをした。「ありがとうございました、チャニング先生」朝の緊張がまた頭をもたげたようだ。「またいつか、お稽古できるでしょうか？」

「ええ、できますよ」ミス・チャニングは答えた。「なんなら、週に一度おさらいすることにしましょうか。日曜日の朝でかまわなくて？」

「ほんとうですか」サラは声をあげた。おおいにほっとして、有頂天のようすだった。

「きっとうかがいます。チャニング先生、今日から日曜の朝にかならず」

「いいでしょう」ミス・チャニングはいった。「お待ちしています」そういうと、今度はわたしのほうを向いた。なにかいいたげな顔だった。「スケッチブックは持ってこなかったのね、ヘンリー」

わたしは肩をすくめた。「今日は絵は描かないと思って……」

「肌身はなさず持ち歩くこと」ミス・チャニングはそういって微笑み、なにかの行《くだり》を口にした。わたしはそれをのちに、パーソンズ検事の前でくりかえすことになる。

「芸術は愛と似る。すべてを得《う》るか、失うか」

それだけいうと、ミス・チャニングは足早にコテージへ引きかえし、今度はスケッチブックを片手にもどってきた。

「わたしのを持っていきなさい」と、それを手わたしてくれた。「アフリカで使っていたものが何冊か残っているから」

見ると、スケッチブックは薄緋《うすあけ》の表紙で綴じられ、それをめくると、真っ白な厚紙があらわれた。見たことがないほどきれいなものだった。わたしはミス・チャニングに金のロケットか、髪の房でももらったような気持ちがした。

「いいこと、スケッチブックを持たない姿は二度と見せないで、ヘンリー」ミス・チャニングはわざと厳しい顔をしてみせた。

わたしはそれをわきに抱え、「はい、気をつけます」といった。

あの人はちょっとわたしの顔を眺めてから、うなずいてテーブルと椅子を指し、「まとめてコテージに運んでもらえるかしら？」と訊いてきた。

「いいですよ」

わたしは両手に一脚ずつ椅子を持って、コテージへ歩きだした。そのとちゅうで、サラの声が聞こえてきた。「今朝は絵を描いてらしたんですね？」ミス・チャニングが答える。

「ええ、よく朝のうちに描くのよ」

わたしはコテージに入ると、木製のキッチンテーブルに椅子をもどした。裏窓に目をやると、ミス・チャニングとサラがならんで、まだ水際に立ててあるイーゼルへ向かっていくのが見えた。池からのそよ風に、画帳のページが微かにはためいていた。ミス・チャニングは画帳を開いて、スケッチのひとつをサラに見せている。サラはミス・チャニングがよくするように胸の前で腕を組み、話の一言一句にまじめな顔で聞きいっていた。

わたしはしばらく外を眺めてから、とっつきにある小さな居間にもどった。父親の写真はまだ壁のおなじ場所に掛けてあったが、あれからスケッチも何枚かくわえられていた。それはミス・チャニングがアフリカから持ち帰った細密な線画で、茫然たる風景には動物も人も見あたらず、さえぎるものも道標もなくどこまでも広がり、ただ大地と空が淡々とした無限のなかへとけこんでいた。きっと父チャニングの世界を描いたのだろう。そうわたしは思った。そのかぎりなく、自由な世界を。

わたしはちょっと線画を眺めてから外へ出ると、つぎはテーブルを抱えてもどり、これをコテージの上がり口において、ふたりのもとへ引きかえした。ミス・チャニングとサラはまだ池の畔にいた。

「この絵、とてもいいですね」ミス・チャニングがまた一枚絵を開いて見せると、サラはうれしそうにいった。

「まだ仕上がっていないのよ」ミス・チャニングはいった。「今朝、描いていたのはこれなんだけど」

わたしもその絵をのぞきこんだ。そこに描かれた水の世界は、黒池とあまり似るところがなかった。だいいちもっと大きいうえ、禿げ山と谷に囲まれたその山景色は涯てしなく広がっているようだった。絵のムードといい、無限の広がりといい、空漠とした景色がつくりだす感覚は、コテージで目にした絵そっくりに思えた。ところが、ひとつちがう点もある。絵の中心あたり、大きく静かな水面の真ん中に、ミス・チャニングは小さなボートを漕ぐ男の姿を描いていたのだ。男は顔に日射しを受け、遠い岸辺に目をすえている。

サラが身を乗りだして、ボートの人物をよくよくのぞきこんだ。「あら、この男の人、もしかしたら――」

「レランド・リードよ」と、ミス・チャニングはいった。わたしが彼女の口からその名を聞いたのは、それが初めてだった。

サラはにっこり笑った。「ええ、リード先生でしょう。チャタム校の」

ミス・チャニングは絵に視線を注いだままだった。ひとつ深く息を吸うと、ゆっくり吐きだす。数か月のち、わたしがこのときの挙止《きょし》を説明すると、それからパーソンズ検事はこれを〝恋のため息〟と呼ぶようになる。

第十章

まだミス・チャニングの絵のことを考えながら、わたしは〈ダルメシアンズ・カフェ〉の前に車をつけた。チャタムでこの店をむかしから贔屓《ひいき》にしているのは、チャタム校の生徒が試合のあとや週末によくたむろしたからだけでなく、遠いあのころと、店の佇まいがちっとも変わらないからだ。グリルもカウンターもまだおなじ位置にある。窓際のボックス席もだ。古くなって錆びた鋤《すき》の刃さえ、カフェの初代店主であるウィンスロップ夫人によれば、ひいひい祖父《じい》さんが一七五四年に一族の農地を開墾するのに使ったものだということで、いまだに奥の壁に掛かっていた。もっとも、今ではビールとソフトドリンクを宣伝する明るいネオンサインに囲まれている。

わたしはドアからいちばん離れたいつものボックス席に坐った。窓際のすみにかくれているうえ、外を見わたして街の営みを眺められる席だ。ふと、クレイドック医師がマートル通りのわが家の前に車をつける光景が見えた気がした。今は遠い二〇年代のあの夜、沢《つや》光りする往診用の黒のセダンでやってきた医師の姿――クレイドックは降る雨のなかを歩みだし、沈痛な面持ちでポーチに立つ父のもとへ行く。黒のスーツを着た医師は、石段をあがりながら帽子をとり、なかば乞うように問いかけてくる。〝おじゃましてすまないが、アーサー、あの娘のことで話せないか？〟

カフェの席でクレイドック医師の声を聞くうちに、時はさかのぼり、市街の新しいビルは古びた建物に変わり、目ぬき通りのブルーの歩道までが沈んで、土の道があらわれた。その田舎道には、木製の四輪馬車の車輪や、やかましいAモデルの自動車の細いタイヤの跡がついている。

ずっと向こうに、かつてのチャタム校の細長く人気《ひとけ》のない鐘楼が見え、その静止した空間に、古びた鉄の鐘があらわれて、見えない手に撞《つ》かれるように動きはじめると、ゆるぎない鐘の音が、チャタム校の校舎に運動場に響きわたる。朝は生徒を授業に呼びあつめ、午後は解き放つ。朝課と晩課の祈りに鳴る鐘の音には、僧や王たちの時代と変わらぬ威厳と使命感がある。

つぎは鳥の高巣から俯瞰《ふかん》するように視界が転じ、校舎正面の大きな木製ドアから生徒がぞくぞくと走りでてくるのが見える。幅の広い石段を駆けおり、近隣の通りへ散っていく少年たちのなかには、グレイの制服の上着をはおったわたしもまじっている。胸のポケットには小さな盾と、Veritas et Virtus（真実と有徳）という短い言葉が刺繍されている。父がずいぶんむかしに、チャタム校のモットーとしてえらんだ言葉だ。

十一月も末の金曜の午後。読み書きのレッスンに、サラをミス・チャニングのコテージへ初めてつれていった日から、三週間ほどが過ぎていた。そのころには、サラとわたしもそこそこ親しくなり、もはやたんなる使用人の娘と主人の息子という間柄ではなくなっていた。いつか夢をかなえたいというサラの願いは、わたしの心にめばえていた画家志望の気持ちに火をつけた。ジョナサン・チャニングの言葉を借りれば〝駆けぬけるように〟生きたいと思い、そんな大志のなかには、サラ自身の大きな夢もいくらか投影されていたようだ。

その午後、灯台へ向かうとちゅうのことだった。サラは上機嫌で、赤と黄の枯葉のじゅうたんを踏む足どりまではずんでいた。街の店で買った新しいハンドバッグを持っていたのだ。わたしは例のスケッチブックをわきにしっかり抱えていた。

「チャニング先生に見せる前に、きみに見てもらいたいんだ」わたしは通りをわたりながらサラにいい、白い灯台のたもとにある大きなグラウンドに入っていった。「これはだめだと思ったら、サラ、正直にいってくれよ。まずい絵なんか、あの人に見せたくない」

サラはにこっと微笑んだ。「早く見せて、ヘンリー。そんなことばかりいっていないで」そういうと、おどけてわたしの手からスケッチブックを奪いとった。「このへんを描いた絵ばかりなんだ」ページを開くサラに、わたしはいいそえた。「浜辺だのなんだの、そういう景色さ」

だが、わたしにとって、それはたんなる村の景色ではなかった。絵はチャタムの風景というより、それを見るわたしの心象《しんしょう》を描きだしていた。が、それだけで見れば、屍衣をまとった海景色や、鬱然《うつぜん》とした森の描かれる暗い絵であり、どれもこれも烈しい感情が露骨にあらわれ、すべてが奇妙に裂けてねじれていた。まるで、そのへんの浜や小道などのごくありふれた風景を心に浮かべて描きはじめたのに、とちゅうでカンバスを黒と白のインクに浸けて、挽石《ひきいし》にかけてしまったような絵だった。

しかし、そんな思春期の過剰さはあるものの、それなりのバランス、平衡感覚はそなえていた。遠くに立つ木の皮目の細かさ、浜辺の砂のざらついた感触。あのころの絵は物事の外観だけでなく、その生《なま》の質感まで伝えていた。しかも、ある世界観までもっていた。閉所恐怖——閉じこめられて生きる恐怖感があらわれ、景色は広いように見えながら、どこか狭窄感《きょうさくかん》があった。いくらこの地球が気が遠くなるほど広かろうと、なにもそこから逃げだせないようであれば、鍵の掛かったひとつの部屋にすぎない。

サラは黙りこくって、スケッチブックをめくっていた。が、急に片手でバタンと閉じると、口元に渋い笑みを浮かべた。

「いいと思うわ、ヘンリー」サラは無邪気にいった。「あたしはとても好き」

そういえば、わたしの顔に笑みが浮かぶと思ったのだろうが、そうはいかなかった。わたしはあくまで悩める顔で、サラを見すえ、「けど、チャニング先生は気にいると思うか？」と問いつめた。

サラは、ばかなことを訊くなという目で見てきた。「ええ、きっとね」そういって、軽く肘でつついてくる。「それに、もし気にいらなくても、どうしたらよくなるか教えてあげようって、チャニング先生なら、それだけをお考えになるわよ」

「そうだな」わたしはサラの手からスケッチブックをとりあげて、立ちあがった。

灯台のグラウンドを少し歩きだして、わたしは立ち止まり、小さなコンクリのベンチにまだ坐っているサラを肩ごしに顧みて、「ありがとう、サラ」といった。

こちらの不安を察したのだろう、屈託なくからかい気味の態度は消えうせ、サラはわたしの顔をじっと見つめてきた。「いっしょに行ってほしい、ヘンリー？」

どうも、心のうちを読まれたようだった。「うん、じつはね」

「わかった」サラはそういうと、スカートをひるがえして立ちあがった。「けど、校庭までよ。チャニング先生の教室までは行かない。絵を見せるところは、自分ひとりでしなくちゃね」

教室では、ミス・チャニングがひとり机を拭いたり、用具を片づけたり、いつものように放課後の雑用をしているものと思っていた。そうでないことに気づいたのは、教室の入口からなかをのぞいてからだ。とはいえ、そこにリードの姿を見て、なぜそんなに驚いたのか自分でもわからない。リードは教師用の机に気軽な感じでもたれ、やや離れたあたりに、ミス・チャニングが背を向けて立ち、黒板を濡れ雑巾で拭いていた。もちろん、朝いっしょに来て、放課後ともに帰っていくふたりの姿は、しじゅう目にしていた。リードがセダンのハンドルを握り、ミス・チャニングは助手席にしかつめらしく坐っていたものだ。しかも、ときには学校の廊下をならんで歩く図や、石段に腰をおろして昼食をとる光景も見かけた。昼どきの教師たちはたいていひとかたまりになって食事をしたが、そんなときも、ふたりはほんの少し輪からはずれて、あたりの空気に見えない磁場でもあるように見えた。大勢のなかにいても、ふたりだけがとくに親しげだった。

「あら」ミス・チャニングは黒板から振りむいて、ドアロにわたしの姿を見つけると、声をかけてきた。「お入りなさい、ヘンリー」

わたしはしぶしぶ教室に入っていったが、邪魔者になったようなあの感覚は、今でもうまく説明ができない。ただ、ときとして人は、〝余波〟とちょうど逆のものに襲われるのではないか。退いていく波の逆巻く渦ではなく、近づく波の恐ろしい引力を感ずるのだ。

「やあ、ヘンリー」リードもあいさつをしてきた。

わたしは机のあいだを行きながら会釈を返したが、スケッチブックはやや後ろに引いて目だたないようにしていた。

「きみも試合に出るのかと思ったよ」リードのいう試合とは、その午後に予定されたラクロスの対校試合だった。「ニューベドフォード進学校《プレップ》とやるんだろう」リードはミス・チャニングにちらりと目をやった。「ニューベドフォードは古くからわが校の宿敵なんだ」

わたしはなにも答えなかった。リードの目のある場で、ミス・チャニングに絵を見せるふんぎりがつかずに困っていたのだ。あのとき、わきに抱えたスケッチブックに、ミス・チャニングの目がいかなければ、はたして見せていたかどうか。

「それを見せにきてくれたのね？」ミス・チャニングはいった。

こちらが出ししぶっているのを感じたのだろう。ミス・チャニングは気持ちをほぐすように微笑んで、こういった。「ようちの父は、なにも掛かっていない壁の前にわたしを立たせて、こういったわ。〝よくごらん、リビー。この壁には、だれかのすばらしい絵が掛かっている。ただ、その人には見せる勇気がないんだ〟だれの目にもふれなければ、へンリー、絵を描く意味がどこにあるの？　さあ、描いたものを見せてちょうだい」

わたしはわきからスケッチブックを引きぬいて、手わたした。

ミス・チャニングはそれを机の上においてページを繰り、一枚一枚時間をかけて、ときにコメントをくわえながら見ていった。この木はちょっと膨れているように見えるとか、中にあるものが外に出たがっているようだとか、ディテールをあれこれ指摘し、海のうねりや波の感じを評する。

「どの絵も、なんといったらいいか……ほとばしるものがありながら、よく抑えているわね。そう思いませんか、リード先生？」ミス・チャニングはリードに意見を求めた。

リードはあの人の顔を見つめてうなずいた。「ああ、そうだね」

ミス・チャニングは長々と息をつき、「わたしたちも、こんなふうに生きられたら」と、絵の一枚を見つめたまま、そんなことをいう。

べつだん力みのないもの柔らかな言い方だったが、リードの顔つきがにわかに変わったのにわたしは気がついた。「ああ」つぶやくように低いが、妙に熱のこもった声で、リードは答えた。それは、公の場でたあいもない言葉にあいづちを打ったというより、私室のドアの下から密かに差しこまれた手紙に答えるような声だった。

ほどなくして、わたしはミス・チャニングの反応にそこそこ満足して教室を出たが、心のべつな部分では、ふたりきりになる時間を拒まれた気がして、なんだか悔しいような、おさまりのつかない気持ちになっていた。

「だから、褒められるといったでしょう」いきさつを話すと、サラは胸をはった。

校舎の突きあたりで待っていてくれたサラをともない、中央の廊下を歩きだすと、ときどき男どもがすれちがいざま振りかえって、サラの後ろ姿をじろじろ眺めてきた。

わたしたちはおもてに出るなり、灯台わきの石のベンチへとってかえした。ベンチからは、ちょうど通りをはさんだ向かいにチャタム校が見える。

「こんなところ、出ていってやる」いきなりわたしは嚙んで吐きだすようにいった。思いはもう絵そのものを離れ、絵のあたえてくれる逃げ道のことに移っていた。今となればわかることだが、わたしの憧れは芸術にあるのではなく、かってに思い描いた芸術家の生き方にあったようだ。

わたしの根深い侮蔑を察したのか、サラはぎょっとした顔をした。「けど、あなたはなんだって持っているじゃないの、ヘンリー。家族もある。足りないものなんてない」

わたしはかぶりを振った。「そんなもの、欲しくもない。こんなところはうんざりなんだ」

「なら、どこへ行くというの？」

「わからない。とにかく、ここじゃないところだ」

サラはさも知ったような顔でわたしを見ると、「チャタムよりひどい場所だって、いくらもあるのよ」といった。

そのとき、校舎の正面口から、ミス・チャニングとリードが出てきて、ゆっくり駐車場に歩きだした。ふたりはしかるべき距離をおき、躯はどこも触れあっていなかったが、つれだって歩く姿には、なぜか目を引くものがあった。このとき兆《きざ》した小さな疑念は、ゆくゆく恐ろしいばかりの大きさに膨れあがることになる。

「きっとあのふたりだって余所《よそ》へ行きたいはずさ」わたしはいった。

サラはなにもいわず、ただ校舎のほうを見やり、リードとミス・チャニングが車に向かっていくのを眺めていた。車まで行くと、リードがミス・チャニングのためにドアを開けてやり、乗りこむのを待ってまた閉めてやった。

まもなく、わたしたちの前を揺れながら通りすぎた車には、例によって運転席にリード、助手席にミス・チャニングが坐っていた。すでに村は夕刻の冷気に包まれ、ミス・チャニングは助手席側の窓を閉めきっていた。走りすぎる車のガラスに映ったあの人の顔は、気味がわるいほど透きとおって見えた。

だが、なによりも印象に残っているのは、助手席のあの人が粛《しゅく》として押し黙っているようすである。数か月後に評決をいいわたされ、引きたてられて裁判所の階段から黒いパトカーの後部座席に押しこまれたときも、ちょうどあんな面持ちをしていた。ミス・チャニングはパトカーでも窓寄りに坐り、まっすぐ前を見つめていた。車は騒然とする群衆のあいだをぬってのろのろ進みだし、しだいに速度をあげて、あの人をつれさっていった。

第十一章

この日、わたしは〈ダルメシアンズ・カフェ〉を出たものの、その足で事務所へもどる気にはなれなかった。というのも、ミルフォード・コテージやリードの家、そして黒池の静かな畔《ほとり》にもまして、暗く手招きしてくる場所がもうひとつあったからだ。あの一件が終幕を迎えたのは黒池だが、悲劇の根はまたべつなところにあった。わたしが法廷の証人席に立った日、パーソンズ検事はある企みをあばいたと思いこんでいた。しかし、悲劇の発端には、それとはまったくべつのもくろみがあったのである。

わたしは〈ダルメシアンズ・カフェ〉で二杯めのコーヒーを飲みおえると、車に乗りこんで駐車場を出発した。砂の島に沿ってカーブしながらゆるやかに登る海岸道を走って、マートル通りへ向かう。

断崖のてっぺんで、わたしは右に折れた。車窓を過ぎる灯台がまばゆい午前の陽に輝き、その上にかぎりなく広がる蒼穹《そうきゅう》には、先週わたしたちを家に閉じこめていた暴風雨を思わせるものもなく、ちぎれ雲が低く流れているだけだった。

灯台のちょうど向かいに、〈ドルフィン・ホール〉がそびえ立つ。こんな早い時間だというのに、もう駐車場には車が二台駐まっていた。一台は、つやのいい真っ赤なBMWで、クロム合金の細いラインがまぶしかった。この車が駐まる樫の老木の葉陰に、かつてはリードのおんぼろTモデルが車体を休めていたものだ。

わたしはBMWの隣に車を入れると、ブレーキを踏んだ。フロントガラスの向こうに、美術館が見える。赤煉瓦のポルチコは、チャタム校の生徒がここに通っていたころから、ほとんど変わっていない。

もちろん、変わったことも多々ある。ガタのきていた高窓はしっかりした両開きの窓に代わり、石段のずっと右手には、幅の広いゆるやかなスチールの傾斜路があり、身障者にも利用しやすい造りになっていた。

だが、そうした外観の違いをいえば、なんといっても目を引くのは、正面の芝生におかれた背の高い灯台の石膏模型だった。まさしくあのあたりに、ほんのいっときミス・チャニングの手がけた〝顔の円柱〟が建っていたのだ。円柱の中心近くには、わたしの顔が、基部のあたりには、父の顔の彫刻が彫られ、柱をまるく囲んでチューリップの花壇がつくられていた。

学校の理事会がこの円柱の取り壊しを命じた日、父は胸の前で腕を組み、石膏の顔をひとつひとつ砕いていくハンマーの音を聞いていた。きちんとアイロンをかけた黒のスーツを着て、取り壊しの立ち会いにきた数少ない人々にかたくなに背を向け、終始ものいわず、堂々たる威厳をもって、作業を見守った。作業が終わり、顔の石膏像が埃っぽいがれきの山となりはてると、ようやく父は振りむいて、わたしに一瞥をくれた。傾けた顔に朝の陽が射し、一瞬、目に光る涙が見えた。

正面口につづくコンクリの通路にも、今ではもっと見ばえのよい丸石が敷かれていたが、道がまっすぐで狭いのはむかしと変わらなかった。

入口には、〈どうぞお入りください〉とだけ書かれたボール紙の小さな札がさがっていた。わたしはドアを開けると、閉校から何十年も経って初めて、かつてのチャタム校の校舎に足を踏みいれた。

玄関ホールに立つと、目の前には、広々とした廊下が中央をぬけて正面から裏手の中庭までのび、かつて寮のあった二階につづく階段、当時の校長室のドアが目に入った。ドアのノブに反射しているのは、新しくとりつけたハロゲンライトの光だ。

正面の窓のわきには、小さなテーブルがおかれ、この美術館で催される展覧会のチラシがぎっしり積まれていた。わたしはいちばん手近なものを一枚つかむと、多少は読むふりなどしながら廊下を歩きだした。必要もないのに、スパイの真似ごとにひたっていたわけだ。いわば、過去から遣わされたスパイが現在の情報を探り、結果を幽霊軍に報告するようなものだろうか。

そうして廊下をいくらも行かないうちに、人に呼び止められた。

「これは、ミスター・グリズウォルド。ごぶさたしています」

あいさつをしてきた男は、ビル・キプリングとすぐにわかった。美術館のオーナーであり、祖父さんのジョー・キプリングは、チャタム校の往年のラクロス選手だった。当時のジョーはひょろりと痩せた活発な少年で、長じて都市行政委員を務め、不動産でも大儲けしたが、後年はビタミン剤や栄養剤をひとつかみも飲む老爺になり、しまいには肝臓癌におかされて、ハイアニスの病院の個室で亡くなった。

「久かたぶりにお出《い》でになるとは、どういう風の吹き回しです？」孫のキプリングは愛想よく訊いてきた。

「古き時を想って、というところだ。チャタム校がここにあったころをな」

「そうですか、うちの祖父さんもチャタムへ通ってましてね」

「ああ、憶えているとも」

そういったとたん、目に浮かんできたのは、ラクロスのスティックを高くかかげて走りまわる少年ジョー・キプリングではなく、灰色の円柱の隣に立つ彼の姿だった。手に持った大ハンマーを、ミス・チャニングが彫った石膏の顔に烈しく打ちつけ、制服の上着の肩に粉塵を薄く積もらせている。

「おやじはチャタム校を愛していましたよ」今になって、ジョーの孫がそういう。

「それは、みんなおなじさ」

しばし世間話を交わすと、キプリングはわたしをひとりにして、美術館を好きに探索させてくれた。グリズウォルドはなにも絵の展示を見にきたのではなく、当時の学友たちの声を聞きにきたのだと、察していたのだろう。毎朝七時半きっかりに、広い階段をどたばたと駆けおりてくる少年たちの叫ぶ声、笑う声。もう制服をきちんと着ているものもあれば、まだサスペンダーを肩にかけようとしているもの、上着の袖に手を通そうとがんばっているものもあるが、そこにはつねに父の鋭い目が光っていた。父は毎朝、ローマ軍の百卒長よろしく腕組みをして階段の下に立ち、生徒ひとりひとりの名を呼んであいさつの言葉をかけ、〝よく遊び、よく学べ〟と口早につけたす。朝ごとのそんな場面で、どれだけばつのわるい思いをしたか、わたしは今も思いだす。廊下を飛んでいく生徒たちは父に気にいられようと必死になり、父の望む質実剛健の〝善き市民〟になろうとしていた。わたしにしてみれば、ああいう場の父はこっけいで仕方がなく、ヴィクトリア朝時代の校長のカリカチュア、旧時代の遺物、太古の洞穴から掘りだされた化石ほど、血のかよわない人に思えた。石頭の頑固者のなかでも、ああはなりたくないと思う筆頭だった。ときには雄弁家キケロばりのポーズで生徒たちの前に立ち、〝善き人生〟について話したが、活力も想像力も殺して生きろといわれているようなものだった。そんな人生のどこに、生きる価値があるだろう。死を迎えてようやく息がつけるぐらいのものではないか。

父の校長室は大階段と向かいあっていたが、その重厚なマホガニーのドアは今も変わらずにあった。近づいてみると、父の不吉な言葉が聞こえてくる気がした。一九二七年五月、こぬか雨の降るあの午後、わたしは校長室に面した階段を駆けおりながら、父の声を洩れきいた。上の踊り場に差しかかったとき、校長室のドアはまだ開け放されていたが、じきに父が閉めにきた。ただし、部屋の人々に神経を集中していたため、階段をおりてくるわたしには気づかなかったのだろう。「こちらは州検事のミスター・パーソンズだ」ドアを閉めて校長室の奥へもどりながら、父はそういった。

ドアが閉まる前にかいま見えたのは、ダークスーツを着て、ホンブルグ帽を手にした男だった。男は父のデスクの前に立ち、わきの椅子に大きな段ボール箱をおいていた。「お坐りなさい、チャニング先生」父の声が聞こえた。

閉まりゆくドアがまだわずかに開いているうちに、わたしは階段をおりきった。パーソンズ検事を前に、ミス・チャニングが腕をお腹のあたりで組み、身を硬くして立っている。髪はまるく結いあげられていた。ドアが閉まっても、ミス・チャニングの答える声は聞こえてきた。柔らかだが、ひどく冷たい口調だと、わたしは感じた。「いえ、わたくしは立っているほうが」あの人はそういった。

かつての校長室のドアには、〈この先はご遠慮ください〉という小さな札が掛けられており、なかへは入れなかった。わたしはドアに対《む》かいながら、またべつな標札の掛かるドアを思い浮かべていた。〈アーサー・H・グリズウォルド　校長室〉と書かれた一枚のプレート。

あの札を父は手ずからはずして靴箱に入れ、チャタム校を去って小さな借家に移ると、そこの貯蔵庫にしまいこんだ。けれど、校長室の札の掛かるドアを思いおこすのはわけない。そのドアの奥には、今も父の机が見える。机の上には、母が結婚十周年を祝って贈ったクリスタルのインク壺、重要書類のサインに父が使っていた大切な鵞ペン、真鍮のランプ。深緑のランプ・シェードが部屋におかしがたい威厳をあたえている。

当時の父は、まるまるひとつの世界が収まった小さな部屋に足場をおき、いわば最後の抵抗をつづけていたのだ。あの日の顔にすべてがあらわれていたではないか。父は校舎の前庭の芝生を悠々と進むと、ミス・チャニングの円柱の前につくよう、ジョー・キプリングに命じた。そして一拍の間をおき、いっとき惜しむように円柱を見つめてから、ジョーのほうへ振りむくと、〝始めなさい〟とひと言いいつけた。

あのときのむごい光景を見まいとしたのか、わたしは思わず目を閉じていた。円柱に打ちこまれるハンマーの音が響き、人々はにこりともせず厳しい面持ちで、ジョー・キプリングが柱を粉微塵に砕いていくのを見守っている。

わたしはドアを離れて歩きだした。両側にならぶ大部屋には、そこそこモダンなデザインの絵画が山ほど掛かっていた。カンバスに色彩をぶちまけ、その上に奇々怪々な渦を殴り描きしたような絵、色と色の断片が猛々しくぶつかりあう絵。こんな不調和を目にしたら、父はさぞかし嘆いたことだろう。校長時代の父はこのおなじ廊下に、もっとのどかな景色や田園風景ばかりをえらんだものだ。そういう作品のほうが、どれほど気に召したことか。そんな絵に色濃くあらわれていたのは、秩序とデザイン、調和と理知、そしてチャタム校に父が守り伝えようとして……挫《くじ》けた理想の生活だった。

廊下の裏口に近いあたりで、わたしはリードの教室だった部屋に足を踏みいれた。生徒の机は十か十二も入ればいいところだろう。中庭に面して、大きな窓がある。当時、この窓からは、倉庫を改造したミス・チャニングの小さな教室が見えたのだ。リードが窓の外を見つめて彼女の姿に目をとめる、そんなことが幾度あったろうか。漆黒の髪に淡い蒼の目、ほっそりとした若い女が塑像台やイーゼルの前に立ち、絵の具や粘土を使いこなしながら、おとぎの国と悲劇の人々の物語をつむぎだす。わたしはなにも見たわけではない。だが、きっとミス・チャニングも、ときおり窓の外を眺めやり、庭の向こうから見つめてくるリードに、ちらりと目をやったにちがいない。初めのうちは、秋雨のヴェールをはさんで、やがては吹雪の舞いを、そして最後の春には光る風をあいだに、ふたりのまなざしは恐ろしいほどしっかりからみあったことだろう。ふたりの目には、いつかわたしが耳にした会話のような、思いつめた苦悶の色がにじんでいたのではないか。〝どうやってそんなことをしようと？〟　〝ただ、後ろを振りかえらずに……〟

リードの教室にはそう長くいなかった。灼けつくような炎暑に耐えられなくなったのだ。教室から中庭へ逃げだしてみると、かつてミス・チャニングの教室だった離れ屋がまだ建っていた。もっとも、今では美術館のギャラリー・ショップに衣替えしている。

ドアは開いており、入口に立つと、奥に幅の広いカウンターが見え、その後ろの壁に、空《から》の額が重ねて立てかけてあった。大きな四角い押し板には、真鍮、木材、アルミニウムと、素材も色もとりどりの見本品が掛けられていた。以前あの右手には、教壇に近いわたしの席があったのだが、今ではそこに作業スペースが設けられ、大きなテーブルと丸鋸がそなえられていた。テーブルの下の床には、おが屑や木屑が積もり、横には真っ赤なスチール製の工具箱がおいてあった。

その日、わたしが訪れた場所のなかで、いちばん大きな変貌を見せていたのはミス・チャニングのこの美術室である。像を彫ったり絵を描いたりするあの人を見ながら生徒たちが坐っていた椅子と机も、名残すらなく、つたない作品をつくるのに使った塑像台も、イーゼルも、カンバスも、あのキャビネットも、跡形もなく消えていた。ミス・チャニングは放課後になると、かならずここに質素な授業用の美術具をしまってから、リードと落ちあい、車に揺られて帰っていったものだ。また、教室の後ろから、わたしたちをにらんでいたワシントンとリンカーンの肖像画も見あたらなかった。時代おくれの父親のように、厳しくも心優しい顔をしていたあのふたり。

だが、どれほど様変わりしようと、どの場所にもましてミス・チャニングの存在を強く感じたのは、この雑然とした部屋だった。くわえて、リードの存在もである。遠い午後に見たふたりの姿。教室の奥の机についたミス・チャニングのもとへ、手前の入口から吸いこまれるようにリードが歩みよっていく。ささやきかける彼の声は低く、わたしにはかろうじて聞きとれるていどだった。〝あなたを愛していれば、きっとできる〟

わたしはたまらなくなった。踵を返すと、庭をつっきって本館の中央廊をもどり、燃えさかる火の手から逃れるように、そそくさとおもてに出た。

ようやく立ち止まったのは、いつかサラとならんで腰をおろした小さな石のベンチの前だった。後ろに灯台がそびえ、眼前にはチャタムの校舎が見えたあのベンチだ。樫の木陰を歩いて車へ向かうミス・チャニングとリードの姿が、またもや脳裏に浮かんできた。あの日とおなじように、リードが車のドアを開けてやり、ミス・チャニングがなかへすべりこむと、車は動きだして駐車場からマートル通りへ出てくる。わたしの前を走り去る車には、まっすぐ前を見つめ、身じろぎもせず押し黙っているミス・チャニングがいる。その白い顔に陰をつけているのは、黒髪の額におちたほつれ毛だけだった。

わたしは事務所にもどってデスクの椅子に坐っても、例の記録簿に目がいって仕方なかった。父は記録をあつめてわが身の転落を忘れまいとしたのかもしれないが、あれが息子の転落でもあったとは思いもしなかったろう。

わたしは立ちあがると、父の肖像画の下にあるファイル・キャビネットへ足を運んだ。絵を見あげると、晩年のわびしさに染まった老父の声が聞こえてくる。老境の失意のうちでも、とりわけ深い失意――〝なら、一生結婚はしないのか、ヘンリー？　子はなさぬのか？〟わたしはかつてと同様、にべもない答えを返す。〟ええ〟

わたしは肖像画から目をそむけると、キャビネットを開けて、クレメント・ボッグズの件をあつかうのに必要な書類を引きだした。この仕事が行きつく終幕を今から思いながら、デスクにもどっていくと、あのむごい戯《ざ》れ歌がまた耳に響いた。

アリス・クレイドック
閉じこめられて囲われて
おまえの父さんどこ行った？

第三部

第十二章

晩年の父は妻に先立たれると、無為の時をまぎらす慰みもなく、いつしか村のはずれを歩きまわるようになった。わたしも独り者のまま中年の域に入っていたが、弁護士業のほか、これといって縛られるものもない身であった。そういったわけで、ほっつき歩く父の散歩についてちょくちょく出るうち、初めはどこそこと決めてドライヴをしていたのが、じきに森へ入るようになった。たいてい出むくのは、車で走りやすいという理由で、ニッカーソン州立公園の林道だった。けれど、ときにはもっとへんぴなところまで足をのばし、車を道路わきに駐めて、あたりの丘をめぐる野道をたどったり、なだらかな山道を登ったりもしたものだ。

そうした散歩はおおかた変わりばえせず、父は近ごろ読んで多少は興味の引かれた本や雑誌記事のことを、淡々と語るのだった。過ぎた日々、とくにチャタム校に勤めた歳月は、父の頭からすっかり消えさったかに見えた。

父が亡くなるほんの一年前のある午後のことだ。わたしたちはいつのまにかチャタムのはずれにある丘の頂《いただき》まで登ってきていた。遠くには、村の尖塔や屋根を見はるかし、すぐ眼下には、暗く盲《めし》いたまなこのように、じっと動かぬ黒池の面があった。

父はしばらく黙然《もくねん》としていたが、なにかいおうと葛藤しているのがわかった。長いこと胸のうちにしまってあったことを打ち明けようとしている。わたしが驚いたのは、父のその葛藤だった。というのも、母が強いてその話題をもちださないかぎり、父は〝チャタム校事件〟にまつわるすべてを、忘却の彼方につれなく葬《ほうむ》って足れりというようすだったのだ。

「多くの命が失われたな、ヘンリー」父はとうとう切りだしてきた。「あの黒池では、多くのものが傷ついた」

場面が転々と浮かんだ。緑の水面《みなも》にまわる骸《むくろ》、黒いゴムを引っかく小さな手、広い海を漂うヨット、自宅のポーチで揺り椅子をゆらす中年の女。女の目はうつろに表情を欠いて宙を見つめ、汚らしい黄色の髪には、白いものがまじっている。

父は黒池を見おろしたまま、皺くちゃの手を後ろに組んでいた。「あの人々を知っていたことすら、忘れてしまいそうになる。チャニングとリードのことだが」そういって、首を振る。「おまえはどうだ、ヘンリー？　ふたりのことを思いだすことがあるか？」

わたしはあたりを見まわし、この丘にのんびり登ってきた朝を思いだした。リードが先頭に立ち、すぐ後ろにはミス・チャニングがいた。あたりを包んでいた十一月の冷気を今も肌に感ずる気がする。目からしじゅう雪をはらっていないと先が見えなくなった。

「あのふたりとここまで登ってきたことがあるんです」わたしはいった。「この丘の頂へ。サラもいっしょでした」わたしの目は、サラといっしょに池を見おろした場所に向いた。

「なんとも無邪気なものでしたよ」

わたしはチャタムの街を散歩するミス・チャニングとリードを思いだした。ときおり立ち止まっては店のウィンドウをのぞき、〈ロンドン貸馬倶楽部〉のフェンスの前に立って、ミス・チャニングが馬の鼻をなでてやる。いちどはウォーレンの小間物屋でふたりに会ったこともあるが、リードは手に持ったヨットの模型をさまざまな角度に向けて、マスト、スピンネール、帆と、各部を指しながら、おだやかに話していた。〝難なく完成するさ〟という言葉に、おおげさな響きはなかった。

父の目は池の岸辺を探っていた。きっと夏の群葉が視界をさえぎるあたりに、父の探すものがあるはずだ。

「おまえ、ミルフォード・コテージにあれほど足しげく通っていたのはなぜだ？」父は丘の中腹を見おろしたまま訊いてきた。

「サラのためですよ。あの子の読み方の稽古につきあっていたんです」

「だが、なぜ？」

「さあ、なぜでしょう」

父は淡々とした口ぶりをくずさなかったが、わたしには気持ちが昂ぶってきたのがよくわかった。ほかにもどれほどの問いが胸にわだかまっていることか。とうとう父は長年訊かずにいたことを訊いた。「惚れていたのか、ヘンリー？」

わたしはサラの部屋に忍んでいった夜を思いだした。彼女は伏し目がちにはにかんで、優しく迎えいれてくれ、素肌にまとった白のナイトガウンには、ちょうど胸のところでサテンのリボンが揺れていた。「きれいな子でした」わたしはいった。「あんなふうに、おなじ屋根の下に住んでいれば、そういうこともないとは──」

「サラのことをいっているのではない」父は話の先を制した。「チャニングのことだ」

あの夜、ミルフォード・コテージの窓を叩いた雨の音、網扉に吹きつけた風の鳴りが耳朶《じ》《だ》によみがえり、ミス・チャニングの寝室で燃える蠟燭が目の前に浮かびあがってきた。黄色い光を浴びて話すあの人の目は静かだった。〝してもらえるわね、ヘンリー？〟わたしはいつものようにおとなしく答える。〝はい〟

「だから、あんなに熱心なのだろうと思っていた」父はつづけた。「チャニングになにか……特別な気持ちがあるために」

ミス・チャニングの顔が黄色い光にぼんやり溶け、入れかわりに、丘の上に登った日の姿が浮かんできた。雪が髪にくっつき、青いロングコートの肩にも積もっていた。「あの人を自由にしてあげたかったんです」わたしはいった。

「なにをする自由だ?」

「心の望むままに生きるための」

父は首を横に振った。「だが、そうはならなかった」

「ええ、なりませんでした」

父の腕が肩にまわってくるのを感じた。わたしは子どものように抱きよせられた。「忘れるな、ヘンリー」父はいった。〝チャタム校事件〟について語ったのは、これが最後になった。「よいこともあったのを忘れてはならん」

今では信じきれない思いだが、楽しい時期があったことも否めない。とくに最初のころだ。四人そろって丘に登り、初雪のなかにたたずんだ、あの日はまさにそんな時に数えられるだろう。

あの十一月の朝も、サラとわたしはミルフォード・コテージに出かけていった。サラはレッスンを先へ先へ進めたが、〝自分を高める〟ための知識はじきに身につけられると自負していた。子どもの意欲と、おとなの決意をあわせもっていたようだ。

チャタムの村を出てまもなく雪が降りはじめ、ミルフォード・コテージに着くころには、ふたりとも濡れねずみになって、軀が冷えきっていた。

コテージに近づいていくと、白い無地のカーテンからミス・チャニングの顔がのぞいていた。白いブラウスを着て、袖を肘までまくりあげ、髪は無造作に肩にたらしている。その顔から察するに、わたしたちが来るのを見ていくぶん驚いたようだ。

「まあ、今日は来なくてもよかったのに」ミス・チャニングはドアを開けながら呼びかけた。「こんなお天気ですもの、来なくたって仕方がないと――」

サラは強くかぶりを振って、「そんなのいけません、ミス・チャニング」といった。「お稽古をさぼるなんて、考えられません」

ミス・チャニングは部屋にもどりながら、わたしたちを招きいれた。「だったら、早くお入りなさい、さあ。かちんかちんに凍ってしまうわ」

コテージのなかに入ったとたん、前に来たときからだいぶようすがちがっているのに、わたしは気がついた。ミス・チャニングのスケッチが何枚か新しい絵と入れかわり、のどかな村の風景画のほかに、やたらと細密な線画がくわえられていたのだ。まわりの森で見つけたという葉や草木のディテールをみごとに描きこんでいる。草花の一部は大きなガラスの花瓶に挿して、マントルピースの上に飾られている。

「お部屋がぐんとおちついたみたい」サラはいって部屋を見まわし、そのほかの変化にも目をとめた。毛足の長いラグが暖炉の前に敷かれ、すみには本棚、二脚の木椅子の背には赤い小さなクッションがもたせてあった。「本物の家《うち》みたいですね」サラはそうつづけながら、頭に巻いたスカーフを引きほどいた。「とっても豪華だわ、チャニング先生」といって、マートル通りの家から提《さ》げてきたバスケットを持ちあげてみせた。「はい、フルーツケーキを持ってきました。ただし、ちょっぴりお酒も入ってます」サラの顔にいたずらっぽい笑みがちらつく。「だから、あんまりたくさん食べちゃいけません。頭がぼうっとしてしまいます」

ミス・チャニングはケーキを受けとると、それを窓際の小さなテーブルにおいた。「それじゃ、レッスンのあとにね」

ふたりはすぐレッスンに入り、ミス・チャニングはサラの持ってきた帳面を開いて、その習字をのぞきこみ、よく吟味してから評価をくだした。「いいでしょう」と、優しくいう。「たいへん良くできました、サラ」

宿題を見たあとはいつもの稽古だった。ミス・チャニングが短いかんたんな文章を書くと、サラがそれを読んでみせる。わたしはつかず離れずのところに席をおいていたが、ふたりの仲のよさ、ミス・チャニングに憧れるサラの気持ちは手にとるようにわかった。きっとサラはミス・チャニングに倣《なら》って、よくいっていたような〝すてきなご婦人〟になるのを夢見ていたのかもしれない。

その朝、わたしにスケッチブックを手にとらせたのも、そんな繊細な美しさだったと思う。肩に黒髪を波打たせ、小首をかしげて身を乗りだすミス・チャニングの姿をモデルに、わたしは絵を描きはじめた。おおまかな外見はつかめたと思うのだが、なぜかとらえきれないものがある。ときおり眸が翳り、その奥にある小さな光が消えてしまうあの感じ。のちの公判で、パーソンズ検事が〝不吉な〟と表現するものだった。

まだミス・チャニングがサラの勉強をみてやっているところへ、プリマス通りをやってくる車の音が聞こえてきた。やかましいエンジン音を立てて敷地に入ってきた車は、コテージの私道でタイヤをすべらせて停まった。

ミス・チャニングは立ちあがって窓辺に寄ると、外をのぞき見た。

「お客さまが来たようね」あの人はそういった。心なしか声がはずんでおり、サラもそれを感じとったのだろう、ふしぎそうな顔でわたしのほうに振りむいてきた。

すでにミス・チャニングは玄関口に出て、ドアを開けていた。突風が吹きこんで、黒い髪が顔にかかる。

「まあ、おはようございます」ミス・チャニングは客に手を振った。そしてサラとわたしに向きなおり、「リード先生よ」といった。

わたしは窓辺に歩みよった。庭の片すみに、車を降りてくるリードの姿が見えた。厚いウールの外套を着て、褐色のブーツをはき、グレイの帽子の左縁を引きさげて、少々すれたかぶり方をしていた。ミス・チャニングに手を振りかえすと、リードはすでに二、三センチは積もった雪を踏んで、小道を歩いてきた。

「ちょうどフルーツケーキの時間にお出ましね」ミス・チャニングは、玄関の前までやってきたリードに話しかけた。

「フルーツケーキか」リードはいった。「それはいい。いかにもそんな天気だ」というと、しばし玄関の手前でたたずみ、ミス・チャニングと向かいあって、階段の下からその顔を見あげていた。まなざしを揺るがさずに。「じつは話が――」と、リードはいいかけたが、コテージのなかにサラとわたしの姿をみとめると、急に言葉をきった。「おや、お客さんがいるようだな」口調がわずかに硬くなった。

「ええ」ミス・チャニングはいった。「サラは読み書きのレッスンに通ってきているの。今いったフルーツケーキを焼いてきたのも彼女よ」

リードはどうしたものか迷っているようだった。コテージにあがるべきか、すぐに帰るべきか。「そうか、サラの勉強をじゃましちゃわるいな」

「それはご心配なく。ちょうど終わったところですから」ミス・チャニングはいい、一歩なかへ退がった。「どうぞ、お入りください」

リードはちょっとためらってから、コテージに入ってきて、窓辺の椅子に腰をおろした。サラとミス・チャニングはケーキを用意しにキッチンへ消えた。

しばらくリードはなにも話しださなかった。わたしは煙たがられているのをひしひしと感じた。わたしがチャタムに飛んで帰って、彼のコテージへの訪問を父に告げ口するとでも思っていたのだろう。わたしにちらりと向けた目には、それまで見せたことのない不安が浮かんでいた。「どうだ、ヘンリー、今年の授業は楽しいか?」

「はい、まあ」わたしは答えた。

リードはうっすら微笑むと、窓に目をもどした。

まだリードが窓の外を眺めているうちに、ミス・チャニングとサラが居間にもどってきた。ミス・チャニングはケーキをリードの前におくと、切りわけはじめた。最初のひと切れはサラに、ふた切れめはリードの皿にのった。最後にわたしのほうを向き、「大きめに切りましょうか？」と訊いてきた。

わたしは遠慮がちに、首を振った。

ミス・チャニングには、こちらの空腹はお見とおしだったのだろう。にっこり微笑むと、ある言葉を口にした。ところが、その後の人生にはその逆ばかりを叩きこまれることになる。「あなたの好きなだけとればいいのよ、ヘンリー。たくさんあるんですもの」


まもなく、わたしたち四人はミルフォード・コテージを出て左へ行き、リードのあとについてプリマス通りを歩いていった。そこからなだらかな坂道へ入り、近くにある丘の上の伐採地へと登っていく。

上まであがると、わたしたちは倒木の上に四人ならんで腰をおろし、登ってきた山道に背を向ける格好で、黒池を見おろした。そのころには積雪もだいぶ深くなり、葉を落とした木々にも、リードの帽子の縁にも、白いものが積もっていた。

「こういう雪は」と、ミス・チャニングがいいだした。「一片《ひとひら》がとても細かくて、たくさん降る。紙吹雪のようね」

リードが笑いかけた。「あなたなら、この雪をそんなふうに描くのかい、エリザベス？

紙吹雪のように?」

ミス・チャニングは微笑んだが、なにも答えなかった。ただ黙って少し先へ歩きだし、頂のいちばん高くなったところまで登っていく。その姿をリードは坐ったまま見つめていたが、じきに自分も立ちあがって、池を眺めおろした。ミス・チャニングはもの思いにふけるように、しばらく身じろぎひとつしなかった。そのうちに、両手を肩に巻きつけた。寒いので無意識にしたことなのだろうが、リードはその動作を目にし、美しくはかないものを見る思いだったにちがいない。いずれまわりの景色が薄れていっても、その姿だけはいつまでも彼の心にくっきりと跡を残したのではないか。

わたしたちは峨々《がが》とした丘の頂に立って東を眺め、黒池のむこうを見やった。池のはるか対岸の木立から、煙突の煙がゆらめきたっていた。

「きっとあの煙が出ているのがおうちですね、リード先生」サラが指さしていった。

リードはうなずいたが、どこか沈んだようすだった。「もう帰る時間だな」といって、ミス・チャニングをちらっと見やる。「アビゲイルが待っているから」

「クリスマス・カードみたい」サラははしゃいでいた。「水辺に建つ家。雪が降って。ね、クリスマス・カードみたいだと思いません?」

リードは微笑んだが、妙に切なげな笑みだった。遠いむかしのことを思いだして、なつかしんでいるような。「そうだな」と、池の向こう岸に目をすえて答える。「クリスマス・カードのようだ」そういうと、顔をそむけた。そのまなざしがミス・チャニングに向き、彼女の横顔にしばしとどまったのに、わたしは気づいた。

「クリスマスのお休みはどこかへ行くんですか?」サラが訊いた。寒気で頬を紅潮させ、うきうきとして目を輝かせている。

リードは答えにくそうにしていたが、「その予定だ」と、仕方なく答えた。「二週間ほどメイン州のほうへね。うちの恒例なんだ、メイン州で過ごすのが」

そういってリードはさっと踵を返すと、先頭に立って山道をおり、わたしたちはミス・チャニングのコテージへと引きかえしていった。

敷地内に駐めた車まで来ると、リードは立ち止まり、「ここで失礼するよ」と、ミス・チャニングのほうを見ていった。

「寄ってくださって、ありがとう」ミス・チャニングは聞きとれないほど小さな声で答えた。

「そうだな、また来ようか」リードの声には、うかがいをたてるような調子がうっすらと感じられた。あとで出なおしてきてもよいか、ミス・チャニングの密かな合図を求めているようでもあった。

その合図があったとしても、わたしには見わけられなかった。ミス・チャニングは小さく身震いをした。「めっきり冷えこんできたわ」

「いや、まったくだ」そう答えたリードは、もはや、さあらぬ口調にもどっていた。「きみたち、村まで乗せていこうか？」と、サラとわたしに訊いてくる。

わたしたちは申し出を受けて、車に乗りこんだ。リードはまだ乗ってこずに、ミス・チャニングと対《むか》いあっている。ふたりを隔てるように、包むように、雪が舞い落ちていた。

わたしの耳には届かなかったが、リードはまたミス・チャニングになにか話しかけ、一歩進みでると、手を差しだした。ミス・チャニングはその手をとり、ほんの短く握っただけですぐに放し、離れていくリードに黙って微笑みかけた。わたしはそのとき初めて、リードを飲みこみはじめていた愛と、そのむきだしの力を、したたかに目の当たりにした。そこには愛情とわかちがたく、深い苦悩ものぞいていたかもしれない。まだ烈しいというほどではなく、爆発するほどでなくとも、すでにヒューズに火は点けられていた。

リードはチャタムの村へはまっすぐ行かず、まず右の道に入って、池の向こう岸にある自分の家へ向かった。「マリーナに行くのを、かみさんに知らせておかないと」

「マリーナへ？」サラがたずねた。

リードはうなずいて、「そう」といった。「二、三年前から、あそこに艇庫を借りていいるんだよ。なかでヨットを造っている。十五フィートの」

サラは壮大な計画が目にちらついたらしく、憧れのまなざしでリードを見つめ、「いつ出来あがるんですか?」と訊いた。

「少しばかり手助けがあれば、夏には完成できるだろう」

このとき、わたしはなにも考えずとっさに申し出をした。ところが、以来その申し出は夜闇を歩く犬のように、その黒い鼻をうごめかして、わたしのあとを追い、つけまわしてくることになる。「仕上げを手伝わせてください」わたしはいった。「船のことを覚えたいんです」

リードは目の前の道をまっすぐ見ながら、うなずいた。「ほんとうかい、ヘンリー?きみがこんなことに興味をもっていたとは意外だな」

「じつは、好きなんです」わたしはそう答えたが、今となると、なぜそんな興味をもったのかわからない。パーソンズ検事と艇庫へ行った日には、このごろ海洋小説に凝っていたからなどと言い訳したのだが、その手の関心でなかったのはたしかだ。それより、よからぬ「覗き」の欲望といったほうが当たっていそうである。すでに心のなかでは、禁じられたものへの誘惑が麻薬のように効きだしていた。

車はまもなくリードの家に着いた。サラとわたしは車中に残り、リードだけがなかへ入っていった。

「リード先生って、いい人ね」サラがいった。「チャタム校にいるみたいな頑固じいさんとは大違いだわ」

わたしはうなずいた。「うん、そうだな」

いくらもしないうちに、家から出てきたリードは、巻物のようにより糸で縛った白紙の長いロールをわきに抱えていた。見ると、庭を歩いてくる彼の後ろから、娘のメアリが階段を駆けおりてくる。アビゲイルがポーチの縁に立ち、エプロンで手を拭きながら、雪のなかをとぼとぼ車にもどっていく夫を見つめている。リードが車に乗りこんでも、彼女はまだそうしていたが、メアリはこちらに飛びだしてきて、とちゅうで立ち止まり、いたずらな笑いを浮かべると、雪玉をつくりはじめた。

リードは乗りこんでくるとすぐにエンジンをかけ、車をバックで発進させた。ゆるゆるとほんの何メートルか退がったとき、急にメアリが前に駆けだして、雪玉を投げつけてきた。それはボンネットにあたって、フロントガラスの下でつぶれ、窓に白い雪をまきちらした。リードがワイパーを動かすと、フロントガラスの雪がはらわれ、まだポーチから動かずにいるアビゲイルの姿が見えた。身じろぎもせず夫を見つめる彼女をあとに残し、リードはひたすら車をバックさせ、雪に二本の黒い轍《わだち》をつけていった。

わたしは黒池を一望する丘の頂で、父にそのひと幕を語った。

「夫人はもう勘づいていたのだと思うか？」わたしが話しおえると、父はそうたずねてきた。「クリスマス以前にだ。一家でメイン州へ出かける前に？　夫人はすでになにか疑《うたぐ》っていたと思うかね？」

わたしは肩をすくめた。「どうでしょう」

父の視線が左へ動いた。リードと家族が住んでいた家の方向に目を凝らしていたのだろう。「あのとき、すでになにか知っていた、なにか勘づいていたというなら、ずいぶん前から、その問題と向きあってきたわけだな。あんなことになるずっと前から……」

「ええ、そうですね」わたしはいった。いったとたんに、アビゲイル・リードの姿が浮かんできた。あの日、艇庫にわたしとならんで立った彼女は、床の段ボール箱と、なかに納められたものを見つめていた。ロープ、ナイフ、あらかじめ赤インクで航路を書きいれた海図。

「ならば、あのときになって、なぜ急に堪《こら》えきれなくなった？　夫人に一線を踏みこえさせたものは、なんだったのだ」

わたしはなにもいわなかった。

こちらに向いた父は、また考えこむような目をしていた。「知りつくすことはできないようだな、ヘンリー？　最後に夫人がなにを思っていたのか、われわれに知ることはできん」

わたしは答えなかったが、アビゲイルを最後に見た時のことが脳裏に浮かんできた。泥水の深みからあらわれ、わたしにせまってくる顔の後ろには、赤い髪の毛が細く裂けた旗のように揺れている。

第十三章

父と丘に登った日もそうだが、ときにはどうしてもあの事件の終末について考えてしまう。しかし、ふとわたしが心の耳を傾けるのは、たいてい初めのころの出来事である。とくに、ミス・チャニングが教室で話してくれたある物語はよく思いだす。四人でフルーツケーキを食べて、雪をいただく森へ散策に出かけた日から何日もしないうちに聞いた話だ。

チャタム校の昼休みは正午から一時まで一時間あったから、わたしは二階の食堂で昼を食べると、街まで足をのばしたものだった。ピーターソンの金物店まで出むいて、通好みの新しい釣り竿を冷やかしにいじったりして、雪の積もる坂道を学校へと引きかえす。

その日、マートル通りの近くまであがってくると、崖っ縁の木のベンチにミス・チャニングが坐り、その背後に杖をついたリードが立っているのが見えた。海から吹きつける風にリードの上着がはためいて、乱れ髪がなびき、まるでそのときの彼はあの狂おしい激情にとらわれているように見えた。それをパーソンズ検事はのちに、〝殺人の種子〟と表現する。リードはミス・チャニングの肩に触れると、灼けたストーブにでも触ったかのように、びくりと手を引いた。そして彼がなにか話しかけると、ミス・チャニングはさっと振りむいて、微笑みかけた。

ミス・チャニングがわたしの姿に目をとめたのはそのときで、こちらを一瞬のぞきこむようにしてから、立ちあがってやってきた。黒っぽいロングコートを着て、高い襟を立てたあの人が崖の上からおりてくると、なぜかわたしは十九世紀の女のようだと思った。前の年にリードの文学の授業で読んだ小説に出てきた女たち、ユースタシア・ヴィー、あるいはボヴァリー夫人——奔放で情熱に駆られた、のちにパーソンズがいう魔性の女だ。パーソンズは陪審の前で、ミス・チャニングの前にはリード氏など、〝燃えさかる炎を前にしたひとかけらの熾火《おきび》〟にすぎないと表現したものだ。

とはいえ、その朝に限っていえば、ミス・チャニングはべつだん妖婦らしい格好はしていなかった。いつもながら服装は保守的であり、髪をダークブルーのリボンで結《ゆ》って、襟元にカメオをつけていた。

むしろ大胆な感じに見えたのは、リードのほうであった。ミス・チャニングのかたわらに背をぴんと伸ばして立ち、なにか思うところのある顔で話していた。

「サラを見かけなかったか？」リードは訊いてきた。

わたしはかぶりを振った。「今朝から会っていません」

ミス・チャニングはわきの下から本を引きだした。ずいぶん古い本で、表紙はめくれてページは黄ばみ、背表紙もとうに損じて、綴じたページの一部がむきだしになっていた。

「これをサラにわたしてほしいの」ミス・チャニングはいった。

「わたしが使っていた初等読本なんだ」リードが説明した。「小学校のときから、ずっと捨てずにおいた。サラとのレッスンに使いたいと、チャニング先生がおっしゃってね」

わたしはミス・チャニングの顔を見た。「なら、放課後、帰ってからわたしておきます」

「助かるわ、ヘンリー」ミス・チャニングはいって、本を手わたしてきた。「つぎの日曜のレッスンに、持ってくるようにいってちょうだい」

わたしはうなずいた。

「ありがとう、ヘンリー」ミス・チャニングはいって、踵を返した。ふたりはまた崖っ縁のベンチへもどっていき、今度はリードが彼女の隣に腰をおろした。しかし、やはりつつしみある距離をたもち、厳然たる境界を引くかのように、木の杖をあいだにおいていた。

その日、ミス・チャニングとまた顔を合わせたのは、午後の授業が始まってからだった。

このときの彼女は、美術室の前方にある教師用の机の後ろに立っていた。

「今日は新しいことを勉強します」ミス・チャニングはいった。「風景画よ」といって後ろを向くと、黒板いっぱいに大きなアーチを描き、弧の頂点のあたりにすばやく何本かの斜線を引いて、「だいたいこんな形ね」といった。「火山というのは」

そういうと、あの人の顔に、なんともいいがたい親しみの表情が浮かんだ。いくたびか目にするうちにわかってきたが、それは、ミス・チャニングの授業と彼女の人生がふしぎに交錯する瞬間なのだった。「火山ほど人に無力さを思い知らせるものは、この地上になにひとつない。海でさえ、かなわない」ミス・チャニングはいった。

それから、父親にエトナ山へつれていかれた日のことを語りはじめた。じっさい山を見たことのない人に、あの大きさを実感させるのは至難の業だという。ふもとから屹立《きつりつ》すること三千三百メートル近く、そのまわりをめぐる鉄道線路は百四十五キロもの長さになり、これはおよそチャタム校からボストンまでの距離に相当する。「わたしの父はエトナ山の暴威に畏《おそ》れを感じていた」ミス・チャニングはつづける。「あの荒々しい力に。おのれ以外のなにもかえりみない無頓着さに。父はわたしにいったわ。かつての爆発で噴きだした溶岩が海まで達し、あたり一面をことごとく破壊していったさまをよく見なさい、と」

このときミス・チャニングの目には、くすぶる溶岩の激流が映じていたのだろう。溶岩は山の斜面を流れおち、谷になだれこみ、すべてを猛火のなかに飲みこんで、いくつもの村を滅ぼしながら、海に向かって流れていく。

ややあって、あの人の表情はふっと明るくなり、「けど、今でもよく憶えているのは」と、言葉が継がれた。「エトナ山のいたるところに、花が咲いていたこと。山の中腹にも、谷間《たにあい》にも、立ちのぼる煙や蒸気が見えるほど噴火口に近いところまで、降るような花が咲き乱れていた。そのほかには、なにもないようなところにまで。今もあの花が薫ってくるようだわ」ミス・チャニングは自分で自分のいったことに、心底びっくりしたようだった。「灰のなかから花が育つなんてね」

わたしは〝チャタム校事件〟を思うとき、これとはちょうど逆の見方、出来事の順序をひっくりかえした見方をしてきた。つまり、チャタムになにかが花開き、それはつかのま芳香を薫らせると、一瞬のうちに、すべてを無惨な灰に変えてしまったのだ。

いつか父もいったように、よいこともたしかにあった。わけても、リードにとっては。あとから知ったことだが、リードがあんな情熱を経験したのは初めてのことだった。思わず遠い目で水平線を見やるような憧憬。黒板のチョークのように過去をかき消し、自らはしっかり死からよみがえりつつ、周りのみんなをまちがいなく墓へ追いやる、そんな類の情熱。

その日、わたしはミス・チャニングの授業が終わると、リードの借りている艇庫へ行ったが、胸中にはまだくすぶる火山の光景がぐるぐるとまわり、すでにスケッチブックには、この目で見ることはないであろう猛々しい原始の力をかたどる試作がいくつも描かれていた。

リードは艇庫のすみで、小さな木机を前に坐っており、机にひと束の書類を広げていた。わたしが入っていくと、振りむいてきた。

「やあ、ヘンリー」リードはいった。

「まだ船造りの手伝いは要りますか」

リードはにっこりとして、「ということは、まだその気がある？」と訊きながら、もう杖に手をのばしていた。

「はい」

「そうか、あれだよ」リードはヨットを指していった。「どう思うね？」

ヨットをのせた木のフレームは、ほぼ艇庫いっぱいの長さがあった。船体の内側は仕上げがぜんぶすんでおらず、むきだしの内部がのぞいていた。外側もまだ板が張られていないので、マストもなしにぽんとフレームにのせられた姿は、船というより大むかしの獣の骨格のようだった。

「ごらんのとおり」と、リードはいった。「まだまだ仕事が残っている。とはいっても、たぶんきみが思っているほどじゃないぜ。最後のほうは、あっというまに組みあがるものなんだ」そういって間をおき、わたしの反応を探ってから、「まだやる気があるなら、さっそく始めようか」といった。

すぐ作業にとりかかると、リードはわたしに造船技術の手ほどきをしながら、それがいかに辛抱の要ることか、精密な測量がいかに大事かを語った。「ゆっくりやることだ」説明しながらそういい、「そのうち、自然にすべてがぴたっとおさまる」と、にやりとした。

「女を急《せ》かしてもだめなのと同じだな」

その午後、作業をするうち、わたしは憑《つ》きものでもおちたような印象をリードから受けた。この男を知って以来、牢《ろう》としてぬきがたく見えた疲れが薄れたとでもいうか、つねに鬱々とリードを包んで人柄の一部のようになっていた影が、ちょっぴり晴れた気がしたのだ。力強い活気がそれにとって代わろうとしている。堆積した岩のような古い自分はじょじょに燃やされ、今までにない鋭敏闊達なリードが生まれでるかのようだった。つい最近まで、彼のなかに根をおろしていた憂鬱が消えて、楽しげな気分が漂っていた。けれど、それはかなった夢の産物ではなく、気まぐれに再燃した夢のあおりにすぎなかったのだ。

わたしにそれがわかるようになったのは、あとのことである。

その午後いっぱいヨット造りに励んだが、教室の外では口数の少ないリードが、いつになくよくしゃべった。敬愛する作家について語り彼らの作品から行《くだり》を引く。リードは教師というよりも、本に学び、本に励まされてきたひとりの人間として話しているようだった。自分のヨットについても話した。スピード、耐久性、性能。「この大きさで、この造りだと」と、リードはいった。「世界一周の航海にも出られる」といって、その可能性を考えてみるように、一拍の間をおき、「海岸線から離れず、ちょくちょく島に寄らねばならないが」とつけくわえた。「実現は可能だ」

とはいえ、一度だけ、あの鬱気にとらわれたようだった。「人生は一回きりだ、ヘンリー」リードはいって、艇庫の窓から外の湾を眺め、その向こうの外海を見つめた。「たった一度なんだ。二度めのチャンスはない」そういって、わたしを顧みた。「まったく、そこが悲しいところさ」

コメントをくわえるには、絶好の機会に思われた。「チャニング先生の親父さんもそういってます」わたしはいった。「本のなかで。過去を振りかえって、〝わたしはなにをしてきたんだ？〟と思うようなら、なにもしていないんだって」

リードは考え深げにうなずいた。その言葉を心のなかで反芻していたのだろう。「そうか、そのとおりだな。チャニング先生もおなじ考えだと思うかい？」

なんの根拠もなしに、わたしは即答した。「そうだと思います」

リードはわたしの答えに喜んだようだ。「けだし、名言じゃないか、ヘンリー。まさに真《しん》をついている。たとえ、世間が信じようと信じまいと」

わたしがリードに親近感を覚えるようになったのは、このときからだろう。船の完成に必要とあれば、放課後も週末もすすんで艇庫で働き、それから何週間とリードの話に耳をかたむけることになる。ところが、当初は明るく弾んでいた口調も、だんだん沈みがちになり、ついにリードは底なしの闇にはまりこんでしまう。

初日の午後、ようやく帰途についたのは、もう陽の暮れも近いころだった。海沿いの道を登っていったときのことは憶えているが、秋だというのに降る霧雨は春の雨のようで、葉を落とした木の枝も、これから厳しい寒さに向かうとは思えず、今にも芽吹きそうだった。

わたしが家につくころには、もう食卓はすっかり夕飯の用意が整い、父と母は長いテーブルをはさんでいつもの席につき、そのあいだをサラがすいすいと行き来して、母に気づかれないぐらいの小声で鼻歌をうたっていた。

わたしが席につくと、父は懐中時計をちらりと見た。「何時だかわかっているのか、へンリー？」

じつは時間も忘れていたのだが、わたしは〝はい〟と答え、遅刻の言い訳になると思って、こういった。「マリーナに行って、リード先生の手伝いをしていたんです」

「リード先生の手伝いを？」母が怪訝《けげん》そうな顔で訊いてきた。「どういう手伝いなの？」

「先生はヨットを造っているんだ」わたしは答えた。サラの顔を盗み見ると、一瞬こっそりと微笑みかけてきた。「それも、長いことかけて」と、わたしはいいそえた。「それを夏までに完成させたがってる」

母は不機嫌をかくせず、「それこそ、まず手入れが必要なのは、あの黒池の家でしょうに」と、さもばかにしたようにいった。「マリーナのろくでもない船より」

「よさないか、ミルドレッド」父がたしなめた。「リードが余暇になにをしようと、とやかくいうものじゃない。息子の前で、チャタムの教師の悪口は厳禁と、つねに気をつかっていた。だが、時間どおり夕食の席につくのは、おまえの義務だ、ヘンリー。以後は気をつけるように」

「はい、わかりました」わたしはいって、ふたたびサラの顔を盗み見た。彼女はさっきよりあけすけに笑って、目にいたずらっぽい光をきらりと灯した。

サラの部屋は屋根裏にあった。

ドアにノックの音を聞いて、彼女はさぞかし驚いたろう。「どなた？」と、不安げな声で訊いてきた。

「ぼくだよ。ヘンリーだ」わたしは真っ暗な狭い踊り場から返事をした。「チャニング先生から本を預かってきたんだ」

ドアを薄く開き、蠟燭の火影《ほかげ》に照らされたサラの顔がのぞいた。「こんなところへあがってきちゃいけないわ、ヘンリー」サラはささやいた。「もし見つかったら……」

「ふたりとも寝ているよ」わたしはいい、ばかにしたように笑ってみせた。「ちゃんとわかってるんだ。おふくろの鼾《いびき》が聞こえるからさ」

サラはぷっと吹きだしてからあわてて口をふさぎ、「なら、急ぎましょう」と、ドアを開けて、わたしを急きたてた。

部屋は狭く、天井が斜めにかしいでおり、向かい側の壁にベッドが押しつけられ、反対側の壁際に小さな机と椅子、背の低いチェストがおかれ、チェストの上には磁製の洗面器と、琺瑯《ほうろう》の水差しがのっていた。今思いだしてみると、ますます小さな部屋に思えてくる。とくに、そこに暮らす娘の夢、彼女が憧れていた生活にくらべれば。

「チャニング先生がこれをわたしてくれって」わたしはいって、リードの初等読本を手わたした。

サラはベッドに行くと、そこに腰をおろした。わたしは少し離れたまま、サラが読本を開いて、ページをめくっていくのを見ていた。

「リード先生の本なんだ」わたしはいった。「小学生のときに使っていたらしいよ。チャニング先生が、今度の日曜はそれを持ってきなさいって」

サラはそのままページの最後まで目を通していき、また最初にもどった。「見て、ヘンリー」と、読本の扉のページに目をおとす。

わたしもベッドへ行って、隣に腰をおろした。

「リード先生がチャニング先生になにか書いているわ」サラはいった。

濃い青いインクで書かれた小さな文字は、リードの不自由な手の筆跡とすぐにわかったが、その内容はあのリードとは思えないほどソフトだった。

わが親愛なるエリザベス

どうか、この本があなたのお役にたつように。もとの持ち主とおなじく、古びてくたびれた代物だが。

愛をこめて
レランド

サラはその文字にしばらく目をおとしていたが、急にわたしの目を見あげて、片手でそうっとわたしの手をなでてきた。まるで絹が触れたような、リボンがかすったような感触だった。「人を好きになったことがある、ヘンリー?」その訊き方には妙なためらいがあり、サラはそっと祈るような目で見てきた。わたしはずっとあの目を忘れることができず、強い風が吹き、雪が二階の窓に舞ってくるような晩には、今もしばしば思いだす。もはや寄りそってくれるものといえば、彼女の思い出ぐらいしかない身だ。

わたしは間髪をいれず、躊躇なく答えた。「いいや」

サラが微かに肩をおとすのがわかり、手が退いていくのを感じた。彼女は読本を閉じて、横におくと、「もう行ったほうがいいわ」と、わたしから目をそらしていった。

わたしは立っていってドアを開けると、狭い踊り場に足を踏みだし、「お寝み、サラ」と、振りかえってドアを閉めながらいった。

サラは目をあげず、軽く頭をたれたままでいた。黒い髪がカーテンのように顔の右側におちかかっている。「お寝みなさい、ヘンリー」とだけいった。

わたしはドアを閉めて、自分の部屋へもどった。その晩、あらためてサラのことを思った記憶はない。だが、あれ以来、しばしば彼女を思いだしては、あの晩、もう少し長くサラの部屋にいたなら、黒池での顚末は変わっていただろうか、そんなことを考えたものだ。部屋にいれば、ついにはサラのガウンに揺れていたリボンをつかみ、震える手でゆっくりと引き、初めての逢瀬《おうせ》の烈しさを知り、のちには変わらぬ愛の悦びも知ったかもしれない。あの晩、サラがわたしに身をまかせたかどうか、それはわからない。だが、そういう成り行きがあったなら、それからわたしは艇庫やミルフォード・コテージより、彼女のところに通うようになったのではないか。愛を間近に知り、移りゆく季節を過ごし、そうしてむごい裏切りの春とも、恐ろしい真相の冬ともちがう時を迎えていたかもしれないのだ。

第十四章

だが、しまいにわたしは人生を生きるのではなく、それを想って暮らすことにした。わたしはある午後、事務所でそんなことをいった。パーソンズ検事の息子、アルバート・パーソンズ・ジュニアと話しているおりだった。そのころには、わたしもアルバートも五十なかばになり、もはや父パーソンズは見まがうほどに老いさらばえて、町政庁舎のおもてのベンチに根がはえたように腰をおろし、なにやらぶつぶつ独り言を言いながら、鳩にパン屑を投げているばかりだった。

「本の多いことだな、ヘンリー」アルバートはうっすら非難めいた声でいってきた。「ぜんぶ読んだのか？」

わたしは辛気くさく笑ってやった。「女房子どもの代わりさ」

アルバートは笑いだした。「さすが、いうことがちがうな、ヘンリー。裏庭の哲学者とはあんたのことだ」そういうと、椅子に背をもたせて、事務所の本棚を物色しだし、目を細めてタイトルを読んだ。「ギリシャ・ローマの文学か。とりわけご執心《しゅうしん》のわけはなんだい？」

「いや、それは親父の趣味だ」

「けど、どうしてまた？」

わたしは肩をすくめた。「解釈がはっきりしているとでも思ったんだろう」

「解釈って、なんの？」

「人生のさ」

アルバートはまた高笑いをし、「やはり、いうことがちがうよ、あんたは」とくりかえした。

その日はたがいの依頼人を納得させられそうな示談にこぎつけたところだった。アルバートの依頼人は、建設工事の契約違反にいきどおる人々であり、わたしのほうは、トム・キャノンという地元の土木請負人だった。

「それにしても、ヘンリー、こんな訴訟にトムの名が出てくるとは少々意外だな」アルバートはいった。「うちの仕事もずいぶんやってもらったが、問題はひとつもなかった」といって、わたしの注いでやった年代物のブランデーをひと口飲んだ。「うちの親父が回顧録を書くのに使った小さな仕事場も、トムのところで建ててもらった」

ふいに過去の場面がわたしの心によみがえり、ミス・チャニングの公判の最終日、陪審の前に立つパーソンズ検事が姿をあらわした。四十代前半の、まだ若々しく精悍なあの男は、ミス・チャニングにまつわる真相をあばいたと、自信満々であったろう。彼女がレランド・リードと結託して企んでいた殺人計画を白日のもとにさらした、と。

「近ごろ、御大《おんたい》の調子は？」わたしは訊いた。

「うん、まあ、あんなものだろう」アルバートは答えた。「もちろん、今の調子じゃ、これといってすることもない」そういって、旨そうにブランデーをぐっと飲む。「たいていは、裁判所のあたりをぶらついているよ。それとも、町政庁舎前のベンチでぼんやりしているか」アルバートは肩をすくめた。「たまにぶつぶつ独り言をいっているが、まあ、爺さんも齢だからな」

ひとり寂しくベンチに坐るパーソンズの姿が思い浮かんだ。パン屑やポップコーンのぎっしり入った紙袋へ機械的に手を入れ、芝に餌をまいている。彼をとり巻いていた鳩の一群が、灰色の池の水が波だつように、飛びたっていく。

アルバートは葉巻を吹かすと、わたしのデスクにおいた琥珀《こはく》色の灰皿に灰をおとした。

「話の内容は、もちろんおふくろのことだろう、それから姉貴やわたしのこと……」アルバートは上の空でつづけた。「それに、むかし手がけた大きな裁判。そんな思い出が、ときたま心をよぎるらしい」

わたしは思わずつぶやいた。「チャタム校事件か」

アルバートはわたしの顔を見た。間をおかずに事件を思いだしたので、びっくりしたのだろう。「そうだ、あの事件はとくに」と、つづけた。「あの女の存在はそうとうなショックだったらしい……その、なんという名前だった?」

「チャニングだろう」わたしはいった。「エリザベス・チャニング」

アルバートは首を振り、「あの女があんな騒ぎを起こすとは、だれも思ってもみなかったよ」といって、ふんと笑った。「あんたの親父さんもね」

そういわれれば、いやおうなく思いだす。けっきょく黒池の事件の責任はおおかた父になすりつけられたのだ。そもそもミス・チャニングなどを雇った罰だといい、彼女の行いに目が届かなかったのを職務怠慢として、隣人たちはいつまでも忘れず、母はついぞ許さなかった。

「親父さんはなにか勘づいていたと思うか、ヘンリー?」

あの日、校長室のドアを閉めた父の表情が思いだされる。ダークスーツを着たパーソンズ検事が、横の椅子の上におかれた箱に手を入れ、片手で一冊の本を、もう片手で黒ずんだロープを引きだす。検事の目の前には、白いドレスを着たミス・チャニングがいた。

「あの女性のことか。いや、村のみんなが思っていたような罪は疑ったこともなかったろう。まさか、彼女がそんなことをしようとは」

「そんなもんかねえ」アルバートは村の変わり者を品定めするぐらいの軽い調子でいった。

「だって、あの女、ちょっとおかしかったじゃないか？」

一瞬、オフィスの向こう側に、黙然と坐るミス・チャニングの姿が見えた気がした。最後に会ったときのように、じっとこちらを見つめてくる。洗っていない髪はべったりと固まり、肌は病的に青ざめていたが、暗がりのなかで、なおさら白くぼうっと光って見える。妙に現実感のない低い囁き声で、最後の言葉をわたしにくりかえす。「もうお行きなさい、ヘンリー。さあ」

「いや、おかしくなどなかったさ」わたしはいった。「おかしな目にあっただけだ」

アルバートは肩をすくめた。「当時はわたしもほんの小僧だったからな。たいしたべっぴんだったことしか憶えていないよ」

あの日、ミルフォード・コテージの夏の芝を踏み、湿った緑の草を素足にからませながらやってきたミス・チャニングを見る父の目。十一月の雪降る朝、丘の頂で彼女を見つめていたリードの顔。「そうだな、きれいな人だった」わたしはそうアルバート・パーソンズにいいながらも、目はいつしか窓辺に向き、外に建つ灯台を見ていた。ミス・チャニングはあの恐ろしい午後、あの灯台から逃げてきたのだった。「けど、きれいなのは彼女の責任じゃないだろう?」

「ひとついわせてもらえば」と、アルバートはいった。「あの事件で、いちばん驚かせてくれたのは例の男だよ。そら、あの相手の教師」

「レランド・リードか」

「ああ、それだ」アルバートはクックッと、ばかにしたように笑った。「なあ、だってそうだろうが、ヘンリー、あいつみたいな男が、あのチャニングみたいにきれいで若い女に、妙な気を起こすなんて、だれが思う?」アルバートは人間というものの妙を思ったらしく、首を横に振った。人の哀しいでたらめ、突拍子のなさ、人間の生がつくりだす不可解な密林。「なんたって、あのリードって男、怪物みたいなやつだったじゃないか。いつも足を引きずって歩いて、顔じゅうに傷があったっけ。ボロ男だなんて、うちの親父は呼んでいたな。ほんとだとも、ボロ男ってね」

わたしは灯台から目をそらし、坂道を隔てた向かいに立つ樫の老木を眺めた。まる裸の木の枝がねじれて重なりあいながら、構図《デザイン》を無視したクモの巣のように、空へのびている。樫の木の向こう、マリーナへ下る遠い道のとちゅうに、リードとヨットを造っていた艇庫の灰色の屋根だけが見えた。あのころのことを思いだすと、夜どおし死に物狂いで働いていたリードの姿が思いだされてくる。塗装を仕上げ、ワニスを塗り、初航海に向けて最後の準備に入っていた。耳元にどこからか、リードのつぶやく声が聞こえてくる。〝消えろ、消えうせろ〟最後のころの彼には、鬼気迫るなにかがあった。

「そりゃ、あのチャニングって女は、リードに魅力を感じていたんだろうけどな」アルバートはいって、にやりとした。「わからんもんだよな、ヘンリー？　恋の神秘か」

しかし、ミス・チャニングがレランド・リードに感じた魅力の真髄は、このアルバート・ジュニアにはぴんとこないようだった。彼は葉巻の先を灰皿でつぶし、「ところが、あのふたりも逃げきれはしなかった」といった。「なんたって、大事なのはそこだろう。あの事件は最後まで解決しなかったかもしれない、ひとつの痛ましい事故と見なしていたかもしれない。そう親父がいっているのを聞いたことがあるんだ。そう、あんたがいなかったらの話だが」

わたしはそのとき、自分のまわりに厚く築かれた壁の一部が崩れるのを感じた。目の前にパーソンズ検事の姿があらわれ、いつしかわたしたちは蒼い夕暮れのなか、チャタム校の裏手の運動場で向かいあっていた。パーソンズはふいに黒池の方角へ頭をめぐらすと、こちらに目をもどし、わが子をいたわるように、わたしの肩へそっと手をおいてきた。

〝きみに感謝しよう、ヘンリー。真実を話すのがいかにつらいか、それはわたしもわかっている〟

新聞の大見出しには、ニュースがでかでかと報じられた。〈チャタム校事件の公判生徒証言に立つ〉

大見出しの下には、黒いズボンにグレイの上着をきて、黒い髪を後ろになでつけた少年の写真が載っている。その何週間か前には、灯台の展望台に立ち、とり憑《つ》かれたように目を血走らせて、つぎからつぎへと荒れ狂う風景画を描き、チャタムを惑乱の悪夢として再現しようとしていた少年がいた。きっとこのふたりはまるで別人に見えただろう。

村の人々はわたしの証言の内容など忘れてしまったにちがいない。だが、このわたしは忘れられずにきたし、この先も忘れられそうにない。だから、公判から四十年あまりを経たあの日、事務所でアルバート・パーソンズ・ジュニアと向かいあい、この男が二本めの葉巻に火をつけるのを見ながらも、わたしの胸中にはかつての場面がほどけるように展《ひろ》がっていた。髪をきちんとなでつけて、チャタム校の黒いズボンとグレイの上着をきて証人席に立ち、パーソンズに最初の質問をされるや、逃亡と自由への野心はとたんにぐらついた。

〝エリザベス・チャニングに初めて会ったのはいつか？〟

検事はそう訊いたのち、証人席の前を行き来しながらおだやかに質問をつづけ、わたしは身を硬くして坐っていた。高い窓から、明るい午前の陽が降りそそぎ、パーソンズが一定の歩調で窓を横切るたび、まぶしく射す光が彼のめがねのレンズに反射した。

パーソンズ……さて、きみはチャタム校の学生だね、ヘンリー？

証人……はい、そうです。

パーソンズ……そして、ミスター・リードに文学の授業を受け、この被告のミス・エリザベス・チャニングに美術の授業を受けている？

証人……はい。

パーソンズ……自分がミスター・リードに特別かわいがられていたと思うかね？

証人……はい、そう思います。

パーソンズ……ミス・チャニングにも？

証人……はい。

パーソンズ……そのミス・チャニングの好意を説明すると、どういうことになるだろう、ヘンリー？

証人……先生はむしろぼくの絵に関心があったのだと思います。あなたには素質があると思う、ふだんからスケッチブックを持ち歩きなさいといわれました。

わたしは心のなかで証人席にもどって、自分の声を聞くうちに、あのスケッチブックをいつも小わきに抱えて、マートル通りの家から出かけていく自分をはっきり思いだしてきた。しかつめらしい顔でひとり街へくりだし、海辺を歩きながら、画家として生きる理想に燃え、ミス・チャニングの父親のように定住の家もなく、世界を放浪する暮らしを夢見ていたのだ。

パーソンズ……では、きみはそのころ、絵をたくさん描いていた？

証人……はい。

パーソンズ……しかし、そのころの活動はそれだけではなかったろう、ヘンリー？

証人……活動？

パーソンズ……その年、きみはチャタム校でべつな計画にもたずさわっていたのではないかね、ヘンリー？　ミスター・リードといっしょに。

証人……はい、そうでした。

パーソンズ……それは、どんな活動だった？

証人……先生のヨット造りを手伝っていました。

かつての自分がそう答えるのを心の耳で聞くと、港の近くにリードが借りていた艇庫へ足しげく通ったことが思いだされた。リードの古びた車に乗りこんで海沿いの道を走り、わたしはリードが静かに話すことを黙って聞きながら、膝においたスケッチブックをひっきりなしに指ではじいている。頭のなかにはしだいに壮大な夢が展がり、憧れてやまない流浪の暮らし、山間《やまあい》のトンネルを走りぬける列車、タンジールに向かう夜船が去来する。

しかし、法廷で尋問されたあの日、パーソンズ検事が熱心に探ってきたのは、わたしの少年時代の夢物語ではなく、リードとの関係ですらなかった。検事がただひとつ狙いを定めたにちがいない獲物にいよいよせまってくると、わたしは身がこわばったものだ。

パーソンズ……では、きみはこの一年、チャタム校で過ごすうちに、ミス・チャニングと親しくなったのだね？

証人……はい、そうです。

パーソンズ……ときには、黒池にある彼女のコテージを訪問していた。そうではないか？

証人……黒池にですか、はい、行っていました。

パーソンズ……サラ・ドイルをともなって。そうだね？

証人……はい。

質問がつづき、わたしが答える。そんな場面がつぎつぎと浮かんでは消えた。パーソンズは今や、粛《しゅく》として声のない傍聴人たちを、不吉さのいやます物語へと引きこみ、かたやわたしは検事のまだ知らないあの事実を避けて通ろうとしている。あの運命の日に見た場面を思いだすまいと……。ポーチに坐る女。膝にのせた大きな青のボウルから豆をつまんでは筋をとり、むしった蔕《へた》を足元のバケツにおとしているが、わたしがやってくるのを見ると、ゆっくりと立ちあがり、そばかすだらけの手を目の上にかざして、まぶしい夏の日射しをさえぎりながら、こちらの顔をのぞきこむ。

あの一連の出来事をかくそうと、わたしはあいかわらずパーソンズの質問をなぞって答えるだけで、なにもつけたさず、ただ流れに合わせていた。検事の質問はさあらぬふうを装っていたが、じつはこの法廷にいる悪人ひとりに狙いを定めているのだと、わたしは知っていた。

パーソンズ……一九二六年十二月二十一日、金曜日の午後、きみはチャタム校のミス

・チャニングの教室で、彼女と会う機会があったね？

証人……ありました。

パーソンズ……この場で、そのときの大略を話してもらえないか？

クリスマス休暇に入る前の週のことです、とわたしは話しだした。海沿いの坂道のとちゅうで、ミス・チャニングとリードが崖のベンチで話しているのに行きあった日から、一か月近くが過ぎていた。わたしはその午後、ミス・チャニングに絵を見せたが、あまりいい顔をされない絵もあったものだから、美術の授業のあと教室を出てからも、かなりしょげていた。広大な海と鬱蒼たる森を描いた絵を見せたのだが、ミス・チャニングは〝もっと小さなカンバス〟で腕をためしなさいという言い方をしたのだ。花瓶に挿した花やボウルに盛った果物を画題に。

翌日は、ミス・チャニングにいわれたことばかり考えていたが、ふと評価を挽回する方法を思いついた。なにしろ、あのころは認めてもらいたくて必死だった。放課後になると、そんな思惑を胸に、わたしはまた美術室を訪れた。

パーソンズ……ミス・チャニングは、きみがはいっていったとき、ひとりだった？

証人……はい、ひとりでした。

わたしはこのときまで、パーソンズ検事の質問にずばり答え、とくに頭をひねることもなかった。ところが、ここからいきおい不必要な事柄をつけたすようになる。ミス・チャニングの教室へ行ったのは思うところがあったからだと、わたしはパーソンズの目をまっすぐに見すえて、低くささやくような声でいった。まるで、この先は検事とぼくだけの秘密なのだと、自分にいいきかせているようでもあった。陪審員も、長椅子をうめる傍聴人たちも、ぼくの証言を書きとめて世に知らしめる記録者もいない、そう思いたかったのだろう。

チャニング先生は翌日の授業の準備をしていました。そうわたしはつけたした。黙ってドアを入っていくと、わたしに気づいたミス・チャニングは心なしかぎょっとした顔をしたものだ。

パーソンズ……ぎょっとした？　なぜぎょっとしたのだろう？

証人……きっとほかに待っている人がいたんです。

パーソンズ……というと？

証人……リード先生だと思います。

パーソンズ……それで、どうした？

証人……先生のほうからぼくに話しかけてきました。

パーソンズ……なんといって？

「ヘンリー？」ミス・チャニングはいった。

わたしはあの人と向かいあったまま、ドアロにつっ立っていた。彼女の表情から、自分が招かれざる客であることは察せられた。

「どうしたの、ヘンリー？」ミス・チャニングは訊いてきた。

わたしははっきり答えたかった。こんな時間にやってきた理由を正直に話したかったが、あの人の表情を見ると、言葉が出てこなかった。

パーソンズ……それはどんな顔だったんだね、ヘンリー？

証人……チャニング先生にあの目で見られると、なんだか……その……。

パーソンズ……どんな気持ちになる？

証人……うまくいえません。先生はまるでちがう人だってことです。ほかの先生たちとはちがうんです。
パーソンズ……どんな点がちがう？
証人……たとえば、ほかの先生とはちがう授業のやり方をします。今まで旅した場所や、その土地であった出来事の話を聞かせてくれるんです。
パーソンズ……〝その土地であった出来事〟というのは、楽しいことかね？
証人……そうとはかぎりません。
パーソンズ……むしろ、きわめて陰惨な話が多いのではないかな？　暴力や死についての？
証人……はい、ときには。
パーソンズ……聖ルチアのことを授業で話したのだろう？　自分の目をのみでえぐりだした女のことを？
証人……はい。ヴェネツィアの教会の話をしてくれたんです。そこに、聖ルチアの亡骸があります。
パーソンズ……子どもたちの殺害に関する話もあったのではないか？
証人……はい。幼い王子たちの。チャニング先生は〝王子〟と呼んでいました。

パーソンズ検事は似たような質問をくりかえし、ミス・チャニングがした話——生き埋めにされた子どもと溺れ死んだ女たちの物語——をまたひとつあばきたててから、わたしが美術室へ行った午後のことにようやく話をもどした。

パーソンズ……なるほど、ところで、ヘンリー、教室を訪れた理由はけっきょくミス・チャニングに話したのかね？

証人……はい、話しました。

パーソンズ……どのように？

「先生の絵を描かせてください」わたしはミス・チャニングにいった。

「わたしの絵を？」あの人は訊いた。「どうしてまた？」

「肖像画は前にいっぺん描いてみたんですけど」わたしはとくに彼女の肖像画を描きたいという気持ちは秘めておいた。「あまりうまくできなかったんです」そういって、わたしはわきに抱えたスケッチブックを差しあげた。「先生さえかまわなければ、もういちど描いてみたいと思って」

「絵のモデルになってくれということ、ヘンリー？」

わたしはうなずいた。「はい、短いあいだでいいんです。あの……リード先生のところへ行く前に」

わたしの使った表現や、〝リード先生のところへ行く〟といったときの口調を、ミス・チャニングが意味深長にとったのはわかったが、わたしはとくになにもいいそえなかった。

パーソンズ……ということは、そんなに早い時期から、ミスター・リードとの関係をきみに怪しまれていることに、彼女は気づいていた？

証人……はい、そうだと思います。

パーソンズ……怪しまれているかもしれない。そのことに、ミス・チャニングはどう反応しただろう？

証人……気にかけていないようすでした。

パーソンズ……なぜそういう印象をもったのだね？

証人……チャニング先生の言葉やしゃべり方からです。

ミス・チャニングは頭をもたげたが、その所作には高慢といってもよい印象があった。

「けど、リード先生はもうすぐにもここに見えるのよ」

「リード先生が来るまで、描かせてください」わたしはいった。「二、三分でもかまいません」わたしはおずおずと小さく前へ踏みだした。裏の庭に面した窓から、午後の日射しが降りそそいでいた。「少しだけでも練習できれば」

「どこに坐りましょうか?」ミス・チャニングは訊いた。

わたしは教師用の木机に目をやってうなずき、「いつもの机の前に坐っているだけでいいんです」といった。

パーソンズ……それで、その午後、ミス・チャニングはきみの絵のモデルを務めた?

証人……いいえ、モデルというのとは少しちがいます。先生はふだんどおりデスクで仕事をしていて、それをぼくがスケッチしたんです。

パーソンズ……どれぐらいそうしていた?

証人……一時間ぐらいだと思います。リード先生が迎えにくるまで。そのころは、暗くなりはじめていました。

パーソンズ……というより、すっかり暗くなったので、部屋の明かりをつけたのではないのかな、ヘンリー?

証人……それは、あの、先生の姿は見えましたが、もっと明かりがほしかったからです。

パーソンズ……つまり、その午後、ミスター・リードがミス・チャニングの教室を訪れていたのは、かなり遅い時間だった。そこを確認したいのだ。

証人……はい、そうでした。

パーソンズ……そんな時間では、当然ほかの教師たちは残らず学校を出ていたのでは？

証人……はい。

パーソンズ……ところで、生徒たちはどこにいた？

証人……ほとんどは寮にあがっていました。階上《うえ》の部屋です。そろそろ夕食の時間でした。

パーソンズ……となると、ミス・チャニングの教室へやってきたミスター・リードは、彼女がひとりでいるものと思っていたのではないか？

証人……そう思います。

パーソンズ……ミスター・リードが部屋に入ってくるのを見たミス・チャニングに、なにか反応のようなものは窺《うかが》われた？

証人……はい、ありました。

パーソンズ……どんな反応だね？


ミス・チャニングは急に目を輝かせて——とわたしは証言した——微笑み、「忘れられてしまったかと思ったわ」と、ドアのほうを見つめていった。

わたしが肩ごしに振りむいて見ると、杖をついたリードがドア口に立っていた。

「おじゃまをしてしまったかな、エリザベス？」リードは教室に入ってきながら、なんとなくわたしを見て、またミス・チャニングに目をもどした。

「いいえ、かまわないの」ミス・チャニングはそう答えた。「ヘンリーが少しスケッチの練習をしたいといってね」そういうと、立ちあがって荷物をまとめだし、「この続きはまたにしましょう」と、わたしにいった。

わたしはうなずいて、スケッチブックを閉じかけたが、リードはもうそばまで来て、絵をのぞきこんでいた。

「うん、わるくない」リードはいった。「けど、眸になにか欠けている」そういって、ミス・チャニングのほうを見た。「きみのその目をとらえるのは、むずかしそうだ」

ミス・チャニングはリードに優しく笑いかけ、「お待ちどうさま」というと、ドア口のほうへ歩きだした。リードは退がってドアを開けてやり、出ていく彼女をじっと見守った。

「いっしょに出るか、ヘンリー?」リードは振りむいて、訊いてきた。わたしはスケッチブックを閉じ、リードについて裏庭へ出た。樫の木のかたわらに、ミス・チャニングが本を何冊か抱えてたたずんでいた。

「気をつけてお帰りなさい、ヘンリー」リードがやってくると、ミス・チャニングはそういい、ふたりは庭をつっきって校舎に入っていった。わたしはやや距離をおいて、その後ろについていった。

パーソンズ……つまり、ミス・チャニングとミスター・リードのあとを追う形になったのだね?

証人……はい。けど、ぼくは校舎の昇降口で立ち止まったんです。ふたりはそのまま駐車場へ向かいました。リード先生の車へ。車はすぐに発車しました。

パーソンズ……ふたりがどこへ行くのか、きみは知っていた?

証人……あとになって知りました。

パーソンズ……どうして知った、ヘンリー?

証人……リード先生が話してくれたからです。つぎの日、ボストンへ行く道中で。

パーソンズ……なるほど、その時分には、ミスター・リードがそんなことを打ち明けられるほど、きみたちは親しい仲になっていた？

証人……はい、そうです。

パーソンズ……どんな関係だったか、説明してもらえないか？

その問いの答えとして、わたしは証言中ただひとつの嘘をつくことになる。なにも考えずにいったことだが、口にして初めて、その言葉のぬきがたい残酷さに気づいた。「リード先生はぼくにとって、父親のような存在でした」わたしは検事にそういうと、父のほうに目を投げた。父はこちらを凝視していたが、その目は痛ましくこう問いかけていた。

〝ならば、おまえにとってわたしはなんなのだ、息子よ？〟

第十五章

あの日、パーソンズ検事にはそう答えたものの、わたしにとってリードは父親などではなかった。かといって、兄でもなければ、友だちでもない。平行線をたもちながら策応して事をなす関係とでもいおうか。わたしたちふたりはつながっているようで、ばらばらな夢にふけっていたのだ。リードはミス・チャニングを、わたしは自由な生活だけを想い、おたがいのロマンチックな夢がひとつにとけあったらなにが起きるのか、そんなことは考えもしなかった。

わたしとリードの仲は急速に深まり、ふたりでヨット造りを始めて二、三週間も経つうちには、ゆるぎない形となってつづいていく。リードが教師でわたしが生徒という役割はまだ漠然と残っていたが、それをこえたところに、はからずも通じあうものが生まれていた。周囲の知らない、いわばふたりだけの黙契。世間には受けいれる勇気のない真実がここに埋まっている。そんな感じがした。

あの最後の数か月、チャタム校の教師と生徒たちは、わたしたちを妙な二人組と思っていたことだろう。杖をついてゆっくり歩いていくリードの隣に、スケッチブックを小わきに抱えたわたしがならび、ときにはそろって灯台の階段を登っていく。リードは灯台のぐるりをめぐる鉄の手すりにもたれて、杖の先で先の海を指す。はるか遠くを、航《い》きたくても航けない場所を、指しているようだった。「モノモイ島の突端をこえれば、もう外海だ」一度はそんなことをいった。「そこまで行ったら、止めだてするものはなにもない」

リードが家族とメイン州へ発つ前の日、わたしたちはボストンまで車を走らせた。船につける胸板と索具をいくつか買うのが目的だった。「ほんとうに趣味のいい物は、ボストンに出ないと見つからないんだ」リードはいう。「実用的なだけでなく、いわば……目を悦ばせるものはね」

車は例によってカーブした沿岸の道をたどり、ハーウィッチポート、デニス、ハイアニスと過ぎて、そのずっと先のコッド岬運河に行きあたった。運河といっても泥川ていどのもので、当時はサガモア橋もまだなかったから、わたしたちは大むかしに架けられた格子細工の橋を揺れながらわたっていった。橋は鉄と丸木を組みあわせた代物でうるさくきしみ、たしかに用は足りるが趣味がよいとはいえない。リードはそう表現した。この人にしてみれば、世のおおかたのものはそうなのだろう。

橋をわたりきったところで振りむくと、コッド岬は後ろへ遠のきつつあった。「岬を初めて見たとき、ミス・チャニングがなんといったかわかります？」わたしは訊いた。

リードは首を横に振った。

「苦しげだといったんです」わたしはいった。「まるで、殉教者だって」

「そうか、あの人のいいそうなことだ」リードはおだやかな、妙に感心したような笑みを浮かべた。と思うと黙りこみ、ぐんと広くなってボストンにつづく道路をしばし見つめた。

「きのう、わたしがチャニング先生といっしょに学校を出るのを見たろう」

わたしはきょとんとした顔をみせた。「それは毎日のことでしょう」

リードはうなずいて、「いつもはまっすぐ家へ送りとどけるのだが」とつづけた。「きのうはブルースター通りの古い墓地へ寄ったんだ」そして、こちらの質問を待つ。なにも訊かれないとわかると、言葉を継いだ。「しばらく話をしたかったからだ。ふたりきりで」リードは先の道路を見つめたままいった。額にかかった黒い髪が、車の振動で微かにふるえていた。「だから墓地へ行ったんだ。たんに……人のじゃまを避けたかっただけだ」そういって、リードは微笑んだ。

「暗くなる前に家へ送りとどけると、チャニング先生にも約束してあった」

車窓の両側を景色が飛びすぎていった。わたしは一年あまり岬を離れたことがなかったから、前へ前へとつきすすむ車に揺られ、つぎつぎと展開する景色を眺めるだけで、うれしくて仕方がなかった。この手のわずか届かないところに、標《しるべ》ない世界が洋々と広がっている気がした。

「なぜあの墓地をえらんだのか、自分でもわからない」リードは先をつづけたが、打ち明ける決心のつかない事柄のまわりを堂々巡りしているようだった。「なにか理由があったのだろうな。静かだとか、人気《ひとけ》がないとか」

「チャニング先生は気にいってました？」わたしは訊いた。

「ああ、そのようだ。墓地の真ん中あたりに、小さな森があるんだ。常緑樹が繁り、小さな人工の溜め池も」リードはわざとらしく小さな笑い声をたてた。「ほとんどわたしばかりしゃべっていた。自分の人生のことをね」

　そういうと、リードは前日の午後、墓地でミス・チャニングに話したことをめんめんと語りだした。ボストンの労働者階級の住む地域に生まれたこと、そこはやかましい工場と薄汚い安アパートがひしめく貧しい社会で、人々は工場の煙と灰燼《かいじん》にまみれて暮らしていたこと。

「親父は、わたしがまだ子どものころに家を出ていった。おふくろは、うん、なんというかな……きみのお母さんのような人ではなかったんだよ。ヘンリー」リードは微笑んだ。

「見た感じ、サラに少し似ている。黒い髪を長く伸ばしていて、肌は色白なんだ。〝ブラック・アイリッシュ〟と、わたしたちは呼んでいる。おふくろは、わたしをふつうの勤め人にさせたがっていた。銀行員とか、まあ、そういう仕事だ。白いシャツを着て、タイを締めてというわけさ。どこに出しても恥ずかしくない人にと」そういって、リードは着ている茶色の上着に目をおとした。「ところが、そうはいかなかった」

「どうして学校の先生に？」わたしは訊いた。

「本ばかり読んでいたせいだろう。ブレイントリーに学校があったんだ。まずはそこへ行った。戦争で辞めることになったが、復員してからボストンのラテン語学校に職を見つけた」リードの指がきつくハンドルに巻きつくのがわかった。「こっちがまだ準備もできていないうちに、あれこれ決断を強いられるんだから、まったく皮肉な話さ。大事なことはみんな早々に決まってしまう。どう生きていくか、どんな仕事に就くか、だれと結婚するか」ふいにリードは、はっとするほどひたむきな目で、わたしを見てきた。「きみはひとつひとつ正しい決断をしたまえよ。ヘンリー。もし決断を誤ったら、人生は……失意に終わりかねない……なぜこんな人生を最後まで生きぬかねばならないのかと、思い悩むことになる」

人にここまで腹を割って話された経験はなかった。わたしの将来の幸せをこれほど親身になって考えてくれた人はいなかった。父は人生の決め事を口にするばかりで、その可能性にはふれもしない気がした。父の世界が曲がりのないまっすぐな道路だとするなら、リードの世界は落とし穴や罠やヘアピンカーブの連続する細い小道であり、だからこそ、わたしが遅きに失する前にと、忠告してくれたのだろう。たしかに気をつけなければ、望むような人間になれず、父のたどった道をたどりかねない。

「要は、あまりあわてて決めてしまわないことだ」ややあってリードはつけくわえた。

「生き方も……愛も」

底知れぬ憧憬がリードの顔をよぎった。わが身の孤独と失意に生まれて初めて気づいたという顔をしていた。わたしはそういうリードに、あなたを大切に思っているという証《あかし》を差しだしたかった。「先生がいなかったら、チャタム校はやっていけません」わたしはそういった。

そんな言葉にも、リードは感慨ひとつ湧かないようだった。「まあ、それはそうだろう」と、ドライに答えた。「わたしがいなかったら、男子諸君はどうする？」

わたしはもうなにもいわずにリードの顔を見つめたが、彼はあいかわらず前方の道路を見ていた。顔は烈しい渇望にこわばり、わたしはそれをなんとか癒せぬものかと思う。その顔はのちのちまでわたしの脳裏に焼きついて離れず、しまいには、人は神の似姿ではなく、飢渇に苦しむタンタロスをモデルに創られたのではないかと思えてきた。渇して水を飲もうとすれば水が退き、飢えて木の実を食べようとすれば枝が跳ねあがったという、あのタンタロス。いちばん欲しいものはつねに目の前にちらついているのに、つかみとろうとするときまって逃げていく。

ボストンの市街に入ると、リードはわたしをつれてあちこちの店をまわり、目星をつけておいた品物を手にとっていった。真鍮のノブや蝶番をそっと触って、金属の表面を指でなでたり、ライトにかざしてみたり、惚れぼれと相好《そうごう》をくずして賛嘆の声をあげたり、そうしてためつすがめつしてから買うのだった。そのようすは、スペインのダブロン金貨で目を悦ばせるむかしの海賊を思わせた。

リードの買い物をすっかりすませるころには、午《ひる》になっていた。わたしたちは冬物のコートを着こんだまま、コモン公園の植物園にほど近いベンチに坐り、リッツホテルのぜいたくな表玄関を前に見て、リードが持ってきたサンドウィッチを昼食にぱくついた。それが入っていた金属製のランチボックスからは、レモネード入りの魔法瓶まで出てきた。

「ボストンに飽きあきして、チャタムへ越してきたんだ」リードは語りだした。「それなのに、今は——」

「今は？」わたしはたずねた。

「チャタムに飽きたようだ」

「じゃあ、今度はどこへ？」

リードは肩をすくめ、「どこでもいいさ」といった。

「奥さんもチャタムに飽きてるんですか？」

「いいや、チャタムの暮らしにすっかり満足している」リードはいった。目になんともいえない苛立ちがのぞいた。「うちのはいつも……あまんじて暮らしてきた」といって、ふと考えこんでから、またつづける。「かみさんは臆病なんだよ、ヘンリー」リードは視線をこちらに移してきた。「ときには、このわたしにまでおびえているようだ」

それだけいうとリードは顔をそむけ、魔法瓶をランチボックスにもどしてパチッとふたを閉めた。

「そろそろもどったほうがいい」というと、妻の話をここできっぱり打ちきるかのように立ちあがった。

わたしがはっきり感じたのはこのときである——リードはもはや妻を遠い人生の僻地《へきち》へ追いやり、心の屋根裏だか、暗い倉庫だかに閉じこめてしまったのだ。そこで、アビゲイルはひとりぽつんと暗がりに坐り、期待と恐れのあいなかばする気持ちで、階段から響いてくる夫の足音に耳をそばだてていたのだろう。

車へもどるとちゅう、いきなりリードが足を止めたのは、歩道に面したある宝石店のウィンドウの前だった。駐めた車からそう遠くないところまで来ていた。「ごらん、きれいじゃないか、ヘンリー」リードはいって、色とりどりのガラス珠のつながるネックレスを指さした。まるで、お護《タリズマン》りでも見るような目つきだった。うるおいのない世の中を魔力で変貌させるもの。

「へえ、高いんだな」わたしは小さな白い値札を見ていった。

挑戦をつきつけられたような顔で、リードはわたしを見ると、「人間、たまには馬鹿のひとつもしないとな」といった。「まだ生きていることの証《あかし》にさ」そういうと、にやっと笑って店に入っていった。

わたしもあとについて入り、カウンターへ向かった。店員はウィンドウからあのネックレスをはずしてくると、客に手わたした。リードがそれをゆっくり掌で返すと、手のなかの色珠がライトを受けて光った。「これをいただこう」リードはいった。

店員はネックレスを薄紙で包むと、それを小さな赤い箱におさめた。リードは店員に礼をいって、箱を上着のポケットにしまった。

ほどなく、わたしたちは来た道を引きかえしていった。リードはネックレスを買って手柄でも立てたように、急に意気揚々としてきた。ときどき上着のポケットに手をしのばせてゆっくり動かしては、そっと箱をいじりまわし、指の先でもてあそび、目に妙な興奮の色を浮かべていた。

日の暮れ近くになって、ようやくわたしたちはチャタムに帰りついた。リードは先にマートル通りの家をまわってくれるといい、おんぼろセダンはさかんに揺れながら、うちの車道《くるまみち》で停まった。

「つきあってくれて感謝するよ、ヘンリー」リードはいった。

わたしはうなずき、家のほうをちらりと見た。居間のカーテンの奥から、母がのぞき見ているのがわかった。「もう家に入らないと」わたしはいった。「おふくろは疑《うたぐ》り深いからね」

「なにを疑るんだい?」リードは訊いてきた。

わたしは心得顔でにやっとした。「なんでもかんでも」

リードは笑いだし、「人はたいていそうさ、ヘンリー」といった。

わたしは車を降りて、玄関の階段へ歩きだした。手前まで行ったところで、リードの呼びかけてくる声がした。「ヘンリー？　あすもサラといっしょに、ミルフォード・コテージへ行くのか？」

「ええ、たぶん」

「メイン州からもどったら寄ると、チャニング先生に伝えてくれ」

「わかりました」わたしはそう答えると、背を向けて階段を昇りだした。

その晩は相も変わらぬ時間が過ぎていった。父母といっしょに夕食をとり、食事のあとはサラと短い散歩に出て、崖っ縁のベンチに腰をおろしたが、じきに冷えこんできたので家に引きあげた。

「岬の冬は嫌いよ」サラは身震いしていった。

「ああ、ぼくもさ」わたしはいった。「秋も春も夏も、ぜんぶ嫌いだ」

サラは笑い声をたてると、からかうように肩で突いてきて、「もうちょっと辛抱なさいよ、ヘンリー」といった。「もうじき余所のカレッジへ行くんでしょう。そのあとは、こんなところ、もどってこなけりゃいいわ」

わたしはサラを真正面から見すえ、ほんの冗談半分にこういった。「よし、ぼくがもどってきたら、殺してくれ」

サラの顔が翳った。「そんなことというものじゃないわ、ヘンリー。冗談にしてもいやよ」そのあとサラが口にした言葉は、なぜかずっと心に残っている。「わたしたち、生きているだけで幸せと思えればいいのに」

わたしはすぐに部屋に引きこもると、リードと過ごした一日を思いかえした。リードには尊敬の念だけでなく、親しみもましていたが、ことさら惹かれたのは、彼の言動のはしばしにのぞく大胆さ、どんな束縛があろうと断ち切ってしまえそうな強さだった。わたしはあの店で彼が衝動買いしたネックレスを思い、クリスマスが近いことを思った。リードにクリスマスの贈り物をしたい。急にそんな気持ちが湧いてきた。なにか船の用具でもいい——真鍮のネームプレートか、完成間近の小さなキャビンにそなえるランタン。そのとき、机の上においたスケッチブックが目にとまり、最高のプレゼントを思いついた。

だが、数か月のち、わたしの一回めの証言のおしまいに、パーソンズ検事が興味をしめしてきたのは、リードのクリスマス・プレゼントにえらんだ品ではなかった。検事の関心はまったくべつの贈り物にあったのだ。ボストンから買ってきたあのネックレスである。

パーソンズ……ミスター・リードはネックレスを買ってから、どうしたのだろう？

証人……箱をポケットに入れて、車にもどり、チャタムへ帰りました。

パーソンズ……ネックレスを贈る相手がだれだか、ミスター・リードは口にしたかね?
証人……いいえ、しませんでした。
パーソンズ……その後、きみがネックレスを目にしたことは?
証人……あります。
パーソンズ……どこで見かけた?
証人……ミルフォード・コテージです。チャニング先生の寝室で。ベッドのわきの本棚の上におかれていました。
パーソンズ……どういういきさつで、それを目にしたのだね?
証人……あの金曜の夜……人が亡くなる前のことです。チャニング先生は寝室へ入っていきました。そこで目にしたんです。先生は本棚からあれをとりあげて、ぼくにわたしてきました。
パーソンズ……なんといってわたしてきた、ヘンリー?
証人……〝これを始末してちょうだい〟といいました。
パーソンズ……きみはそのとおりにした?
証人……はい。

パーソンズ……ネックレスをどうしたのだね？
証人……黒池に投げ捨てました。

わたしがそういうと、法廷にあつまった人々のあいだに低い囁き声が広がり、クレンショウ裁判長がおごそかに木槌を鳴らして静粛を求めた。あのときのざわめきは、この先も忘れられそうにない。すでに夕方近くになっており、裁判長はその日は閉廷を宣言した。

その晩、夕食の席についた父母とわたしはひたすら黙々と食事をつづけ、まぶしいほど真っ赤な髪をした新入りのメイドが、ダイニングルームを軽やかに出入りしていた。ふいに母が燃えるような目で、わたしを見てきた。「世間を手玉にとれると思っていたんだろうね、あのふたりは」あのころから、母の声にはきまってこんな刺々《とげとげ》しい調子がまじるようになる。「あの女とリードよ。好き放題やって、隠しおおせると思っていたんでしょうよ」

皿にかがみこんでいた父が、目も飛びださんばかりにして顔をあげた。「ミルドレッド、よしなさい」

「わたしたちよりずっと頭がいいと自惚れていたんですよ」と、今度は父をにらみつけて、母は容赦なくたたみかけた。「だれを傷つけようと、おかまいなし」

「ミルドレッド、よさないか」父はくりかえしいったが、力ない声だった。「こんなときに、こんな場で話すことではない――」

「でも、死で始まり、死に終わった関係じゃありませんか」わたしがさきほど法廷で話した墓地での密会をあてこすって、母はきっぱりいってのけた。自分のした証言、答弁の数々が、わたしの頭のなかでくりかえされる。つねに真実のみを語ることに努め、つぎつぎと明かされたのは真実ばかりだったが、ひとつひとつ答えを重ね、真実を積みあげていくうちに、一連の証言はとほうもなく大きな嘘になりかわっていた。

母は誇らしげに頭をあげ、「おまえを誇りに思いますよ、ヘンリー」といった。「ふたりが殺した人たちをないがしろにしなかった」

父の息を吞む音が聞こえた。「ミルドレッド、おまえ、いいかげんに――」

母は手を差しあげて、父の言葉を制した。わたしを見る母のまなこには、ぞっとするような力があった。「亡くなった人たちをけっして忘れてはいけないよ、ヘンリー」

たしかに、わたしは忘れなかった。とはいえ、亡くなった人たちを思いだすたび、ミス・チャニングとリードも、母なら顔をしかめるような形であらわれた。なにがあろうと、どんなに長い歳月が流れようと、わたしにはどうしてもふたりがロマンチックな恋人たち――現代のキャサリンとヒースクリフだと思えてならない。ただ、それが風吹きすさぶ嵐が丘でたがいに駆けよる男女ではなく、雪をいただく丘の上にならんでたたずみ、冬の海に望む道を歩いていくふたりであるだけのことだ。

それでも、彼らが過ぎし日の午後、ふたりきりになろうと出かけたあの墓地に、大理石の墓の列を見ることでもあれば、ふたりのまたべつな面を思いだすこともある。最後の春を過ごしたリードとミス・チャニング、校舎の裏庭で顔の円柱にとりくむミス・チャニングにまなざしを注いでいたリードの顔。

しかし、あのときもう終幕は近づいていたのだ。舞台の幕はじきにおりようとしており、登場人物たちはすでに最終場の立ち位置につきはじめていた。アビゲイル・リードは黒池を眺めやって苛立ちに手を揉み、幼いメアリは階段の下で、遠く暗がりに沈んだ小屋を見つめている。わたしはうだるように暑い夏の森にわけいり、思いつめたようにプリマス通りを歩いている。頭のなかには、ウィリアム・ブレイクの『天国と地獄の結婚』のある行《くだり》だけがめぐりめぐっていた。リードが学校の中庭を見つめてそらんじた文句だ。〝為さぬ望みを胸に抱えているより、嬰児《みどりご》はその揺籃《ゆりかご》で殺《あや》めよ〟そのとき中庭では、ミス・チャニングが円柱を仕上げていた。

第四部

第十六章

リードの一家がメイン州からチャタムに帰ってきたのは、一九二七年の新年が明けた一月三日のことだった。わたしが湯気のたつホット・アップルサイダーを手に、ウォーレンの小間物屋を出たところへ、ちょうどリード家のセダンが通りかかった。妻のアビゲイルは助手席に、娘のメアリは後部座席に坐り、車のルーフに古ぼけたもえぎ色の旅行鞄をひとつくくりつけている。鞄は角のひとつが、少しばかりへこんでいた。

リードもアビゲイルもまっすぐ前ばかり見ており、わたしに気づかないままに車は走りさった。リードは鼠色のくたびれた帽子をかぶって、顔はそのつばにかくれ、アビゲイルは硬い顔で黙りこくっていた。車が通過しようというとき、メアリだけがちらりとこちらを向いて、はかなげな笑みを口元に浮かべ、あいさつに小さな手をちょこっとあげてきた。

〝ハーイ、ヘンリー〟

リードがチャタムを留守にして二週間が経とうとしており、村にもどってきた彼の姿を見たわたしは、期待感でいっぱいになった。長い幕間《まくあい》が終わり、ふたたび冒険劇の幕が開いた気がした。わたしもまたそこにくわわれるのだ。

わたしは飛んで家に帰り、リード先生がウォーレンの小間物屋の前を車で通りかかったと話すと、やはりサラも彼の帰還に浮きたったようで、「これでまたヨット造りが進められるわね」と、にっこりした。「夏には完成できるかしら」

そのクリスマス休暇は、サラと家にふたりきりにされることが多かった。母は教会に通い、キリスト降誕劇の準備におわれる村の婦人たちを手伝っており、父はチャタムの校長室で忙しくしていた。学校が休みのことも重なって、サラとわたしはいつになく親しく、じっくり話す機会がふえた。サラはカレッジに進む日のことを熱っぽく語った。その野心はますます燃えあがって、手ほどきていどのレッスンでは満足できなくなり、最上級の読み書きまでマスターしようと志をあらたにしていた。サラが父の子であればよかったのにと、後年のわたしはたまに思ったものである。誇り高く、恩にあついチャタム校の学生。わたしのほうが遠くから船で着いた文盲の少年であり、やがて学校を滅ぼす張本人というわけだ。

そのころのわたしは、気質といい志といい、もはや父の教えを遠く離れてしまっていた。やはり心惹かれていたのはリードだが、なにしろ、彼のなかに感じるあの強烈な焦燥感にはとくに惹きつけられた。もっとなにかしなくては、もっと大きな人間にならなくては、チャタムから自由になって新たな世界を見いださなくてはと、リードはつねに駆りたてられていた。人生とは、汲めどもつきせぬ豊饒の角《コーヌコピア》だといっているようだった。ひとつの果実をえらんだが最後、ほかを失うはめになるわけではない。蓄えの乏しいちっぽけな籠ではないのだ。

リードがチャタムにもどって、もう翌日には艇庫に彼の姿があった。索具の木材をかんなで削ったり、シームの水洩れ防止に詰めものをしたり、あるいは紙やすりをかけているか、塗装をしているか、ワニスを塗っているか。いずれ、あいかわらずの事をしているだろうと思い、わたしはクリスマスの贈り物をわきの下にしっかり抱えて、ドアを入っていった。

ところが、リードはなにをするでもなく船の艫《とも》に腰かけて、両手を膝におき、塗装のすんでいない左側のむきだしの手すりに、杖を立てかけていた。

わたしが入っていくと、リードは長いもの思いの時から急に呼び覚まされたように、はっと顔をあげた。そこには、いつか目にしたあの苦悩が消えずにあった。

「やっぱり、ここにいましたね」わたしは話しかけた。「きのう街を車で通るのを見かけたんです」

リードはうっすら微笑んだ。「まあ、軀を温めたまえ」そういって、ストーブを指さした。「それから仕事にかかろう」

わたしはストーブのそばへ行くと、それに背を向けて立ち、リードが船の内枠に密閉剤《シーラント》を上掛けするのを眺めた。どうもリードは上の空というか、心ここにあらずの態《てい》だった。ときどき目を細め、そっと詩でもそらんじるかのように、下唇を微かに動かす。

「メインの休暇は楽しかったですか？」そんなはずがないと知りながら、わたしはたずねた。

リードはブラシの動きを目で追いながら、かぶりを振った。「いや、それほどでも」

わたしはもっともらしい理由を挙げてみることにしたが、心中そんなことはあるまいと思っていた。「このチャタムよりもっと寒いんじゃあね」

リードは手元を見つめたままで答えた。「べつにメインなど、どうでもいいんだ。わたしはここに残っていたかった」そういうなり、しばらく黙りこんだ。そしてようやく、「休みのあいだ、ミルフォード・コテージへは行ったかい？」といった。

「一度だけ」とわたしはいった。「サラといっしょに」

ブラシの動きが止まった。「それで、チャニング先生は……どうしている？」

「変わりないですよ」

わたしはそう答えながらも、あの人の態度がふだんとちがっていたのを思いだしていた。サラとミルフォード・コテージへ行くと、ミス・チャニングはいつになく沈みがちで、もの思いにふけるそのようすは、今のリードとよく似ていた。レッスンのあいだじゅう、しばしば正面の窓から外を見やり、カーテンのすきまからがらんとした芝地をのぞき見る。あの目には、捉えにくいがたしかにわかるほどの、もどかしさがみなぎっていた。きっと船乗りの妻たちは、あんなふうに屋根上の露台《ウィドウズ・ウォーク》から海を眺めて、夫の船があらわれないかと、もどかしげに水平線を見わたしたのだろう。あんな目をするとき、ミス・チャニングが想っていた相手はやはりリードだったのだ。それが今はっきりした。

リードは作業にもどり、右へ左へとリズミカルにブラシを動かした。

ミス・チャニングのことを考えているにちがいない。わたしはそう思いながら、黙ってリードを見つめていた。そういえば、プレゼントをわきに抱えたままだった。今なら、わたすのに絶好の機会だろう。

「じつは持ってきたものがあるんです」わたしはそういって椅子から立ちあがった。「クリスマス・プレゼント。先生がメインに行っているあいだに仕上げたんです。気にいってもらえるといいけど。メリー・クリスマス、リード先生」

プレゼントは鮮やかな緑の紙で包んで、赤のリボンをかけてあった。「ありがとう」リードはいい、包みを軽く持ちあげて笑顔を見せた。その形から絵であることはわかっていたのだろうが、包みを開いてわたしの作品を見たとたん、驚きと感動の表情が浮かんだ。

「チャニング先生じゃないか」リードはつぶやいた。

それはインクペンで描きあげた線画だったが、リードには思いもやらぬポーズだったにちがいない。髪はもつれあってむきだしの肩にたれ、一途《いちず》になにかを求める眸をして、ふっくりとした唇を薄く開き、首はかしげ気味にしているが、まなざしはまっすぐ前に向けている。リアルなようでいて、どこか現実離れ、俗離れをしており、またそうでありながら、そそるものがあり、全体にまぎれもない魅惑のポーズをつくりあげていた。

「美しい絵だ、ヘンリー」リードは肖像画に見いっていた。そうしてしばらく見つめてから、すみの小さな机のそばへ立っていき、「ここに掛けよう」といった。上着のポケットから釘をひとつとりだすと、机の上の位置をえらんで、壁に釘を打ちこむ。ところが、絵を掛けようというときになって、べつな考えでも浮かんだのか、ふと手を止めた。「どうだろう、ヘンリー、やはりこれはチャニング先生に見せるべきじゃないか」

「気にいってくれるかな?」

「もちろん、気にいるとも」

わたしは心許なかったが、リードには確たる自信があるらしく、まもなくわたしたちは艇庫の私道からバックで車を出し、ミルフォード・コテージへ向かっていた。リードはやたらと楽しそうで、額に入ったミス・チャニングの肖像画をかたわらに引きよせていた。

そんなわけで、けっきょくその日はヨット造りの手伝いはせずじまいだった。けれど、それからの二、三週間、わたしはちょくちょく艇庫を訪れ、水洩れを防ぐコーキングをし、目塗りのシーリングをし、マストとブームを組み立て、索具をそろえた。四か月のち、船はコッド岬湾を漂っているところを湾岸警備隊に発見され、チャタムへ曳かれきて港につながれる。それほど手をかけた船だから、そのころになってもわたしは岸辺におりていって、他の船が何艘も停泊するマリーナの対岸のさらにむこうに目をやり、遠く〈エリザベス〉号が真っ白な舳先をむなしく波に揺らしているのを眺めたものだ。舳先、塗装のすんでいないマスト、たたまれた帆。自分が造り手伝った箇所ばかりに、わたしの目はすいよせられた。

ミルフォード・コテージの車道へ入っていくと、ミス・チャニングは黒池の畔にたたずんでいた。日曜の朝、稽古に出むいてきたサラとわたしが、よく姿を見かけたあたりだ。

たった今も、黒い池の水を背景にしたあの白いドレスの後ろ姿が浮かんでくる。

リードの車が停まると、ミス・チャニングは振りむいて駆けだしてきたが、助手席にわたしがいるのを目にして、ぴたりと足を止め、ゆっくりした歩みでやってきた。

「やあ、エリザベス」リードは車を降りながら、優しくいった。

「いらっしゃい、レランド」ミス・チャニングはそういって出迎えた。あの人がリードをファーストネームで呼ぶのを聞いたのは、それが初めてだった。

リードはわきに抱えた絵を引きだした。「見せたいものがあってね。クリスマス・プレゼントなんだ。ヘンリーにこれをもらったんだよ」

ミス・チャニングは意外なぐらい長々と、肖像画を眺めていた。あんな描かれ方が気にいろうはずがないことも、今のわたしならわかる。モデルを臆面もなくロマンチックに美化した絵、いわば幼い逸《はや》り気《ぎ》だった。〝あの絵は、わたしではありません〟いずれミス・チャニングはパーソンズ検事の前で、伏し目がちに両手を見つめて、そう答えることになるが、この午後、わたしの絵を眺める彼女はまさにそんな心境だったのだろう。

「いい絵ね」ミス・チャニングはようやく低い声でいった。わたしを見て、力なく笑うと、肖像画をリードの手に返した。「お茶でもいかが？」

リードはためらいなく答えた。「ああ、いただくよ」

わたしたちはそのままコテージへ入っていった。

「こちらにはいつ？」ミス・チャニングはお茶を淹《い》れて、わたしたちに出すと、まずそう訊いた。

「きのうもどったばかりだ」リードは答えた。

「それで、メインはどうだったの？」

「変わりばえしない」リードはつぶやいた。お茶をすばやくすすって、こうつづける。

「それより、あなたのほうは？　こちらが留守のあいだ、どうしていた？」

「ここにこもりきり」ミス・チャニングは答えた。「本ばかり読んでいたわ」

リードはゆっくりと息を吸った。「ねえ、エリザベス……自分が頭のなかだけで生きているように感じることはないか？」

ミス・チャニングは肩をすくめた。「そんなにひどい所かしら？」

リードは悲しげな笑みを浮かべた。「たぶん、頭にもよるだろうな」

「そういうことね」ミス・チャニングはいった。

ややあって、リードがまたいった。「船は夏までに出来あがりそうだ」

ミス・チャニングはなにも答えず、リードに目をすえたまま、カップを口に運んだだけだった。「そうなれば、あとは――」リードは勢いこんで話す自分を制するように、いったん言葉をきってからつづけた。「あとは、どこへでも行けるようになる」

ミス・チャニングはカップを膝においた。「どこへ行きたいの、レランド？」

リードは熱っぽく彼女を見つめた。「あなたはもう行ってしまったところだろうな」

一瞬、ふたりはなにもいわず見つめあっていたが、まぎれもない熱情と焦渇があり、あいだを隔てるわずかな距離さえ、ふたりには耐えがたいようだった。惹かれあう思いの深さを、わたしは初めて目の当たりにした。きっとふたりの気持ちはおだやかに少しずつ芽吹き、日ごとに、言葉を交わすごとに、目を見あわすごとに育《はぐく》まれ、ついには、長くたもたれた慎みの水面《みなも》をつき破ったのだろう。今やふたりのあいだには、抑えがたい力をもつものが燃えさかり、たんなる友情を装う芝居を、恋人どうしの密計に変えていた。

さほどしないうちに、わたしたちはコテージを出た。リードとミス・チャニングが先に立って黒池に向かい、水辺の小道を右へ行き、池につきだした古い木の桟橋を突端まで歩いていった。

「春になったら、ボートを漕ぎにいこう」リードがいった。「バス川へ、みんなで」

遠くにリードの家が見えていた。小さな白いボートは、濡らさないように岸へ引きあげられている。ほんの何週間か前、雪をいただく丘に登ったあの日、リードが自分の家を見て不愉快げにしていたのを、わたしは思いだした。なにかいやな記憶がよみがえったようでもあった。ところが、今のリードには、家など見えないも同然らしい。

しかし、ミス・チャニングはそうもいかないようで、池の対岸を見やったとたん、目の色が心なしか曇り、小さな光が消えてしまった。「もう帰る時間でしょう、レランド」あの人はリードにいった。

「ああ、そうだな」リードはいったが、とくに気負いのない声だった。「あれは、わたしが初めて造ったボートなんだよ。ほら、向こう岸に小さなロウボートが見えるだろう」そういった声は一転して思いに沈んだ。リードは自分のなかで一度は棄てたなにかを、ボート造りをするうちに再発見したのかもしれない。それはどんどん膨らんで、今ではリード自身を食いつぶそうとしていたのではないか。「ゆったり漂うための乗り物が欲しかったんだ」リードはいいそえた。「なにかにまっすぐ向かっていくのではなく、その横をゆったり漂う。通った跡もほとんど残らない」リードは苦しげにゆっくりと息をつくと、「あなたの父さんなら、こんなわたしを軽蔑したろうね、エリザベス」といった。

ミス・チャニングはリードに顔を振りむけ、「そんなふうに思わないで、レランド」といった。「それは思い違いよ」そういうと、わたしのほうをすばやく見て、すぐに視線をそらした。わたしの面前で、いっていいこと、していいことを綿密に慮《おもんぱか》っているようだった。けっきょく、わたしが居合わせるだけで急に気がぬけなくなったのか、厳しい口調でいった。「もうお帰りなさい、レランド」

リードは無言でうなずくと、背を向けて栈橋を引きかえしていった。ミス・チャニングもすぐその隣にならび、ふたりは裏庭をゆっくりとつっきって、敷地内に駐めた車へ向かった。わたしは、割りこめば煙たがられるのは承知していたから、なるべくふたりのじゃまをしないよう、その右にやや離れてついていった。

「月曜の朝、迎えにくるよ」車まで行くと、リードはミス・チャニングにいった。「これまでどおり、いっしょに登校しよう」

ミス・チャニングはわずかに微笑むと、胸の奥からなにかがこみあげてきたように、ふいに前へ進みでて、リードの頬に手を強く押しつけ、「ええ、そうね」といった。

「それじゃ、月曜の朝に」

ふたりが肌を触れあわせるのを見たのは、この一度きりだ。だが、数か月後、パーソンズ検事の質問を受けたとき、いつもどおり嘘偽りのない答えをするには、それだけ見ていればじゅうぶんだった。〝ミス・チャニングはミスター・リードに恋をしていると、そのときはきみはそういう印象をもったのだね、ヘンリー？〟

証人……はい。

第十七章

ならば、ふた月近くあとに撮られた写真にも、ふたりがならんで写っているのは意外でもない。リードは杖をつき、ミス・チャニングは腕を両わきにつけた格好で、頭上高くそびえた木々は、まだあの長い冬の手にとらえられていた。枝は繁る葉もなく寒々として、独り暮らしがときにそうであるように、わびしく殺伐としたようすを見せていた。

とはいえ、リードとミス・チャニングはふたりきりで写っていたのではない。パーソンズ検事には無念だったろうが、ふたりだけで撮った写真はついに見つからなかった。ふたりのまわりには、チャタム校の教師と学生、職員、用務員が校舎前の芝地にせいぞろいしており、全員を前にして、うちの父が誇らしげに立っている。父は手入れのいい愛船に立つ威信あふれるキャプテンという趣で、例によって黒いスーツに糊のきいた白いシャツを着ていた。父の後ろには、生徒が扇状に広がってならび、みな冬の制服を着こんで、磨きあげた靴をはき、首にはウールのマフラーを巻いている。その地《じ》の濃紺と房飾りの金色は、士のように、スケッチブックを勇ましく胸に抱えている。

いろいろな点で、じつに当時らしい写真だった。下手な集合写真であり、自分がそこに写ってでもいないかぎり、見るべきところのない代物だった。年鑑が出てしばらくあとに、父がページから切りぬいて記録簿にくわえておかなければ、わたしもとくに思いださなかったろう。父がそれを切りぬいた理由は、裏側に書かれた但し書を読めばはっきりする。

〝チャタム校　一九二七年　三月七日　最後の一枚と思われるレランド・リードの写真〟

ところが、パーソンズ検事にとって、その写真の最たる重要点は、一九二七年三月の第一週にいたっても、まだリードとミス・チャニングがならんで写っていること、検事が〝不倫の関係〟と呼ぶものが明らかに続行していたことだった。ふたりの手が軽く触れあっているのを、パーソンズは最終弁論で陪審に指摘し、〝エリザベス・チャニングとレランド・リードの関係がつづいていた〟証拠として挙げ、〝それがよからぬ姦通であったことは、証言につぐ証言によりすでに明らかである〟と述べた。

これらの証言は、パーソンズの著書にせっせと引用されているが、わたしはそれを読まなくても、じゅうぶん記憶していただろう。冬から明くる年の春まで、おりおりに目撃されたひょんな光景、洩れきこえてきた長い会話の断片。数々の証言はほとんどがたあいもない内容だったが、のちの黒池の出来事を考えあわせれば、惨殺の現場に残された血まみれの足跡ほどに、おぞましく不吉な様相をおびてくる。

公判記録

マサチューセッツ州　対　エリザベス・ロックブリッジ・チャニング

一九二七年　八月十六日

証人……はい、わたしは〈逢初《あいぞめ》が浜〉の砂丘のひとつに坐っていました。そこへ、人がふたり海岸を歩いてきたんです。男と女でした。

パーソンズ……一月の下旬に、人が浜辺におりてくるのは珍しいのではありませんか、ミスター・フレッチャー？

証人……ええ、そうです。ほとんどは寒くてうちにこもっています。けど、その男が杖をついていなければ、わたしもたいして気にもとめなかったでしょう。どんな季節だろうと、そういう不自由のある人が浜へおりてくる姿はめったに見かけませんから。

パーソンズ……そのふたりは朝早く、浜辺でなにをしていたのです？

証人……少し歩いてから、ある砂丘のふもとへ坐りこみました。

パーソンズ……そのとき、どんなことが窺われました？

証人……はい、ふたりはしばらく話をしていましたが、もちろん内容は聞きとれません。肩よせあっているというか、男は女の腰に腕をまわして、抱きよせているようでした。しばらくそうしていましたが、じきに男のほうがコートのポケットから紙きれをとりだしたのです。丸まっているのを男が広げて、ふたりでのぞきこみました。男はなにかしゃべりながら、紙の上のものを指さしていました。

パーソンズ……その紙の色は記憶にありますか？

証人……緑っぽい色でした。もえぎ色みたいな。

パーソンズ……その朝、見かけたふたりは、男性なり女性なり、見知った顔でしたか？

証人……いや、あとになるまでわかりませんでした。ふたりの顔を新聞で見て、あっと思ったんです。

公判記録
マサチューセッツ州　対　エリザベス・ロックブリッジ・チャニング
一九二七年　八月十七日

パーソンズ……さて、ミスター・ポーター、あなたはチャタム港の港長でいらっしゃる。ということは、利用者に貸した港内の建物、倉庫区画などの管理責任者になるわけですな？

証人……そうです。

パーソンズ……そういう建物のひとつを、一九二三年十一月、ミスター・レランド・リードに貸したことを憶えておられますか？

証人……ええ、憶えてます。船を造るつもりだといってました。

パーソンズ……そのあと、彼はその船を造りました？

証人……ええ、造ってました。この五月の終わりごろ、完成させたんです。

パーソンズ……船が出来あがるまぎわの何週間か、あなたはミスター・リードに貸した建物のなかへ入る機会がありましたか？

証人……はい、ときどき行ってました。どんな進み具合かと思いまして。

パーソンズ……もしや、その建物内の机の上に、たたんだ紙を目にすることがあったのでは？

証人……ああ、ありました。そいつは海図ですよ。東海岸から、カリブ海域まで載っている。
パーソンズ……その海図に、なにか変わった点は見うけられましたか？
証人……だれかが針路を書きこんだみたいでした。赤インクで。
パーソンズ……では、その針路ですが、その海図の針路はどこからどこまで引かれていました？
証人……チャタムからキューバのハバナまでです。
パーソンズ……その紙の色を憶えていますか？
証人……ふつうの海図の色ですよ。薄い緑です。
パーソンズ……ところで、ミスター・ポーター、被告人エリザベス・チャニングが、船造りをしているミスター・リードと、その建物でいっしょにいる場を見かけたことはありますか？
証人……いや、あの艇庫のなかではないです。けど、マリーナをつれだって歩いているのはいっぺん見かけました。
パーソンズ……それはいつです？
証人……さあ、あの海図を見かけたのとおなじころですか。二月の初めくらいだと思います。ミスター・リードは、こう、杖を振りまわすみたいにして、湾を指してました。

ミス・チャニングに方角を教えているようでした。

パーソンズ……かりに、船がチャタム港からその針路をたどったら、どこに行きますか、ミスター・ポーター？

証人……外洋に出ます。

パーソンズ……そのとき、ミス・チャニングとミスター・リードを見て、ほかに気づいたことは？

証人……いや、ふたりが艇庫に引きかえすとき、ミス・チャニングが、こう、頭をのけぞらして笑ってたことぐらいですかねえ。

公判記録

マサチューセッツ州　対　エリザベス・ロックブリッジ・チャニング

一九二七年　八月十九日

パーソンズ……あなたのご職業は、ミセス・ベントン？

証人……チャタム校でラテン語の教師をしております。

パーソンズ……被告人のことはよくご存じですか？

証人……はい。彼女の部屋……あの、学校の教室のことですが……それが、わたしの教室の中庭をはさんだ向かいにありますので。

パーソンズ……つまり、彼女の教室のようすがよく見える位置である。そういうことですか？

証人……さようです。

パーソンズ……その教室にミスター・リードの姿を見かけたことは？

証人……はい、ございます。

パーソンズ……ひんぱんに？

証人……ほぼ毎日です。まずミス・チャニングとお昼を食べにきます。それから、放課後また来ていました。

パーソンズ……どうでしょう、ミセス・ベントン、あなたの教室ほどミス・チャニングの部屋に近ければ、この被告人とミスター・リードの交わした会話を洩れきいたこともあるのでは？

証人……ええ、ございます。

パーソンズ……なるほど、どういういきさつです？

証人……ちょうどミス・チャニングの教室の横を通りかかったとき、声が聞こえてきたのです。

パーソンズ……その会話を聞いたおおよその日付けは憶えていますか？

証人……三月の四日です。息子に誕生日祝いを買って、その午後、家に持ちかえったので憶えているんです。

パーソンズ……その日、あなたがお聞きになった声ですが、それはミス・チャニングの教室から聞こえてきました？

証人……さようです。通りしなにのぞいてみると、キャビネットの横にミス・チャニングがいましたが、なかばこちらに背を向けて壁に対《むか》っていました。その後ろに、ミスター・リードが立っていました。

パーソンズ……そのとき、なにか会話は聞こえましたか？

証人……ええ、少しですけれど。〝ほかの道を探そうじゃないか〟と、ミスター・リードがいっていました。

パーソンズ……それだけですか？

証人……はい。

パーソンズ……その言葉にミス・チャニングは答えましたか？

証人……ええ、あいかわらず彼に背を向けていましたが、〝ほかの道など、ありはしない〟というのが聞こえました。

公判記録

マサチューセッツ州　対　エリザベス・ロックブリッジ・チャニング

一九二七年　八月二十日

パーソンズ……さて、ミセス・クランツ、あなたはピーターソンの金物店で店員をなさっている。そうですね？

証人……はい、そうです。

パーソンズ……同金物店で、一九二七年の三月十五日に作成されたレシートを見ていただきたい。このレシートに見覚えはありますか？

証人……はい、あります。

パーソンズ……レシートから、どんな品物が購入されたのがわかります？

証人……まず初めは、瓶入りの砒素です。

パーソンズ……三月十五日に、その砒素の瓶を購入した人物を思いだせますか？

証人……はい、思いだせます。

パーソンズ……それはだれでした、ミセス・クランツ？

証人……ミスター・レランド・リードです。

パーソンズ……ミスター・リードがその日、購入したほかの品物を読みあげてもらえますか？

証人……レシートによれば、ナイフ一本、ロープ六メートル。

公判記録

マサチューセッツ州　対　エリザベス・ロックブリッジ・チャニング

一九二七年　八月二十日

パーソンズ……ご職業は、ミセス・アーバクラムビー？

証人……ミスター・グリズウォルドの秘書をしております。

パーソンズ……ミスター・グリズウォルドというのは、チャタム校の校長であるアーサー・グリズウォルドのことですか？

証人……はい、そうです。

パーソンズ……ミセス・アーバクラムビー、このようなことを聞いたり、見たりしたことはありませんか？　つまり、被告人とミスター・レランド・リードの関係が職場の同僚、もしくは友人どうしのつきあいの範囲を逸していると感じられることを？

証人……ええ、あります。

パーソンズ……お話しください。

証人……ある日の午後、たしか三月の最後の週だったと思いますが、ともかく、わたしが駐車場を歩いていたときのことです。かなり遅い時間でした。もう夜になっていました。みんな下校しておりましたが、グリズウォルド先生が翌年の予算のまとめをしていたので、わたしも手伝いに居残っていたんです。ともかく、駐車場にはまだミスター・リードの車がありまして、彼はいつもあそこの木の横に駐めるんですが、わたしがそこを通りかかると、運転席にミスター・リードがいて、ミス・チャニングを乗せているのが見えました。

パーソンズ……ミス・チャニングは助手席に坐っていたのですね？

証人……ええ、そうです。なんですか、自分の喉元に両手をあてる格好で、そこへミスター・リードが押しかぶさり、その手をつかんで引き離そうとしていたんです。

パーソンズ……なるほど、ミセス・アーバクラムビー、では、あなたはグリズウォルド校長の秘書という権限から、ミス・チャニングとミスター・リードの品行——その夜、チャタム校の駐車場で目撃した件《くだん》の場面について、校長に話をしたことはありますか？

証人……はい、あります。これは校長の耳に入れておくべきだと思ったものですから。その夜、ミスター・リードの車で見たことを報告し、ほかの教師たちのあいだで、ふたりの仲がさかんに噂になっていることも話しました。

パーソンズ……あなたの話に、校長はどう応じました？

証人……噂話はあまり感心しない、とおっしゃいました。

パーソンズ……あなたの報告に対する校長の対応はそれだけでした？

証人……わたしの知るかぎりでは、ええ、そうです。

だが、父のとった対応がそれだけでないことは、ミセス・アーバクラムビーが証人席に立つずっと前から、わたしは知っていた。というのも、報告があったすぐつぎの週、父はリードの午後の授業を見にきているのである。

今でも憶えているが、わたしがリードの教室に入っていくと、すでに後列の席のひとつに父が陣どっていた。父は入ってくる生徒ひとりひとりにうなずきかけ、授業を始めるリードを黙って見つめ、椅子に背をもたせてさり気ない態度をとっていたが、その目にはただならぬ緊張感がくっきり浮かんでいた。

父は授業が終わるまでその姿勢をくずさなかったが、ときおりすいよせられるように目が中庭へ向き、その奥にあるミス・チャニングの美術室を見ていた。とはいえ、授業から気がそれることはないようで、きっとリードの話の内容だけでなく、話しぶりにも注意し、うわべの教師像だけでなく、その奥にいるひとりの男をも観察していたのだろう。リードのなかに、自分が心から恐れ不信をもっている、あの瑕《きず》を探していたのかもしれない。戦争でつけられた傷ではなく――父の考えによれば――はるかむかしアダムの忌まわしい堕落でつけられたあの瑕を。

授業が終わると、父は静かに立ちあがって、教室の前のほうへ行った。リードになにか話しかけて愛想よくうなずきかけると、廊下に出て校長室へもどっていった。わたしは廊下を遠ざかる父を見つめた。大むかしの黒船のようなどっしりとした軀が、校舎を駆けまわる生徒たちの流れをぬっていく。黒服を着た、ものいわぬ、鬱々とした男が、思いに沈んで、こうべをたれ、肩をおとして、歩いていく。堕落しきって癒しがたい人の心の重荷を背負うかのように。

第十八章

ようやく春が訪れ、四月もなかばに近づいたころ、わたしたちはいつかの約束どおり、ボート漕ぎに出かけた。身を切るように寒い一月のあの日、桟橋の先におりて黒池を見わたしながら、リードが口にした約束だ。

よく晴れた暖かな土曜日、まわりはどこもかしこも、父のいう〝復活祭の輝き〟に満ちていた。わたしはそれまでの数か月、リードとヨット造りに励み、ミス・チャニングの授業を受けていた。けれど、じっさいふたりが同伴している姿を見るのは、いつもの登下校の場面だけだった。パーソンズ検事のいうところの〝密会〟はことごとく、わたしの目にふれないようにされていた。

あの朝、わたしは早々に艇庫へ出かけていき、リードがやってきたときには、もう仕事にかかっていた。いつものようにヨット造りに精を出し、夕方近くに作業を一段落させてから、マリーナのそばの浜をのんびり散歩する。今日もそうなるものと思っていた。

ところが、艇庫にあらわれたリードには、またべつな心づもりがあり、ドアを開けてなかをのぞきこんでくるなり、それを宣言した。

「せっかくの天気だ、こんなところに閉じこもっていちゃ、もったいない」と、片足だけなかに踏みこみ、片足は外の歩道にかけたままでいう。そして軀を退《ひ》き、春風のなかへ出ていきながら、「出ておいで、ヘンリー」と、手招きした。

わたしはリードについて艇庫を出ると、板張りの歩道を道路へと歩いていった。遠くに見える彼のセダンは、マリーナの古い離れ屋のひとつになかばかくれていたが、そのルーフには、小さい白いロウボートが結わかれているのがわかった。

わたしが離れ屋の角を曲がろうというところ、はやリードは運転席に乗りこんでいた。「さあ、早く乗って、ヘンリー」といって、急かすように手招きする。「早いうちに漕ぎだしたいじゃないか」

わたしはようやく、ミス・チャニングが大きなバスケットを抱えて助手席に坐っているのに気づいた。埃まみれのフロントガラスの奥で、遠くにかすむ灯りのように、淡いブルーの眸が光っていた。

「こんにちは、チャニング先生」わたしは後部座席に乗りこみながらいった。

ミス・チャニングは会釈をしてきたが、なにも答えなかった。あの人の妙な緊張と苛立ちを初めて察したのは、まさにこのときだと思うが、それはこの先ずっと彼女につきまとうことになる。閉塞感といったらいいだろうか。ある幅と大きさをもっていた世界が、縛り首の縄が引きしぼられるように縮んで、ミス・チャニングを締めつけている。そんな感があった。

リードは前にかがみこむと、キーをまわし、「バス川へ行こう」といった。だが、ミス・チャニングの気持ちを盛りたてようとする明るい口調には、どこか無理が感じられた。リードは微笑みながら、彼女を見つめ、「今日はまる一日、時間があるんだよ、エリザベス」といった。「そういっておいたろう」

わたしたちは小一時間かけてバス川をくだり、リードが下見しておいた場所に到着した。〝人里離れたへんぴな場所であるためにえらんだ〟と、のちにパーソンズ検事は表現したが、たしかに一帯は高草が生い繁り、土手の斜面の下に位置していたため、ほんの百メートル先の公道からも、車やロウボートは見えなかっただろう。

「川のこのあたりは、ひとつの湾曲部からつぎまでの間隔が、一・六キロぐらいだ」リードはそう説明しながら、ボートを車のルーフに結わえたロープをほどきだした。「今から下流へ漕ぎだせば、潮水《しお》にのってもどってこられる」

ミス・チャニングは岸辺へ歩いていって、水際で立ち止まると、水の流れに足をつけ、川面を眺めていた。バス川は雲ひとつない空を映じながら、木片や沼地の漂積物をはらんでゆっくりと動いていく。

ロープがほどけると、リードはさっそく舳先をつかんで手前に引きおろし、すると、ボートは急角度でルーフをすべりおちて、柔らかな地面に鼻先をつけた。「さあ、頼むぞ、ヘンリー」リードはいった。「後ろのほうを持ってくれ」

わたしはいわれたとおり後部を持って、リードとふたりでボートを岸へ運んでいき、水際の湿った地面におろした。

ミス・チャニングは川面を向いたまま動かず、対岸の淀みに、黄色い花粉の薄膜が張っているのを見つめていた。

「用意はいいかい、エリザベス？」リードはそっとたずねた。気分を害すまいとしているらしく、宝の壺かなにか壊れ物をあつかうような細心さがあった。

ミス・チャニングが振りかえらないままうなずくと、リードは手を差しのべた。彼女はその手をとってボートに乗りこむと、「ありがとう」といって、手を放した。

「つぎはきみだ、ヘンリー」リードはいった。

いわれるままボートに乗ってから振りむくと、リードは再度ボートを押しだしており、そうしながら手すりをつかんで、船側《ふなばた》をひょいと越えた。なんともこなれた軽やかな動きだ。杖は岸辺に残され、その曲がった先に、川のさざ波が打ちよせていた。

それから何時間かのことを、わたしはいつまでも忘れないだろう。ボートはリードを漕ぎ手に、草の壁にはさまれながら、狭い水路を漂うようにゆっくり下っていった。ミス・チャニングは彼の対面に坐って、右手を船端《ふなべり》へおとし、一本の指で水をかすめて、静かに澄んだ川面にきらめく跡をつけていた。

このときのあの人は、過去にどんな女性がいようと、この先どんな女性があらわれようと、だれにも負けないほど美しかった。わたしはスケッチブックをとりだして、今度こそミス・チャニングを喜ばせよう、ありのままのこの人を描こうと、スケッチを始めた。描きはじめたとき、ミス・チャニングは左側の景色を眺めてこちらに横顔を向けており、遠くの土手沿いに颯爽と飛んでいくカモメを見ているようだった。が、じきにこちらに向きなおると、わたしの膝に開かれたスケッチブック、手に握られたクロッキーペンに目をとめ、じっと見られていたことに気づいた。いきなり顔がこわばる。このボートに乗っている姿を記録させて、あとで弱みにつけこもうと、だれかがわたしを遣わしてきた、とでもいいたげだった。

「よして、ヘンリー」ミス・チャニングはいった。

「けど、ぼくはただ……」

あの人は頑として首を振り、パーソンズ検事が〝心の冷たさを思わせる〟と表した、あの鋼のような色を目に浮かべていた。「よしてちょうだい」ミス・チャニングは重ねてきっぱりといった。「そんなもの、しまいなさい」

リードのほうを窺うと、ミス・チャニングに逆らいたくないのだろう、すっと顔をそむけて、ただ遠くの水面《みなも》を見つめている。

「すみません、チャニング先生」わたしはいってスケッチブックを閉じると、坐っているシートの横においた。

それからはどこまでも沈黙がつづき、身じろぎひとつしないミス・チャニングを乗せて、ボートは迷宮のように入り組む狭い水路をぬって下っていった。リードはやにわに烈しくオールを漕ぎはじめた。思えば、すでにあれからして、容赦ない追っ手をかわそうとする人の姿だった。

しばらくして川の曲がりに差しかかると、リードはそこを越えず、ボートを岸につけた。わたしたちは川辺にあがると、汀《みぎわ》からやや入ったところに、格子縞のクロスを広げ、一瞬、風にまくりあげられながらも、なんとか地面におちつけた。リードはその片すみに、ミス・チャニングはまたべつのすみに腰をおろし、バスケットから果物やサンドウィッチをとりだした。

わたしたちはゆっくり黙々と、弁当を食べた。話し合いが最後の手段にまでおよんで、とうとう締結し、もうあとへは退けず、考えなおすこともならず、まだ口にこそ出していないものの、撤回不能の最終決定はくだされている——あとから思えば、あれはそんなたぐいの沈黙だった。

雰囲気を明るくしようと、ふいにリードがミス・チャニングのほうを見ていった。「なにか話を聞かせてくれないか、エリザベス」

ミス・チャニングは首を振った。

リードは心もち身を乗りだし、「旅のときの物語を」と、小声でおずおずといった。まるで、彼女の気持ちが赤く灼けた石炭で、触れるのが怖いかのようだった。

ふたたびミス・チャニングはかぶりを振った。

「ひとつぐらい聞かせておくれよ、エリザベス」リードは下手に出るあまり、すがりつくような口ぶりになっていた。

ミス・チャニングは一言《いちごん》もなく立ちあがると、わたしたちのそばを離れて水辺へおりていった。岸のそのあたりには、流木がもつれあって湿った地面に転がり、枝が屍《かばね》の骨のようにつきだしていた。

リードは離れていくあの人を言葉もなく見つめていたが、やがて杖のない身でゆっくりおぼつかなげに歩きだし、かたわらへ行った。

わたしはふたりのほうは見まいと努めたが、気をぬくとすぐに目がいってしまうのだった。高草と渦巻く川面にはさまれたふたりは、見えない網にすっぽりと囲いこまれた二匹の動物を思わせた。逃げだそうと必死にもがくものの、暴れて動くたびに、なおさら罠に深くはまりこんでしまう。わたしは、ボストンでガラス珠のネックレスを買ったときのリードの輝く目を思いだし、リードの頬に手を押しつけ頬の傷をなぞっていたミス・チャニングの顔を思った。あれからふたりは絶望感と虚しさに打ちのめされてきたにちがいない。あんなにもはっきりと感じられた熱情が、今では崩壊の過程にあろうとは思いもせず、わたしは鼻先でさかんに話しこむ彼らを見ながら、世間のありように、やるかたない怒りを感じていた。チャタムの村は義務だの恩だのでがんじがらめの暗い穴ぐらも同然だった。そんなところに、あのふたりは閉じこめられている。穴の縁には、黒い服を着て、頑固に胸の前で腕を組んだ妻のアビゲイルが立ち、わたしの父を女にしたような、いかめしく無情な面相を見せていた。

「ヘンリー、そろそろ引きかえすとしようか」ミス・チャニングをともなってもどってくると、リードはおごそかにそういった。わたしはクロスやバスケットの中身を片づけるふたりを手伝った。

ボートに乗るときは、またリードがミス・チャニングに手を差しだした。彼女はその手を軽くとってボートに乗りこむと、今度も艫のほうに腰をおろした。

「帰りは速い」リードはボートを押しだしながら、ミス・チャニングにいった。「潮が差してきているからね」といって、手すりを乗りこえてオールをつかむと、ミス・チャニングをじっと見ながら、こんなことをいった。「〝別れはかくも甘く切ない〟とかいうやつさ」

もちろん『ロミオとジュリエット』からの台詞《せりふ》だが、ミス・チャニングはこれが心に残ったと見え、川の湾曲部が後ろに姿を消すと、ふいに沈黙をやぶって、「十六のとき、ヴェロナにあるジュリエットの家を見にいったの」といいだした。「たくさんの人が見にきていた。なにかの殿堂みたいだったわ」ミス・チャニングは膝においたバスケットをいっそうきつく抱えた。「父は例のバルコニーを指さして、ジュリエットが立ったところにおまえも立って、ロミオを見おろしてごらんといったのよ」そのときの場面が脳裏によみがえったのだろう、眸はまぎれもない熱をおびだした。石造りのバルコニーに立った彼女と、下の中庭に立った父親は、しっかりと目を見交わしたにちがいない。「あれこそ、父の求めるものだったのだと思うわ」ミス・チャニングはいった。「至上の愛」

リードはゆっくりとオールを引きながら、「もしそんな愛を見つけられたのなら」といった。「きっと、それを守るすべも見いだしたんだろうな」

ミス・チャニングはなにもいわず、硬い表情でまっすぐ前を見ていた。夕の上げ潮が河口の水嵩《みずかさ》をいっぱいに増し、ボートはすみやかに内陸へ向かっていく。あのときの彼女ほど悲痛な決意を感じさせる顔は見たことがなかった。

わたしたちがミルフォード・コテージに着いたのは、もう夜になるころだった。池には夕霞が漂っていた。わたしは車に残っていたが、リードはミス・チャニングを玄関口まで送っていった。ふたりはしばらく正面の階段から動かず、リードの一段上にミス・チャニングが立って、彼を見おろしていた。ようやくリードがミス・チャニングの手をとり、つかのま握って放すと、わたしの待つ車へ引きかえしてきた。

リードが車に乗りこむころには、ミス・チャニングは部屋の蠟燭に灯りをともしており、居間の窓から、黄色い柔らかな光が洩れていた。

「なかなかつらいものだな、ヘンリー」リードはコテージに視線を注ぎながら、バックで車を出した。「この世でいちばんつらいものだ」

わたしはパーソンズ検事の前で、この言葉を引いたことはない。というのも、検事のただひとつの関心は〝チャタム校事件〟といわれた密通の罪にあったが、リードはそんな問題よりずっと大きなことにふれていた気がしたからだ。もっと奥深いなにか、人の生の核心にあたるようなこと。ひとつの愛が花を開く陰には、朽ちて棄てられる花があるという、曲げようのない定め。

黒池の対岸にあるリードの家に着くと、メアリが前庭で、小枝と枯れ葉で家をこしらえて遊んでいた。水辺に坐りこんだその姿が、青黒い夕闇に薄ぼんやりと浮かんでいた。車を降りていくと、メアリはすぐに飛んできて、わたしたちがボートのロープを解き、池端の木のそばの置き場へ運んでいくのを眺めていた。

「お魚、つれた？」メアリはリードのそばを跳びまわりながら、無邪気に訊いた。

「釣りに行ったんじゃない」リードは娘にいった。「ボート漕ぎにいっただけだ」と、わたしのほうをちらりと振りかえり、「ヘンリーとふたりでね」とつけたした。

ボートが下におろされると、父がそれを木につなぐそばからメアリがなかへ乗りこんで、舳先に腰をかけ、なにやら拍子をとりながら、調子よく小さな手を叩いて、軽く軀を揺らした。

「母さんはどこだ？」リードはボートを結わえると、そう訊いた。

メアリはポーチを指さした。「一日中あそこにお坐りしてたのよ」

わたしは家をかえりみた。それまで黄昏《たそがれ》の薄明にまぎれて気がつかなかったが、今は彼女の姿がはっきり見てとれた。アビゲイルはポーチの片すみで、静かに揺り椅子をゆらしており、薄闇の奥から緑の双眸が、磨かれぬままの小石のように、どんよりとこちらを見つめていた。

第十九章

根の深い悲劇ほどきまって緩慢に展開するものであり、それは突然の暴威と悲しみに見舞われて頂点にたっし、その致死的な力を痛感するほどそばにいながら生きのびた人々の胸に、いつまでも傷を残す。〝チャタム校事件〟を経験したあとの父は、そんなふうに考えるようになった。

むろん、そこには生きのびなかった人々もいる。

不帰の客となった人たちは、公判中に発表された報道写真となって、幾度となくわたしのもとに舞いもどってきた。わたしが校長室の父のデスクに、その写真がおかれているのを目にしたのは、ある夜のことだった。父は腕を後ろに組んで窓辺に立ち、中庭を眺めていた。そこには、ミス・チャニングの彫刻が砕かれて灰色のがれきの山をなし、こなごなになった顔が積みかさなって、やけにシュールレアルな光景をつくりだしていた。

その写真には、夫の小さな白いボートに腰をおろしたアビゲイル・リードの姿がある。

母の広い膝の上には、メアリがのっている。母子が楽しそうに笑っているこの写真は、新聞によれば、〝幸せだったころ〟にリードが撮ったものだという。

その夜、初めて写真を見て、どれほど胸をえぐられるような思いをしたか、わたしは今も憶えている。父に遺されたあのささやかな記録簿から、ときおりこの写真をとりだしては、炉辺でつくづく眺め、リードの妻と娘の記憶をよみがえらせることがあっても、ふしぎではないだろう。かつてのふたりのありようを思いだし、もはやそんなふたりの姿はないことをあらためて実感したあとには、伴侶を見つけて自分の子をなそうなどと妙な気を起こしがちな自分をいさめることになるのだ。

当然のごとく、あの公判では、ふたりを思いだすような証言がつぎつぎと飛びだした。とくにアビゲイル・リードに関しては、パーソンズ検事に召喚された隣人や縁者たちが、彼の質問に答えて、在りし日のアビゲイルの像を再現しようと努めた。まめやかで、いつも朗らかな女性。誠実な働き者。良き母、良き妻。夫のひたむきな献身を得るに文句なくふさわしい人。彼らの描く肖像は一貫してそんなふうだった。

思いだすところでは、ミセス・ヘイルという検屍官の妻がいた。この人は、アビゲイルが老いて病みついた両親の面倒をいかによく看ていたかを、淡々と語った。そのあとに登場したのはミセス・ランカスターという婦人で、アビゲイルが知的障害の妹にいたく親切にしてくれたこと、妹の誕生日にはかならずケーキとアップルサイダーを届けてくれたことを、これもまた静かに語った。

しかし、アビゲイル・リードの証人のなかで印象に残っているのは、なんといってもうちの母である。

そのときわかったことだが、母はアビゲイル・リードを幼いころから知っており、まだ彼女が〝アビー・パリッシュ〟であった娘時代も憶えていた。アビーはウィリアム&ドロシー・パリッシュの一人娘であり、父はチャタム港に船をおく漁師、母はむかしながらの漁師のおかみさんで、毎日、桶いっぱいのロブスターや、籠いっぱいのハマグリや、厚切りにした青魚の燻製を、村の市場へかついでいっていた。アビゲイルも子どものころは、しょっちゅう母について市場へ出かけ、木のテーブルの奥に坐る母のそばをうろちょろして、その日の水揚げを売りさばく手伝いをした。天幕はぼろぼろのカンバス地、母の手は重労働で荒れ、魚の鱗やひれで傷がたえなかった。

ミセス・ヘイルやミセス・ランカスターにくらべると、証人席に立ったうちの母には、もっと強い憤《いきどお》りが感じられた。パーソンズの質問に答える声はあからさまに刺々しく、ときおり無意識にミス・チャニングを見やる目には、怒りの火花が散っていた。とくに話がマートル通りのわが家にアビゲイルが来た午後のことにおよぶと、〝そのころの彼女はもう形振《なりふ》りかまわないありさまで、赤く腫らした目には、ぞっとするような恐怖心が浮かんでいた〟と証言した。

母の証言はたしかに衝撃的であったが、証人席で述べたそんなことの数々も、法廷を出てまもなく吐いた台詞を思えば、まだおとなしいといえるだろう。

「母さんを家まで送ってやれ、ヘンリー」母が証人席をおり、法廷の通路を後方《しりえ》に歩きだすと、父はわたしに命じた。

わたしが追いつくころには、母は大きな両開きの扉を出ていくところだったが、なにかに追われるような、なにかを振りきろうとするような、この人によくある決然とした早足で歩を進めていた。

「喉は渇いていない、母さん？」裁判所の前の石段につめかけた人々をかきわけながら、わたしはたずねた。「どこかに寄って、なにか飲んでいこうか？」

母は毅然と前を見ながら、人混みを乱暴に押しわけ、燃えるような目で道路をにらんで答えた。「いいえ、家に帰りますよ」

母は階段をおりきって右に折れると、がむしゃらな歩調をゆるめずにマートル通りを歩きだした。小股の早足に応じて、重たい黒靴が歩道に高い音を響かせる。

一ブロックほども、母はだんまりを決めこんでいたが、だしぬけに、低く吐き捨てるようにこういうのが聞こえた。「あの女、縛り首になるがいい」

わたしは母の言葉に戦《おのの》き、目を見開いた。「チャニング先生のこと？」彼女の運命に荷担したという苦い衝撃にふいに襲われ、息がつかえる。「けど、先生はなにも……」

母は手を振ってわたしを黙らせ、とりつく島もない歩調をゆるめなかったが、目には怒りがたぎっていた。

その険しい目を見れば、もうなにも話す気がないのがわかった。だから、わたしはひたすら母の早足に合わせて歩き、通りの角という角、店の軒先という軒先に、村の人々が喧《かまびす》しい人垣をつくっているのをちらちら横目で見ていた。さながら〝チャタム校事件〟の悪しき霊に引かれて、いきなりこの村に全世界が集《たか》ってきたような眺めだった。

「どうしてみんなこの事件に、こんなに目の色を変えるんだろう。理解できないな」人集《ひとだか》りをかきわけてつき進む母に、わたしはいった。内心はあながち理解できないでもなかったが、こうして良いも悪いもないことをいっておけば、害もないだろうと思ったのだ。母の証言とも、わたしの証言とも、無関係であり、母の的外れの疑心にも、わたしの抱える罪の耐えがたい現実にも、ふれるところがない。

やはり母はなにもいわなかった。わたしのいうことも、通りを切れなく行き交う人と車の流れすら眼中にない。ないようだった。わたしたちとすれちがいに、大勢の男女が裁判所のある町政庁舎へぞくぞくと向かい、広い芝生に輪を広げていった。

周囲は飽かず騒いでいたから、どさくさにまぎれて、もうひとつぐらい意見をいってもかまわない気がしてきた。この数週間、必死でしがみついてきた考えだ。わたしはそれにすがりつくことで、多くの人が呑みこまれていった悲劇の水面《みなも》の上に、なんとか顔を出していられたようなものだった。「みんなラブストーリーに惹かれているのかな。だって、もとはといえば、ラブストーリーだもの」

そういったとたん、母は見えない壁に衝突したかのごとく、つっと立ち止まった。

「ラブストーリーだって？」そう問いかえす母は、わたしの知らない焔《ほむら》を目に燃やしていた。母にこんな目ができようとは、思いもよらなかった。

「だって、チャニング先生とリード先生は――」

「おまえはこれをラブストーリーだと思っているの、ヘンリー？」熱い湯気のように言葉がほとばしりでた。

まわりの温度がいきおいあがり、母の軀がいぶりだすように思えた。

「いや、ある意味で、ということだよ」わたしはいった、「だって、チャニング先生は」

「ミス・チャニングがどうした？」母は声を荒らげた。「なら、ミセス・リードはどうなるんだろうね？　アビゲイルの夫への愛は、えっ？　それだってラブストーリーじゃないの？」

いかにも、パーソンズ検事が十二人の陪審員に提起しそうな問いだった。ミス・チャニングの裁きをたくされた陪審は、けっきょくあの人に有罪の評決をくだすことになる。わたしは母に返す言葉もなく、母が今いったような愛を知らない自分に気づいた。古めかしい誓いにもとづき、永続を前提とした、結婚という〝ラブストーリー〟。

「おまえときたら、あの女のことばかり考えて」母はつづけた。「ミス・チャニングのことばかり。ああ、さぞロマンチックなんでしょうよ。あの女とミスター・リードのしたことは。海辺を散歩して、船で海をわたって。ふたりがそんなことをしているあいだ、アビゲイルはどこにいたと思う？」

バス川へ行った日、ポーチの椅子に腰かけていたミセス・リードの姿がふいに浮かび、メアリの言葉がよみがえった。〝一日中あそこにお坐りしてたのよ〟いいしれぬ苦しみと孤独が、今になってしたたかに伝わってくる。

言葉もなく母を見つめるうち、今まで見えなかったことが見えてきた。公判が始まって以来、母が考えていたのは、わたしが好んで思い描いたロマンチックな物語ではなく、アビゲイル・リードの苦しみだったのだ。少しずつ離れていく夫を見つめながら、彼女は耐えがたい不安と、怒りと、裏切りによる失意に打ちのめされていたことだろう。

「すまなかったよ、母さん」わたしはかすれ声でいった。

ところが、母にこう追いうちをかけられると、わたしはその仮借ない語気に呆然となった。「あんたたちはしょせんおなじだね、ヘンリー。あんたたち男は」

身のすくむような沈黙があり、母はわたしをねめつけていたが、じきにぷいと顔をそむけて歩きだし、ふたたび動きだした世界のなかに、息子を置き去りにしていった。けれど、世界はもう元の姿ではなく、もっと複雑なことにあふれ、因果関係の糸が縦横に張りめぐらされていた。きっとその織物は愛だの恋だのより大きく、深く、長持ちするのだろう。だが、わたしは母の目をとおしてちらりとかいま見たにすぎず、まだ遠く理解のおよばぬ世界だった。

母が〝チャタム校事件〟の話題に直接ふれてくることはそのあと二度となかった。わたしはといえば、夜になって無口な夕食がすむと、自分の部屋に引きあげてベッドに寝転がり、リード夫人のことを考えようとした。ミス・チャニングの公判中は、最後に見たあの絶望と恐慌の場面ばかりが浮かんできたが、このときは、その前に妻であり母であった彼女を努めて思い描いた。

夜明け近くに目を覚ますと、目の前に彼女がいた。赤い髪に緑の目。この世に生きかえったかのようなアビゲイル・リードが、信頼の無惨な廃墟から、ものいわずこちらを見つめている。わたしは明けの薄闇に横たわりながら、初めてわかった気がした。リードが漂い離れていこうとした数か月、それが夫人にとってどんなものであったか。夫がわたしと艇庫で長い時間を過ごし、夜遅くまで船造りの仕上げにかかっているあいだ、家に残されたアビゲイルは娘を風呂に入れ、厚いフランネルの寝間着をきせ、ベッドに寝かしつけて、世話をやいていたのだ。

宵がふけても、リードはまだ帰らない。そんな夜がどれだけあっただろう。夫におとずれた変化、最近とみにぼんやりしてもの思いにふけっていること、そんなあれこれを考えていたにちがいない。どうしても心を妻のほうに向けておれず、遠くのものに情を注いでいるような気配。その愛の対象がなんであるかは、考えるのも恐ろしい。

それでも、アビゲイルは考えたにちがいない。今や夫が前のように優しく触れてくることはなく、狂おしく求められることもない。あいかわらずメアリとは楽しげにやっているが、たいていは娘とふたりきりでいることを好み、長い散歩につれだしたり、ボートに乗せて黒池のなかごろまで漕ぎだしたりしている。長い冬の寒さに、ふたりはたっぷり厚着をして、凍りそうな池で魚釣りをしたものだ。

夫の変化に気づきながら、それの意味するものに耐えられず、そんな不安を振りはらうように、アビゲイルはリードと出会ったときのことをいくたびも思いおこしたかもしれない。背の高い痩身の男が杖をつきながら、一週間ぶんの買い出しに村の店へやってくる。ふたりがたまたま同時に店を出ようとすると、男はドアを押さえて、軽くうなずきかけてくる。アビゲイルがドアを出ると、そのあとに彼もつづくが、少し行ったところで彼女は急に立ち止まり、リードのほうを振りむいて、レランド・リードさんじゃありませんか、チャタム校の新しい先生の、と飾らない口ぶりで訊く。

あの男はどこへ行ってしまったのだろう。五年あまりもともに暮らしたあの男、娘の父親でもあり、あんなふうに養い愛してくれた男は、後にも先にもいないのに、彼は固く誓った家族の絆が力およばない遠くへ行ってしまったのか……。

そんな長い夜を幾晩となく過ごしたアビゲイルの苦しみは、いかばかりだったろう。あの朝、寝室の窓の外で夜が白々と明けていくなか、わたしはつくづく考えた。夫の気持ちをとりもどしたい、ひと晩だけでなくとこしえに。彼女はそう願ったにちがいない。

けれど、リードが二度とアビゲイルのもとへもどらなかったのは、わたしもよく知るところだ。一日一日がいたずらに過ぎ、夜がますます長くなって冷えこむなか、アビゲイルはしきりと窓辺に立っては、カーテンをわけて外の闇をのぞき見、近づいてくる車の気配はないかと、往来のない道路に目をやっただろう。そんなときのアビゲイルは恐れにとらわれていたにちがいない。はためく白い帆の下に立つイゾルデや、生き埋めにされるのを毅然と待つグィネヴィアや、そんなロマンチックな伝説の女たちのような顔はしていられなかっただろう。だが、それでも、わたしにはなぜかアビゲイルという女性が気高く思えてきた。この日、法廷を飛びだしたうちの母も、きっとおなじことを思っていたのだろう。わが子もふくめて男という男は、アビゲイル・リードの長い苦しみの深さなど想像もつかない、おぼろげに理解することすらできないと、母にはわかっていたのだ。それも、しごくもっともである。

第二十章

リード夫人の気持ちは、父も真に理解していたとは思えない。少なくとも、あの当時は。夫人にはいたって深い同情を寄せていたのだろうが、それとはちがう軌道にとらわれていたのもたしかである。ミス・チャニングを軸にまわり、彼女の人生とその痛手を中心の星とした軌道だ。

ならば、八月のあの午後、証人席に立つ番がめぐってきたとき、父がミス・チャニングの弁護に努めたのも、わたしには意外ではなかった。

パーソンズ……さて、あなたはミス・エリザベス・ロックブリッジ・チャニングをチャタム校の教員として雇われていた。そうですね、ミスター・グリズウォルド？

証人……ええ、そうです。

パーソンズ……ミス・チャニングをチャタム校の教員に採用した判断の是非を問いな

おすような問題は、最初からありましたか？

証人……いいえ、ありません。

パーソンズ……なるほど、では、あとになってミス・チャニングの性格に疑問をもつようになった？

証人……そうとも申せません。

パーソンズ……しかし、先ほどお聞きになったでしょう、ミスター・グリズウォルド。証人のひとりは、ミス・チャニングとレランド・リードの関係にまつわる噂をあなたに報告したと証言しているのですよ。

証人……たしかに、一部の人々がそのように感じているという報告は受けたが。

パーソンズ……しかし、あなたはその進言を無視することにした？

証人……根拠が見あたらなかったのだ、パーソンズ検事。

パーソンズ……けれど、あなたご自身、ずいぶん妙な行動を目にしておられたのではないかな？　ミスター・リードに関しても、ミス・チャニングに関しても。なにか危惧を感じるような？

証人……危惧という言い方は当たらない。

パーソンズ……では、ミスター・リードとミス・チャニングは、年度末の最後の何週間か、ひじょうに緊張したようすを見せていた。ちがいますか？

証人……ああ、そうでした。

パーソンズ……そして、あるときあなたの家で、その緊張関係が表だったのではないですか、ミスター・グリズウォルド？　四月二十三日のパーティの場でだと思いますが。

証人……そのとおりです。

パーソンズ……ミス・チャニングとミスター・リードはそのパーティにつれだってあらわれました？

証人……いいえ。その午後、パーティの前に、ミス・チャニングがわたしの部屋へあらわれ、車で迎えにこられないかと頼んできたのです。

パーソンズ……あなたにですか、ミスター・グリズウォルド？　ミスター・リードに乗せていってもらうのはいやだった？

証人……そういうことでしょう。

パーソンズ……それで、あなたは引きうけましたか？　その夜、彼女を家まで乗せてくることにした？

証人……ええ、そうです。

何度となくつきあわされたように、この晩もわたしは父についてミルフォード・コテージへ出かけた。薄青い夕暮れのなか車を駆り、ふたりしてミス・チャニングを迎えにいったのだ。道々、父がどこか苛立ったような目をしていたのを思いだす。できれば避けたいが義務感からやらざるをえない、そんな仕事を押しつけられた人の目だった。当然そのころには、なにか深刻な問題がチャタム校の雰囲気を翳らせていることに、父も気づいていたはずだ。直視するのがためらわれるような、あるいは、向かいあうすべがどうにも見つからないような問題。あの夕方、父がこちらに向きなおり、ミス・チャニングとミスター・リードのことでなにか知っているかと、あけすけにたずねてきたら、わたしはなんと答えていただろうか。おそらくはのちのちそうしたように嘘をつき、しらばくれただろう。ところが、父はパーティの話をするばかりだった。裏庭の芝生に長テーブルをならべたとか、その上にランタンを掛けたら、ぐっとはなやいだ趣になったとか。

ミルフォード・コテージに近づくと、父もさすがに言葉少なになった。

すぐに出てきたミス・チャニングは、黒のロングスカートに、深緋《こきひ》のブラウスを着て、髪をきつく結いあげていた。目はなにか熱を帯び、肌はやけに蒼ざめていた。

わたしは車を降りると、ミス・チャニングのためにドアを押さえた。「ありがとう、ヘンリー」そういって、あの人は父の隣の助手席に乗りこんだ。

「いらっしゃい、チャニング先生」父はいった。

あの人は一揖《いちゆう》して答えた。「おじゃまします、グリズウォルド校長」

ふたたび車がチャタムへ向かいだしてしばらく、ふたりはほとんど言葉も交わさなかった。じきに、父がなにを思ったか、突然こんなことをいいだした。「あなたに仕事をお願いしようと思っていたのだよ、チャニング先生。いや、個人的な頼みなんだが。じつは、わたしの肖像画をね」父はあの人のほうをちらと見て、すぐに道路へ目をもどした。「肖像画はおやりになる？」

「ええ」ミス・チャニングは答えた。「描いたのは数えるほどですが。叔父の絵。それから叔父の奥さん。アフリカにいるころのことです」

「なら、また手慣らしに始めてもいいとお考えだ」

あの人は小さく微笑んだ。「ええ、喜んで」

父は満足げだった。「それは楽しみだ」

話がまとまると、父が絵のモデルをする時間をとり決め、それからの何週間かは、校長室にふたりの姿をしばしば見かけるようになる。もちろん、ドアはつねに開け放してあり、グレイのスモックを着たミス・チャニングがイーゼルの向こうに立ち、窓辺に立つ父は斜めに射す陽を受けてポーズをとり、中庭を眺めやっていた。

そのあと、父は気もそぞろに春学期のことを話した。秋や冬にくらべるとあっというまに終わってしまうものだといい、年度末が近づくと、生徒たちも〝だんだんお尻がおちつかなくなって〟くるからと、ミス・チャニングに注意をうながした。「手綱を引きしめることです」父はいった。「そういうことが必要になってくる」ところが、チャタムへの海岸道に出るころになって、ふいにこんなことをいいだした。「そういえば、今夜のパーティ、リード先生はいらっしゃれないようだ」

わたしがどきりとしてミス・チャニングのほうを窺うと、あの人はリードの名を聞いて軀をこわばらせたようだった。

「どうも奥さんが体調をくずしたらしい」父はつづけた。「腹の具合がよくないとか」

ミス・チャニングは父から顔をそむけて、助手席側の窓に目をやった。あわててとっさにそんな動きをしたのは——少なくとも、わたしはそういう印象をもった——、父に顔色を見られまいという気持ちからか。そんなあの人を見ていると、ほんの一週間ほど前、ボートでバス川下りをしたときの緊張したようすが思いだされた。とはいえ、今日はあのときにもましてかたく殻を閉ざしており、なんでもない出来事のひとつひとつに、妙におびえている感じさえした。頭のすぐ上で首切りの刃が揺れているとでもいうように。

暖かい日であったから、父も運転席の窓をさげ、海沿いの道を走りながら、一面に海草の伸びでた沼沢地を見わたしていた。「コッド岬の春はかくべつだ。むろん、夏もいいが。夏はこちらで過ごされるつもりかね、チャニング先生？」

「夏休みのことはまだよく考えておりませんの」ミス・チャニングは口ごもった。まさか夏が来るなどとは考えてもみなかった、という口ぶりだった。

「まだ間がある。ゆっくりお考えなさい」父はそれだけいうと、話を終わりにした。

ほどなく車はわが家の車道へ入っていった。わたしは真っ先に降りて、助手席のドアを開けた。「ありがとう、ヘンリー」ミス・チャニングはそういいながら降りてきた。

もう教師はちらほら姿を見せていて、いくらもしないうちに残りもそろった。サラとうちの母が裏庭の長テーブルにたっぷり用意したビュッフェの皿から、めいめいが料理をとり、父とわたしがその午後、庭じゅうにおいた椅子に、少しずつかたまって腰をおろす。

わたしはビュッフェ・テーブルで客に料理をよそうサラの手伝いをいいつかっていたが、その位置からは遠くないあたりに、ミス・チャニングの坐る姿が見えていた。真向かいの席には母がおり、右手にコーベット先生、左手にラテン語教師のベントン先生、輪からやや離れたところに、父の秘書のミセス・アーバクラムビーが細くて長い脚をもてあまし気味に坐っていた。

この夜の母はせいいっぱい愛想よくふるまい、例のいくぶん忙《せわ》しない口調で、まわりの客人たちの興味を引きそうなことをつぎつぎと話していた。その母があるとき、こういいだすのが聞こえてきた。「このとおりチャタムは小さい村ですが、適齢期の青年はけっこういるんでしょうね」そういって、一座のなかで唯一の未婚女性であるミス・チャニングのほうを見てたずねる。「そう思いません、エリザベス?」

そう母に問われたミス・チャニングは答えに窮していた。そんなことを訊くからには、なにか思惑があると察したのだろう。

一瞬の沈黙のなかで、母は少しばかり目を細め、こうたたみかけた。「いえ、つまりね、あなたのご経験ではどうかと思って」

やはりミス・チャニングは答えず、その無言の間に、ミセス・ベントンがミセス・アーバクラムビーに意味ありげな目配せをした。

ミス・チャニングはようやくいった。「わたくし、そういうことはわかりません」

母はその答えを軽く聞きながすかと思いきや、そうはしなかった。「おや、そう?」と、びっくりしたように問いかえす。「なら、チャタムに来てから、親しくしている村の男性はいないんですか?」

ミス・チャニングはかぶりを振った。「ええ、おりません」

母はためつすがめつするように、じっとあの人の顔を見て、「まあ、じきにいい人があらわれますよ」と、硬い笑みを浮かべていった。

話題はほかへ移った。わたしがいつ窺っても、ミス・チャニングは両手を膝におき、背をまっすぐに伸ばして、姿勢ひとつくずさないように見え、椅子のわきの芝生には、料理の皿が手つかずでおかれていた。

九時ごろには、客のほとんどが帰っていた。四月とはいえ、夜気にはまだ寒さが感じられたので、父は残っている客を居間に招きいれた。

母はいつものように炉辺の椅子にかけ、父はそこからやや離れた木の揺り椅子に腰をおろした。ミセス・アーバクラムビーとミセス・ベントンは小さなソファにならんで坐り、ミス・チャニングはすみのほうの椅子をえらんだ。わたしはピアノのスツールを引っぱってきて、窓辺に腰をおちつけた。

初めのうちなにを話していたのか記憶にないが、ただ、ミス・チャニングはあいかわらずほとんどしゃべらず、無表情ともいえる顔で、両手を膝に人の話を聞いていた。

もしマートル通りをやってくる車の音を聞きつけなければ、あの人はこの夜おしまいまでそうして坐っていただろう。ところが、あの車独特の音に気づいたらしく、急に窓のほうを振りむくと、カーテンをわけて外をのぞき見た。車が敷地内に入ってきて停まったのだろう、ふいにミス・チャニングの顔がライトに照らされた。眸を大きく見開き、言葉なく口を半開きにして、車道から玄関の階段をあがってくる人影を目で追う。片手でもう一方の手をさすりながら振りかえると、まずドアのノックの音に耳を立て、ついでサラがドアを開けて明るくあいさつする声——「いらっしゃいませ、リード先生」——に聞きいる。帽子を手にしたリードがまっすぐ居間へ入ってきた。よく着こんだ褐色のジャケットをケープのように肩にはおっていた。

「こんばんは」リードはいった。「おじゃまでしたかね」

「いや、とんでもない。さあ、お入りなさい」そう父はいったが、いつもの父らしい歓迎ぶりではなかった。椅子から立ちあがって、リードと握手をする物腰にも、やけにぎごちない感がある。「奥さんのかげんはよくなりましたか」

リードはうなずき、「ええ、おかげさまで」と答えた。

「まあ、おかけなさい」父はいった。

リードはドアに近い椅子をえらんで坐り、部屋をひとわたり見まわして、ミス・チャニングに目をとめた。うっすら口元をほころばせたものの、暗く沈んだ目は笑っていなかった。

「どうも、チャニング先生」

ミス・チャニングは冷ややかに会釈をした。「これは、リード先生」

父はふたりを交互に見やっていたが、「いや、じつは」と切りだして、その場の話題にリードも引きこもうとした。「来年度のカリキュラムに、シェイクスピアの授業を加えてはどうかと、話しあっていたところなんだよ」

リードは父のほうを見たが、なにも答えなかった。

「授業の担当は、だれがいちばん適任だろう」父はつづけた。

リードは父の目をまともに見ていった。「さあ、わかりませんね」父はその口ぶりを無関心と感じてショックを受けたにちがいない。もはやリードの人生にチャタム校はなんの重要な役割も担っていない。切除を待つばかりのなえた肢《あし》のように、意味もなくだらりとぶらさがっているだけだ。そんなふうにいわれた気がしただろう。

リードの物言いは気にさわったものの、かといって正面からとりざたすることもできないらしく、父は困ったようにふっと息をつくと、ほかの教師たちに目をもどし、「みなさん、もう一杯ずつポートワインをいかがです？」と訊いた。

みながうなずくのを見ると、父はサラを呼んでポートワインを注がせた。

「サラがいてくれて大助かりですよ」彼女がワインを注ぎおえて部屋を出ていくと、母がいった。「あの子の前に雇っていた黒人の娘も、申し分ありませんでしたが。アミーリアといって、たいへんよくやってくれる子でしたの」母はちらりとミス・チャニングのほうを見た。「じっさい、アミーリアがいたら、あなたと話したがったでしょうね、エリザベス」

グラスを持つミス・チャニングの指に力が入り、「なぜです？」と、あの人は平板な声で訊いた。

「アフリカの生活について聞きたがったでしょう」母は答え、椅子のわきにおいたバスケットから編みかけのものをとりあげて、せっせと編みだした。長い銀の編み針がランプの灯りを反射して光った。

「アミーリアはあの黒人の指導者、マーカス・ガーヴィーの賛同者でね」父が口をはさみ、「〝アフリカに還って自由に生きよ〟とかいう、例の主張に心酔していた」と肩をすくめた。「もちろん、あの運動そのものがひどく現実離れしていたが」そういって、椅子のわきのテーブルにおいたラックからブライアー・パイプを引きだし、黒ずんだ火皿に煙草の葉を詰めはじめる。「そんなロマンチックな理想に関して、いったいなにができる？」

これは父ならではの形式的な問いで、とくに答えなど要求していないのだ。とりわけ、強い反論は。

「そんなもの、叩きつぶしてやればいいんだ」リードが冷然とつぶやき、ミス・チャニングをちらりと見て、また父に視線をもどした。

父は面食らったようにリードを見ると、パイプの火皿に持っていきかけた手を止め、この男はなにをいっているのだという顔で、目を見開いた。「叩きつぶすですと、リード先生？」父は問いかえした。

「ええ、そうです」リードはいった。「そんな自由への理想など愚にもつかないと、いってやればいいんです。現実から逃げたり、それを変えようとしたり、そんな生き方ができると思いこむなど、ばかげていて非常識もはなはだしいと――」

リードはまたミス・チャニングのほうを向き、そこで口をつぐんだ。ミス・チャニングはひきつったような硬い顔で、ただリードをにらみつけていた。

父がつづける。「それはずいぶん酷な言い方ではないかな、リード先生？」彼の目を注視しながら話す父の声は、意外なほど優しく平静だった。「彼女、いや、アミーリアのことだが、こういってやるだけではいけないかね。人生には、そんな極端な欲求は通らないことも多いんだと」

リードは首を振りつつミス・チャニングから視線をそらし、なにかをはらいのけるように手を振ると、「いずれにしろ、どうでもいいことですよ」と、疲れた声を出した。

客たちはそっと目配せしあっていたが、部屋の妙な熱気を冷まそうとでもいうのか、ミセス・ベントンが明るく切りだした。「すてきなお部屋ですね、グリズウォルド校長。あのカーテンなんてほんとに……すてきですわ」

それを機に会話の方向は一転し、一触即発のムードはいっきに退いていった。話のなりゆきは忘れてしまったが、リードとミス・チャニングがひと言も発しなかったのは憶えている。それから何分もしないうちにミセス・アーバクロムビーが、つづいてミセス・ベントンが席を立ち、どちらも深々と頭をさげてうちの父母に別れを告げると、家に帰っていった。

つぎにリードが立ちあがった。先ほどの急な昂ぶりでげんなりしたのか、やけに疲れた顔をしていた。居間のドア口まで行ったところで、いちど振りむき、「うちまでお送りしようか、チャニング先生？」と訊いたが、その声には、端《はな》からあきらめているような調子があり、ミス・チャニングの目の怒りを見れば、たしかに答えは歴然としていた。

「いえ、けっこうよ」あの人はそう答えたきりなにもいわず、リードもすっと顔をそむけて無言で出ていった。

その晩は、また父とわたしがミス・チャニングを車で送ることになった。閑散とした村をすみやかにぬけてプリマス通りに入り、そのつきあたりで停車する。ヘッドライトがミルフォード・コテージの玄関を照らしだしたが、まぶしい光もその奥では、黒池の塗りこめたような闇にすいこまれて消えた。

「お寝み、チャニング先生」父は静かにいった。

ミス・チャニングはすぐに降りるものと思ったが、なぜか助手席から動かない。「グリズウォルド校長」と、ふいにいいだした。「ひとつお願い事を聞いていただけます？」

わたしは心臓が止まりそうになった。この人はなにもかも父に打ち明ける気にちがいない、リードとのつきあいの経緯や内実をすっかり話して、賢明な助言を乞うつもりなのだろうと思ったのだ。もし彼女がそういう態度に出れば、父もそれに応えていたと思う。だが、ミス・チャニングはそんなことはしなかった。こういったのである。「学校に飾る作品をつくりたいんです。じつは、彫刻なのですが。生徒と先生と、職員みなさんの顔を石膏で彫り、大きな柱に飾りつけてはどうでしょう。今年チャタム校に在籍した人たちの記念になると思うんです」

「しかし、たいへんな手間なのでは？」父はいった。

「ええ、手間はかかります。でも、これから何週間かは――」ミス・チャニングは言葉を探すようにいいよどみ、「この先、何週間かは」と、またつづけた。「忙しくしていたいのです」

父は心もち身を乗りだして、あの人の顔をまじまじとのぞきこんだ。今の今まで見まいとしてきたこと、絶望の淵にあるミス・チャニングの傷心と哀しみがはっきりと見えたにちがいない。のちにパーソンズ検事が〝お宅でのパーティの夜には、すでにご存じだったのではないですか、ミスター・グリズウォルド？　ミス・チャニングが自暴自棄の状態にあることを？〟と、ついに訊いてきたとき、父は〝ええ〟と答えるしかなかった。しかし、その夜の父はミルフォード・コテージの前で、こういっただけだった。「それはけっこうなことだ、チャニング先生。あなたの彫刻なら、きっとわが校の誇りになる」ミス・チャニングはうなずいて車を降りると、細い小道を足早にコテージへ歩いていった。

父は無言のうちに思いやりをこめて、去っていく後ろ姿を見つめていた。わたしが思っていたより深く、父はミス・チャニングの痛みを理解していたのかもしれない。ひょっとしてこの男も、寂れた田舎道のどこかに、あるいは離れ小島に、一度は女を待たせたことがあるのか。そのために家を出ようと思いながら、はたせなかった相手がいるのだろうか。そして情を返さなかった報いに、こうしていいようのない痛みを少しく知るようになったのか。わたしはあとから、そんなことを思いみたものだ。もしそんな女が報われぬままどこかに暮らしているとしても、父はついに明かすことはなかった。

その晩、ミス・チャニングの後ろ姿を見送りながら父のかけた言葉は〝神よ、あの女《ひと》を救いたまえ〟のひと言だけであった。

第二十一章

翌朝、早く目覚めたのも、ゆうべ父のおごそかな言葉があったからだろう。わたしはそれに押されるように階段をおりながら、日曜日のレッスンに向かうサラに追いつけるようにと念じていた。

もうマートル通りの端まで行っていたサラに、わたしは大声で呼びかけた。サラはにっこりして、わたしが駆けよるまで待ってくれた。

「今朝はいっしょに行こうと思っていたんだ」わたしは彼女にいった。

それを聞くと、サラはうれしそうな顔をして、「楽しくなりそうね」と、元気よく前を向くと、また通りを歩きだした。彼女の腕で揺れるバスケットをあいだにはさんで、わたしたちはミルフォード・コテージへ向かっていった。

まもなくコテージに着くころには、朝の風は暖かに光り、日射しはもう春というより夏のそれを思わせていた。ミス・チャニングは玄関の石段に腰かけていたが、長い時間おなじ姿勢でいたせいで固まってしまったかに見えた。

「おはよう」わたしたちが小道を歩いていくと、ミス・チャニングはいった。その声にはいつになく隔てがあり、どこかうっとうしさが感じられ、まるで痛みに顔をしかめるように、いくぶん目を細めている。

サラのレッスンを始めていくらもしないうちに、ミス・チャニングは声にしろ、物腰にしろ、上の空になってきた。ときおり微笑むようにはなったが、いつものはつらつとしたところがなく、やはり気分としては沈んでいる。

レッスンはいつもどおり、十一時に終わった。

「いい調子よ、サラ」ミス・チャニングはそういったが、もう立ちあがって、本や帳面をまとめだした。「たいした進歩だわ。じゃ、また来週の日曜日にね」

サラはいぶかしげな顔でわたしを見ると、またミス・チャニングを見かえした。先生になにか悩みがあるのを察して心配しているのだろう。あるいは、こんな困った状態で放りだされるのを不安に思ったのかもしれない。「そこまで出かけません、チャニング先生？」サラはおずおずと訊いた。「今日は村でパレードかなにかあるらしいんです」「なんだったけ、ヘンリー、あのパレードは？」といって、わたしに後押しを求める。

「独立戦争の始まりを祝うんだよ」わたしはいった。「世界に響く砲声」

サラはミス・チャニングの顔から目を離さず、「街に出かけましょうよ」といった。

「こんなに気持ちのいい日ですもの」

ミス・チャニングはサラの誘いに、しばし困ったような顔をしていた。が、いささか気乗りのしないようすながら、とうとうこう答えた。「そうね、そうしましょうか」

わたしたち三人はすぐにコテージを出て、プリマス通りをのんびり歩いていった。仲春のころであり、早々の新緑がお目見えして、木々は芽吹き、森にはシダや野生の花々が色づき、あたりにつんとする濃厚な薫りが漂っていた。「そのむかし、甘い香りを愛するフランスの王様がいたの」ふいにミス・チャニングはいいだした。「舞踏会をもよおすときには召使いたちに命じて、生きた鳩にさまざまな香水を振りかけさせ、それを部屋じゅうに放ったのよ」というと立ち止まって、長々とため息をつき、「きっとこんな匂いがしたのでしょうね」といった。「まるで薫りのタペストリー」

それ以上なにもいわず、また歩きだしたが、わたしはこれをミス・チャニングから聞いた最後の物語として、いつまでも記憶にとめることになる。話しおわったときほのかに見せた微笑みは、その顔容に見る最後の笑みとなった。

正午、チャタムの通りは、この日の祭の催しを目当てにやってきた人々で、すでにうめつくされていた。わたしたちは町政庁舎の正面にある芝山に場所を見つけ、ほかの見物人にまじって、パレードが始まるのを待った。眼下の歩道は混みあい、通りのよく見える場所を確保しようと、人々が右往左往していた。ミス・チャニングは黙りがちで、ほとんど動かず、子どもらが二人、三人とかたまって歩道や芝生を駆けていくのを目で追うぐらいだった。

わたしたちがまだ町政庁舎の芝山にいるころ、村の横笛奏者と楽隊が前を行進していき、そのあとに、独立戦争の衣裳を着た村人が寄せ集めの隊をつくってつづいた。なかにはうちの父もおり、三角帽子をあげて観衆にあいさつをしていた。つぎは新しく村に来た消防車が、旗や幔幕《まんまく》を飾りたてて通り、そのあとには、マサチューセッツ州警察から派遣されてきた騎乗隊が行きすぎた。隊を率いているのは、長軀のほっそりした銀髪の男で、しこなしもぴしりと隙がなく、午後の陽に銀色のバッジを光らせていた。いずれ、わたしはこの男をローレンス・ハミルトン警部として知ることになる。

そのうちに群衆は散りはじめると、子どもらが親に呼びつけられて駆け寄り、若者はアイスクリームやソーダを買いにキルティーの店へ向かい、恋人たちは街のはずれへすずろ歩いていく。きっと浜辺へ行くのだろう。もう少しすると、海辺でビーチパーティが始まる予定だった。

「なんだ、これでパレードはおしまいか」わたしはぼんやりといって、右手にいるミス・チャニングのほうを見た。

あの人はわたしのいうことに答えず、こちらを見もしなかった。通りの向かい側を注視している。その視線を追ってみると、向かいの角に、アビゲイル・リードがメアリを腕に抱いて立っていた。

アビゲイルはしばらくパレードに気をとられていた。が、ばかにゆっくりと、こちらに顔を振りむけたとたん、その目はいきなりミス・チャニングに釘づけになった。冷ややかにゆるがず、憎悪に燃えてはいるが妙に憑かれたようなその面持ちは、亡者の怨念のようなものが凝然としみついていた。

ミス・チャニングはその顔つきに耐えられなくなったのだろう、見えない凶手を振りほどくように、すぐさま向きを変えると、人混みをわけて歩きだした。あとに残されたサラとわたしが面食らって見つめるなか、あの人はすたすた離れていき、群衆を右へ左へとぬって、ついに人波に呑まれていった。

「チャニング先生ったら、急にどうしたのかしら?」サラがいった。わたしたちはあの人の消えていった方向をまだ見やっていた。

「さっぱりわからないな」よくわかりながらも、わたしはそう答えた。

この日の午後、ミス・チャニングがこんな場面を目の当たりにしたことが、翌日のふたりの会話を本質的に決定づけることになったのだろう。わたしは長らくそう考えてきた。苦しみに引き裂かれながら腕に無力なメアリを抱くリード夫人の姿。

午後も闌《た》けたころだった。すでに裏手の校庭を青ずんだ薄靄が包みはじめて、木《こ》の間《ま》に漂い、石敷きの歩道へ漂いだしていた。ミス・チャニングは父の肖像画描きの時間を終えたところだったと思う。というのも、少し前に、校長室でふたりの姿を見かけていたからだ。ミス・チャニングの指示した窓辺に父が、画家はそこからいくらか離れた位置に立ち、イーゼルの横から顔を出してモデルの姿をとらえていた。

あとでわたしが聞いたところによると、父は車で送っていこうと申しでたが、ミス・チャニングは、先日話した作品――チャタム校に寄贈する〝顔の円柱〟――にとりかかりたいといって、断ったそうである。ミス・チャニングはそういって美術室へもどり、粘土をひと塊とりだして、制作する彫刻の型をとりはじめた。

しばらくして、わたしが校庭を歩いていったときも、その作業はまだつづいていた。わたしがふと右手に目をやると、ミス・チャニングが塑像台に向かい、スモックのポケットに両手を深くつっこんで立っていたのだ。教室の前方を見ていたようだが、わたしが裏門から出ようともっと西側へ行くと、校庭の真ん中に立つ大木に視界をさえぎられ、あの人の姿は見えなくなった。木の前を通りすぎてようやく、教室の入口にリードが立っているのが見えてきた。

その光景に、わたしはぎょっとした。ふたりはひと言もなく対《む》いあい、そんな距離のせいか、夕闇にたたずむ決闘の敵どうしを思わせた。わたしは思わず立ち止まって、大木の陰に身をひそめると、いかにも盗み聞き然とした格好で、美術室の開いた窓から洩れてくる声に耳をそば立てた。

「あなたの望むものはなんなの、レランド？」

「手に入らないものだ」

「だったら、どうすべきかわかっているはずよ」

「どうやってそんなことをしろと？」

「ただ、後ろを振りかえらずに……」

一瞬の間があり、またリードの声がつづいた。

「あなたを愛していれば、きっとできる」

「なら、そうしてちょうだい」

「そろそろ家に送っていこう。いっしょに――」

「お断りします」

「なぜ？」

「理由はわかっているはずだわ、レランド」

また沈黙があった。そのあと、リードがそれを口にしたのだ。

「あなたは彼女に死ねというのか？」

それに対する答えはなく、ただドアロに向かうミス・チャニングの足音がし、それにつづいて、苦しげに乞うような声がふたたび聞こえてきた。

「レランドお願い。通してちょうだい」

「けど、きみにはわかっていないんだ――」

「触らないで」

「エリザベス、そんなことをしては――」

ドアが勢いよく開く音が聞こえ、わたしの隠れている木の前をミス・チャニングが駆けて校舎に飛びこむのが見えた。その後ろで、黒い髪が暗色の三角旗《ペナント》のようになびいていた。駆けさるあの人を見つめて、また美術室に目をもどすと、今や椅子にぐったりと坐りこんで両手で頭を抱えたリードの姿が映った。前の日、ミス・チャニングをにらみつけるアビゲイルの顔にかいま見た、あんな烈しい怒りをわたしは感じた。ただし、わたしの怒りの矛先はアビゲイルにこそ向けられており、ミス・チャニングとリードは、妻の骨太い絞殺の手から放《はな》ってやりたいと思う二羽の鳥だった。

〝あなたは彼女に死ねというのか〟というリードの言葉がくりかえし聞こえてきて、わたしは一時間近く経っても胸騒ぎがおさまらず、そうしてマートル通りの家の階段に坐っているところをサラにつかまった。

「旦那さまがあなたを捜してこいって」サラはわたしの隣に腰をおろしながらいった。

「まだ学校にいらっしゃるわ。手伝ってほしいことがあるんですって」

「見つからなかったといえよ」わたしはぶすっとして答えた。

サラの手がこちらの手に触れてくるのを感じた。

「なにかあったの、ヘンリー？」

わたしはサラに答えるすべもなく、首を横に振った。

サラは黙ってわたしを見つめてから、こういった。「なにがそんなに不満なの、ヘンリー？」

わたしはひとつだけいえることを答えた。「だれも自由になれないからさ、サラ。自由な人間などいない」

サラの質問は例の太古の泉から湧きだした。「けど、そうなったら、どうなるの？　人が自由になったら、という意味よ」

いっぽう、わたしの答えは利己的な時代の夜明けを告げていた。「そうなったら、幸せじゃないか」わたしはけんか腰になっていた。「自分のしたいことが自由にできるんだ、幸せだと思わないか？」

もちろん、サラはそんな問いには答えなかった。なぜ彼女に答えなど期待できよう。若いといえば、サラもわたしといい勝負であり、人生とはみずから抱いた情熱をかなえるのもままならないもの、そんな過酷な現実はまだ先の教訓がなければ知りえなかった。

サラはまた立ちあがった。「旦那さまのところへお行きなさいよ、ヘンリー。来るものと思ってらしてよ」

わたしは腰もあげず、「ああ、すぐに行く」と答えた。

「学校へ向かっていますと、お伝えしとくわね」サラはいった。

それだけいうと、サラは石段に坐るわたしを残して歩きだした。わたしは彼女がマートル通りに出て左へ向かい、学校へと歩いていくのを見つめていたが、また心はおぞましいことを描きだし、非道きわまりないことがつぎつぎと浮かんできた。その何週間かあと、学校の運動場のまわりをともに歩いたパーソンズ検事は、確信にみちた声で訊いてきたものだ。〝ならば、それは人殺しではないか、ヘンリー?〟口を閉ざすわたしに、検事は〝きみはいつから知っていたのだ?〟と問うばかりだった。

第二十二章

わたしはそのパーソンズの質問には答えなかったが、じつは訊かれたとたんに、「殺人」の二字が初めて頭をかすめた瞬間をはっきり思いだしていた。五月の第一週にあたる土曜の夕方近くだ。リードは釘をひと袋ばかり買ってくるといって、メイフラワーの店へ出かけており、艇庫はわたしひとりだった。そろそろヨットも完成に近づき、船体の側《わき》も塗りたてのワニスでつやつやと光り、マストはもうロープを艤装《ぎそう》して、大きな帆をきつく巻きおさめていた。

艇庫のなかは明かりがついていたが、リードが麻の袋で窓に目張りをしてあったので、部屋は全体に暗かった。大航海への輝かしい出発地点という、当初のわたしのイメージとは遠く、いささか陰気で隠れ家のような雰囲気をかもしていた。

わたしがストーブのわきで、工具箱の底に残った釘をかきあつめていると、ふいにドアが開いた。リードが帰ったのだと思って振りむいたわたしは、思わず息を呑んだ。

「あなたがヘンリーね」その女性はいった。

入口のあたりに立つその人は、まぶしい真昼の陽に後ろから照らされて、片手をドアにかけ、もう片手をわきにたらして、こちらをまっすぐ見すえていた。逆光に、赤っぽい髪がオーロラのように燦然《さんぜん》と輝いている。

「ミルドレッド・グリズウォルドの息子の」女はまたひと言いった。

こちらに向けられた目は、虹色のスペクトルのなかで緑色に光り、濁った水槽の奥にすかし見える魚の目のように、大きく見開かれたまま瞬きもしない。

わたしはうなずいた。「そうです」

警戒した狼のようなまなざしで、射るようにわたしを見つめながら、女はドアを入ってきた。「うちの人の手伝いをしているのはあんたね」と、またいう。「ヨット造りの手伝いをしているのは」

「はい」

女の視線はわたしを離れて、つややかな船縁に向けられた。殺気立つような動きで、さっとこちらを振りむくと、

「うちの人はどこ?」とたずねてきた。

「釘を買いに出ています」

彼女が近づいてくると、わたしは軀がこわばるのを感じた。その身ごなしからは、この何か月というもの、あまたの猜疑に少しずつ食いつぶされ、苛《さいな》まれてきたことが窺われ、外貌はなんだか骸《むくろ》を思わせた。皮膚を形づくっている半透明の薄膜の下から、すでに骨がのぞいているような気すらしたのだ。

「あんたの母さんは娘時代の友だちなの」彼女はうっすらと、どこか痛々しい笑みを浮かべた。

そのまま歩んできて、また話しかけてきたときには、顔に息がかかるほどそばに来ていた。「ヨットはもうじき出来あがるようね」

「もうじきです」わたしはぼんやりと返した。

女はきょろきょろ部屋を見まわしていたが、そのうちヒヤリとするほど唐突に、わたしの描いたミス・チャニングの絵に目をとめた。それはすみの机の上に掛けられていた。瞬時に彼女の顔は表情を失ってうつろになり、まるで目鼻に酸でもかけられて、のっぺらぼうになったかに思えた。

「あの女《ひと》、ここへ来るの？」彼女は絵を凝視しながらたずねた。

わたしは肩をすくめた。「それは、わかりません」

彼女はきっと顔をあげると、今度は首を急角度で左へひねり、肖像画の下の机におかれた段ボール箱に目を向けた。雲のクッションにでも乗るように、そこへ音もなく寄っていくと、つかのま世界は静止したかに思えた。彼女は箱に歩みよるとうつむいて、乗りだすように箱の中をのぞきこんだ。

のぞいた箱になにが入っているか、わたしは知っていた。海図。ナイフ。灰色のロープがひと巻き。すみのほうには、小さな褐色の瓶。黒いインクで大きく〈砒素〉と印字された瓶だ。

見たものすべてを記憶に刻みつけるかのように、彼女はやたら長いこと箱を眺めていたように思う。それから、ゆっくりとした動きで顔をあげた。まるで、息を止めて暗い水に浸けていた顔を引きあげたような感じだった。わたしは思いだすたびに、そんな印象をもつ。そうしてこちらに向きなおると、「わたしだけなの？」と訊いてきた。

「え？」

「わたしだけなの？　それとも、メアリも？」

「なんのことだかわかりません、ミセス・リード」

あれから長い歳月が流れ、わたしも人並みに恐れや不安や悲しみと出会ってきたが、そういった感情があんなふうに入り乱れるさまは二度と見たことがないと思う。恐怖に微量の哀しみがまじり、哀しみに分かちがたいほどの戸惑いがとけこみ、それがいっしょくたになって、ぞっとするような苦悩の表情をつくりだしている。

じっさいアビゲイル・リードの顔に見たのは、そんなものだった。今も彼女を思いだすたびに、あの顔つきが浮かんでくる。その目には、哀しみのたけがくっきりと、生々しくあらわれていた。それはだれが見ても気づいたことだろう。あれ以上あからさまにはなりようがないくらいだった。あんなに暗く痛ましい苦しみが、なぜわたしの心を少しも動かさなかったのか、それだけがふしぎである。


だが、わたしの母の心は動かした。

その日、わたしが家に帰ったのは夕方になってからだった。サラはもうダイニングルームで夕食のテーブルを支度していたが、わたしが玄関に入ってくるのを見ると、手を止めて玄関ホールに飛んできた。なにかあわてているようだった。「リード先生の奥さんが今日、見えたのよ。うちの奥さまと話をしに」

艇庫に来たあとすぐ、うちにもあらわれたとなれば、訪問の目的は疑いようがなかった。それでも、わたしは先ほどの対面を胸に秘め、いったいなんの話だという顔で、サラに話をつづけさせた。

「奥さん、ようすが変だったわ、ヘンリー」サラはいい、「ほんとうよ。おかしな目をしてね」と、小さく身震いをした。「あたし、なんだか……あの目を見ていたら、ぞっとしちゃったわ」

「それで、用件は？」

「奥さまと話したいというの」

「話したのか？」

「ええ、そりゃ話したわ。奥さまにお茶をいいつけられたから、あたし持ってあがったのよ。居間までね。そうしたら、ドアはもちろん閉まってた」

居間の火のない暖炉を横に、母とリード夫人が坐る図がありありと浮かんできた。ふたりの手には、いちばん上等な陶のティーカップがあったろう。アビゲイルは打ちのめされたようすで夫の不貞を打ち明け、その話に耳を傾ける母はだんだんと怒りをたぎらせ、危機感を強めていっただろう。

「話は聞こえなかったけど」サラはつづけた。「ふたりとも深刻そうな顔をしていたわ」

「今はどこにいるんだ？」

「散歩に出かけたの。おふたりで」サラは鋭い目でわたしを見て、「いったいどういうことなの、ヘンリー？」と、つめよってきた。

「さあ、知らないよ」わたしは嘘をいって背を向けると、階上《うえ》の部屋へあがった。

一時間ほどして、わたしがまだ部屋にいるころ、父が校長室から引きあげてきた。わたしを階下《した》へ呼びつけ、母さんはどこだと、いきなり訊いてきた。わたしがそっと横を見ると、サラはダイニングルームの入口に立って、なにもいわずにわたしの答えを待っていた。

「散歩に出かけました」わたしは答えた。

「散歩だと?」父は問いかえした。「こんな時間にか? だれとだ?」

「ミセス・リードです」わたしはいった。

夫人が来たことを知った父は、ふいの困惑をかくせなかった。「ミセス・リード? あの人がうちへ来たのか?」

「はい。夕方ごろ」

「それはまたどういう用で?」

「母さんの顔でも見にきたんでしょう」

父はなるべくいいように解釈をしようと決めたのか、軽い感じでうなずき、「まあ、なにしろ、旧《ふる》くはご近所どうしだ」といった。「母さんとミセス・リードは。おおかた、昔話でもしているのだろう」

「ご近所どうしだったんですか」と、わたしはいった。

「ああ、じつはな」父はそれ以上細かいことをしゃべるのは気が進まないようで、「そんなことより、おまえはどうしていたんだ、ヘンリー」とつづけながら、背を向けて居間へ入っていった。

わたしは居間のドア口に立ったまま、「ご近所だったというのは、いつのことです？」と訊いた。

父は椅子に腰をおろすと、なんとかその話題を避けようというのか、わきのテーブルから新聞をとりあげてページをめくりだした。「娘時代のことだ。母さんのうちの隣家に、ミセス・リードが奉公していたんだよ。例のことがあったから――」といって言葉を切り、急にわたしの顔を見た。「ミセス・リードは捨て子にされたんだ、ヘンリー。まだ幼いときに」

「捨て子に？」

「聖壇におかれていたそうだ」父の目はすぐさま新聞の向こうにかくれた。「だから、母さんは……いうなれば、同情らしきものを感じているんだろう、ミセス・リードに」と、長い息をつく。「あの人の過去の試練を思って」

それ以上のことは聞けそうにないので、わたしはすぐに居間を出て、また階上の部屋に引きこもった。じきに表門のきしむ音がして、窓から外をのぞくと、小道を玄関の石段へと歩いてくる母の姿が見えた。

あれは、子どもならではの虫の知らせだったのだろう。崩壊の瞬間を察知するたぐいの。知らせたのは、石段をあがってくる母の決然とした重々しい足どりだったかもしれない。母が後ろ手に閉めた網戸のバタンという音だったかもしれない。

いずれにせよ、わたしが階下へおりてみると、居間の父の隣に母がいた。父は新聞をおいてマントルピースのわきに立ち、腰の引けたような格好で母と対《むか》いあっていた。

「女にはわかるんですよ、アーサー」母の声が聞こえてきた。

「また突拍子もないことを、ミルドレッド。なあ、そうだろう」

「あなたって人は、現実と向きあおうとしないのね。そこがそもそもの問題なんですよ」

「だが、はっきりしたものがないことには――」

「いいえ、女にはわかるの」母は声を荒らげた。「女に証拠など要りません」

「だが、このわたしには要るのだ、ミルドレッド」父はいった。「信望のあついふたりの教師を、ただ校長室へ呼びつけるわけには――」

「おやまあ、信望ですか？」母は吐きだすようにいった。「あのふたりが敬意をあつめるいわれがどこにあるんです？」

「もうよしなさい」父はいった。

母は腹だたしげにしばし黙りこんでいた。が、妙におちついた凄みのある声でこうつづけたのだ。

「このことでなにも手を打ってくださらないなら、アーサー、もうあなたにも敬意などもてません」

父はすっかり狼狽した声を出した。「おまえ、どうしてそんなことをいいだす?」

「本心だからですよ」母はいった。「わたしは尊敬できるかただからあなたと結婚したんです。りっぱな人に思えた。真正直で堅実で。けど、リード先生とあの女の仲を放っておくというなら……わかりました、今のあなたはわたしが結婚した人とは別人なのでしょう」

あの息づまるような一幕でなにより印象に深いのは、父の長所をならべたてた母がついに愛という言葉をもちださなかったことだ。

ふたりはものもいわず、怒りをくすぶらせてにらみあっていた。やがて父は自分の椅子へ行くと、どさりと身を沈め、「どのみち騒ぐことではない、ミルドレッド」と、窓に目を移しながら低くいった。「じきにミス・チャニングはチャタム校を去る。もう来年度はもどらない」父はそういうと、床においた新聞をとりあげたが、開きはしなかった。「今日の午後、辞職したんだ。ミス・チャニングと……彼の間柄を夫人がどう疑っていようと……もう終わったことだと伝えてやりなさい」

母は凝然として動かなかった。「あなたがた男性の考えることはおなじよ。事がすんだら、女はなにもなかったように忘れてしまえると思っているんでしょう」

うんざりしたように、父はかぶりを振った。「そんなことといった憶えはないぞ、ミルドレッド。いいかげんにしろ」

すると、母はこう切りかえして、わたしを仰天させた。「陰でわたしを裏切ったことがあるんですか、アーサー？」

父もわたしとおなじように驚いた顔をし、「なんだって？」と訊きかえした。「いいかげんにしないか、ミルドレッド、悪いものにでもあてられたか？　よくそんなことが訊けたものだな？」

「答えてちょうだい、アーサー」

父はやけに静かに母を見つめていたが、ようやくひとつ息をつくと、「いいや、ミルドレッド」と、抑揚のない声で答えた。「おまえを裏切ったことなどない」

母は鬼気せまるようなまなこで父をにらんでいた。母は父を信じていない、少なくとも、今の答えをどこかで疑いつづけるだろう。わたしにはそんな気がした。

しばらくふたりは無言で対いあっていた。だが、母が先に父の前を素通りして、居間のドアを出ていき、キッチンへ向かった。「夕食は一時間後に」母のいったのはそれだけだった。

一時間して始まった夕食の席は、とてつもなく緊張していた。父と母の話すことはささいなことばかりで、父はカリキュラムに新しい授業をふたつ追加するつもりだといい、母は家の裏手にもっと広いサマーガーデンをつくりたいという。夕食がすむと、母は居間へ移って腰をおちつけ、火のない炉のそばで編み物をつづけてから、階上の寝室へ引きあげていった。父はまた学校へとってかえし、九時ごろまで校長室で仕事をしていたが、帰ってきたころには、母はもう寝室へあがっていた。

わたしが玄関ポーチに出て、ブランコのいつもの位置に坐っていると、前の通りを父が向こうから歩いてきた。ひどくゆっくりとした足どり、やや頭をたれた格好は、父が考え事をしている印だった。

父は石段をあがりながら、わたしにうなずきかけてきた。

「気持ちのいい夜じゃないか、ヘンリー？」

わたしは父がそのまま家に入っていくものと思っていた。ふだんならそうしたはずだ。ところが、その日にかぎっては、ブランコに寄ってきて、わたしとならんで腰かけた。わたしは初めのうちこそ、さっき聞いた父母の会話にどう対処したものか悩んだが、やはり好奇心には勝てず、話してみることにした。

それでも、あまりぶしつけには訊きたくなかったので、こんなふうに切りだした。「夕方、階下へおりたとき聞こえた気がするんだけど、父さん、チャニング先生が学校を辞めるんだって」

立ち聞きされたことを知っても、父は驚いたようすもなく、べつだんあわてたところもないので、わたしはほのかな期待を抱いた。ようやく、子ども扱いをやめてくれる日が来たのかもしれない。秘密と沈黙の壁に現実をかくすことをやめ、とうとうおとなへの入口にわたしを立たせてくれたのかもしれない。どんな痛みをともなおうと、一人前の相手には真実を明かすにちがいない。

「ああ、そうだよ、ヘンリー」

「辞めてどこへ行くんですか？」

「さあ、どこだか」父はわたしの顔を一瞥しただけで、またそっぽを向いた。「だが、チャニング先生のことだ、心配はすまい。彼女なら、うまくやっていくだろう。じつに優秀な教師だからな。すこぶるつきの。働き口ぐらい、どこかに見つかるだろう」

それで話は終わったかに思えた。だが、父はだしぬけにこちらを振りむき、「ヘンリー、階下でなにを聞いたのか知らんが、それは自分の胸にしまっておけ」といった。「チャニング先生とリード先生のことだが」

父は深く考えこみ、ほかにいうべき言葉を探しているようだった。「人生とはままならぬものだ、ヘンリー」父はいたくおごそかな目でわたしを見て、ようやくいった。「せいぜい真心を交わすしかないこともある」そういうと、父は身を乗りだしてわたしの脚を軽く叩き、立ちあがって家に入っていった。息子になにかいえばいったきり、それを噛んで説明することなどなかった父だ。だが、時の流れに父が年老い、このわたしもよわいを重ねるにつれ、あの晩いわれたことの意味が理解できるようになった。心の飢えは人の定めであり、人はそのむごい苦しみを、信じることで癒すのだ。

あの夜、父は息子に手を差しのべ、行く末につづく道すじをしめして見せようとしたのだろう。今のわたしにはそれがわかるが、あのときは、疲れた足を引きずるように家に入っていく父が、いつになく小さく見えた。父の象徴するあらゆるものがうとましく、反感が波のように湧きあがった。波はいっきに押しよせて逆巻き、潮が退いたあとには、父のようにはけっしてなるまい、あんな情けないみじめな人間にはなるものかという、固い決意がめばえていた。

だがこうして今、人生のあの瞬間を思い、あの気持ちを思いだし、その自分がのちにしたことを考えると、運命とはけっきょく予期せぬ偶然にすぎないような気がしてくるのだ。

第五部

第二十三章

もう何年か前になるが、わたしは古代ローマの歴史家タキトゥスを読んでいて、ある行《くだり》にいきあった。『ゲルマーニア』の終わりのほうに、粗暴なゲルマン民族が、統制力のあるローマ軍の手におちてひれ伏すという場面がある。この侵攻により、ゲルマン人の原始的な祭や儀式、踊りや歌や物語はすっかりとりあげられ、〝野蛮な〟慣わしは跡形もなく一掃されたという。「ローマ人は荒れ地をつくりだし」と、ここでタキトゥスは書くのだ。
「それを平和と呼ぶ」

夏に門を閉じる前の短期間、チャタム校もそれと似た寂しくしなびた静寂に包まれてしまったようで、学校は活気のない世界に一変していた。わたしはひとつぽっかり穴が空いたように感じ、これまでの熱気も、企みと欲望の胸騒ぎも、しかつめらしい日課の下にうもれてしまった気がした。

この時期のミス・チャニングはリードと登下校をともにすることもなく、ひとりでミルフォード・コテージと学校を行き来していた。毎朝、マートル通りをゆっくり歩いてくるあの人の姿を見かけたものだが、もの思いに沈んでいるような、心のなかで独り言をいっているようなようすだった。学校に着いてからも、教室にこもりきりで、昼もそこで食べ、授業のあいまも、キャビネットの横で本を読んでいる。リードと街へ散策にいくこともなく、崖っ縁のベンチでふたり過ごすこともなくなった。放課後になれば、すぐ黒池への帰途につき、登校してきたときとおなじく、もの思いにふけりながら、夕闇のなかを歩いていく。

授業にも、それと似た閉鎖的な気分があらわれていた。前にくらべてどこか堅苦しく、教える態度もひかえめであり、過去のことにしろ今のことにしろ私生活はちらりとも見せまいとしているようだった。かねてから詮索の目が多くあるのは察していたのだろう。

この最後の三週間、ミス・チャニングが没頭していたのは、例の顔の円柱だった。美術室に、深緑の防水布を掛けたテーブルを用意し、ここにチャタム校の教師と生徒がひとりひとり訪れて、テーブルの上に横たわり、顔の石膏マスクをとってもらう。目を閉じ身をこわばらせて横たわるミセス・ベントンの顔にミス・チャニングが屈みこんで見おろし、粘土にひたした一本の指先で、喉に線を引いている。そんな場面を見かけたこともある。

わたしの番は五月半ばにやってきた。

「こんにちは、チャニング先生」わたしはそういいながら、教室に入っていった。すでに夕方の六時をまわって、外もだんだん暗くなり、校庭の樫の老木に残る晩春の葉を、軽風がそっと鳴らしていた。

ミス・チャニングは青のロングドレスを着ていたが、服を汚さないよう、いつものグレイのスモックを上にはおっていた。後ろにひっつめた髪を結わえているのは、そのへんの紐きれのようだった。

「あら、ヘンリー」このごろのミス・チャニングは、よそよそしく妙につっけんどんな話し方をするようになっていた。「なにか用でも？」

「顔の型をとってもらいにきました」わたしはいった。「あの円柱の」

ミス・チャニングはテーブルのほうに首を振り、「そこへ横になって」といった。

わたしはテーブルに歩みよって上にあがると、天井を眺める形であおむけに寝た。

「遅くに来てすみません」わたしはいった。

ミス・チャニングはテーブルのそばに立つと、軟らかい粘土に指をひたし、それをまずわたしの額に、つぎに頬に、すっすっと塗っていき、「目をつぶって」といった。

わたしがいわれたとおり目を閉じ、静かに息をしているうちに、あの人はそっと風のようなタッチで、睫毛に粘土をつけていった。

「デスマスクもこうやって造るんでしょう?」わたしは訊いた。

「ええ」ミス・チャニングはいった。「そうよ」と、仕事の手を休めず、ひんやりした粘土を顔に薄くのばしていく。

粘土を塗りおわると、しばらく寝たまま乾かす。わたしはミス・チャニングの立ち動く物音に耳を傾けていた。机からキャビネットへ歩いていく足音が、なにかをとりあげた気配。わたしは夏草を踏んで、なめらかに父のもとへ歩んできたあの人を思いだした。今では、はるか遠い日となったあの午後。ミス・チャニングの裸足に気づいた父の目。

ややあってもどってきたミス・チャニングは、石膏型をとりはずし、濡れタオルで顔に残った粘土を拭きとってくれた。

「すんだわ」といって、タオルを机のわきのバスケットに落とす。「お帰りなさい」

わたしは上体を起こしてから、足を床におろした。もうミス・チャニングはそばを離れ、大きなテーブルの前に立って、目を閉じていた。テーブルには、石膏マスクが顔を上にしておかれている。引き結んだあの人の唇は死人のような土気色をしていた。

「じゃ、さよなら、チャニング先生」わたしはドアまで行ったところであいさつをした。

「さよなら、ヘンリー」ミス・チャニングは、今とったばかりの型をじっと見ながら、それを白布でくるんでいた。

わたしはせめてなにか伝えたくて、立ち去りかねていた。棺に閉じこもっているようなあの人を引っぱりだし、お父さんの手本にならって、彼の準備してくれた人生を生きるべきだといいたかった。赤いケープを後ろになびかせ、夜のマリーナを駆けていくミス・チャニングの姿が、目に見えるようだった。ヨットで待っていたリードに抱きあげられて乗りこむと、ふたりは飢えたように抱擁しあい、渇きを癒すように口づけをする。

「まだなにかあるの、ヘンリー？」ミス・チャニングはわたしの顔をまじまじと見て訊いた。指はまだ濡れ、髪についた湿った粘土が光っていた。いずれ、わたしはこれと驚くばかりに似た姿を見ることになる。水からあがってきたミス・チャニングは、髪をべっとりと濡らし、黒池の底の澱《おり》を軀じゅうにかぶって、やはり生気のない声でこう訊くのだ。〝あのひと、死んだ？〟〝ええ〟以後、わたしの人生はあのときの答えとひとしく虚脱したものになった。

ミス・チャニングはそれからほんの数日で円柱を完成させ、五月十八日、父はわざわざ落成式をもよおした。式典は校舎正面の芝生でおこなわれ、この朝に撮った写真はあとあと父の〝チャタム校事件〟の記録簿に入ることになる。ミス・チャニングは両手をわきにぴったりつけて、円柱の右手に立ち、その左手に、父がコートに懐手のナポレオン・スタイルで立っている。ふたりを囲んで、全校の教師と生徒があつまり、少し離れたわきには、サラまでがおめかしをしてうれしそうに笑っていた。長い黒髪をたくしこんだ麦わら帽子の後ろには、幅広のリボンがたれている。

その朝、一同を前にスピーチをしたのはミス・チャニングではなく、父だった。父は彼女の仕事に感謝の意をあらわし、彫刻のことだけでなく、〝つねにめざましい仕事をしてきた〟教師としてたたえた。スピーチの最後では、ミス・チャニングが来年度は再任しないことを告げ、これは〝なんともはや惜しいこと〟であると述べた。

この朝の式典に出席しなかった教師はリードだけだった。来るとは思えなかった。ここ二週間ほど、リードはだんだんよそよそしくなり、最初の授業の直前にひとりで学校にあらわれ、最後の授業が終わるや、またひとりで家に帰るようになっていた。時間中も、生徒と廊下にたむろしたり、生徒を校庭につれだして詩を朗読したりすることもなくなった。初夏の時季にしては、おかしなほど暑い日がつづいていたというのに。リードは詩を読みとき、講義をし、ふだんどおりの授業をしていたが、かつてそこに注がれたあの熱意は干あがったも同然だった。教室の前方に立って、ときおり窓にぼんやりと目を向けていることもあった。庭の向こうの美術室には、やはり生徒を前にしたミス・チャニングの姿が見えている。そんな瞬間、リードは暗い不毛の熱情に凝《こご》り、なかなかミス・チャニングから目をそらせずにいるようだった。しまいには、頬を打たれたあとのように頭をぴくりと揺りもどしながら、生徒のほうに向きなおるのだった。

リードのまわりには、すさまじいまでの鬱気がたちこめていたが、それでもヨット造りは続行していた。五月の第三週には完成し、リードはつぎの土曜日、初航海につきあってくれと、わたしを誘ってきた。

その朝、わたしがマリーナに着いてみると、もうヨットは艇庫から運びだされており、船の載っていた木の台の上はがらんとして、造船に使った道具も備品もきれいに片づけられていた。机の上もやはり整理され、あの段ボール箱もない。アビゲイル・リードが不吉な品々を見つけたあの箱は、すでに黒池の家に運ばれて、屋根裏部屋にしまわれていたのだろう。後日そこでハミルトン警部に発見されたとき、箱のすみにはまだ砒素の茶色い小瓶があり、ふたこそきつく閉められていたが、中身はほとんど空になっていた。

わたしの描いたミス・チャニングの絵だけは、同じ場所に掛かっていたが、わずかにかしいで、表面にはうっすらと埃がついていた。その二週間後、わたしはこの肖像画をパーソンズ検事に見せ、忘れえないコメントを聞かされることになる。〝あの男をおかしくしたのは、まさしくこの女なのだ、ヘンリー。ここに描かれた女こそ、あの男を狂わせた女だ〟

だが、どういうわけか、あの靄の深い土曜の朝には、まだ終極の予感はなく、艇庫は烈しい嵐をやりすごした平凡な離れ屋でしかなかった。それがこれから近づく嵐に吹きとばされることになろうとは、わたしは思いもしなかった。

「さて、船を海に出すか」そういうリードについて、艇庫から木の桟橋をおりていってみると、〈エリザベス〉号が波ひとつない海にそっと船体を揺らしていた。あたりをおおう靄に、背高のマストが左へ右へと、白い指揮棒のようにリズミカルに振れている。

乗船してすぐ、リードが係留ロープをほどいて帆を調整すると、船はいったん後方に流され、わたしたちは舵をとりつつマリーナを出航した。

船は前もって決めた針路をたどっているようだった。いつかわたしが目にしたリードの海図に描かれていたとおり、モノモイ島の西岸を進み、ハモンズ・ベンドとパウダー・ホールを過ぎて外洋に出る。リードはおおかた前方に目をやっていたが、ときおり危険を窺うようにあたりを見まわすので、わたしはほんの一瞬、ロマンチックな捨て身の計画にくみする気分をふたたび味わい、胸を躍らせた。実際は試運転の航海だったが、この早朝の船旅はまだ港長すら仕事場に着かず、マリーナに人気《ひとけ》もなく、海岸に靄がたちこめているころに始まっていた。「こんな靄なら人ひとり消えてしまえそうだな」リードがふといった。「消えろ、消えろ、消えうせろ」

十時近くになって、わたしたちはようやくチャタム港に帰港した。朝靄はすっかり晴れ、風は澄んできらめいていた。リードはヨットをマリーナの停泊位置にみちびくと、朝となじドックにもどして、木柱にロープで結わえた。

ところが、リードは三年もかけて造ったヨットの初航海に浮かれるどころか、あいかわらずむっつりと沈んでいた。わたしは横にならんで長い桟橋を艇庫へと歩きながら、どうすればこの人を元気づけられるだろうか考えていた。深い失意の底からこの人を引きだし、わたしの憧れであったあのバイタリティと、飽くなき野心を立てなおしてもらえないものか。今からでも勝利を手中にする道をしめせないものか。

リードは艇庫のすみの机に身をもたせ、杖をついた手の上にもう片方の掌を重ねて、しばらくガラパゴス諸島のことを話していた。ダーウィンが『ビーグル号航海記』で書いていた南アメリカの沖合いの群島だ。「ダーウィンには、なにもかもが新鮮に映っただろうな」リードはいった。「人生のすべてが真新しく思えたにちがいない」といって、なぜか陰気に首を振り、「想像してみたまえ」とつづけた。「一新された世界を」

やや離れたところからリードを見ていると、わたしは臨終の床につきそう番人になったような――かつて敬慕した人のなしくずしの死を手をつかねて見守っているような気がして、背筋が冷たくなった。

リードはといえば、わたしが部屋にいることも忘れているようだった。彼の心はひとつの話からまたつぎへとあてどなく移ろうかに思え、目はまるで彫り物のように静止しているかと思えば、見たくないものから逃げるように、視線をさまよわせる。奥の壁には、まだ肖像画が掛けてあったが、そこに封じこめられた目は、リードにいまだ残酷な誘惑のまなざしを向けていたのだろう。

その午後ずっとそこにいながら、三年もかけて造ったヨットのことをリードが口にしたのは一度きりだった。巨《おお》きな船枠をのせていた空の台にじっと目をすえて、こういったのだ。「まあ、少なくとも海には出られたな」そういうと、杖をつかむ手に力をこめてそろそろと机を離れ、港を望む窓に歩みよった。窓はまだ麻布で目張りされており、リードは厚い粗布をしばし黙ってにらんでいた。が、いきなりそれを手荒につかんで引きおろすと、埃が舞いあがり、照りつける灼熱の陽が降りそそぎ、ほんの一刹那、リードはその奇妙な光景のなかへ姿を消したように見えた。

第二十四章

あのときわたしも共に消えてしまったのではないか、一瞬リードを呑みこんだあの夕陽のなかへ自分も消失したのではないか。そんな気がしばしばしたものだ。

ヨットが完成したあとは、リードとも教室で顔を合わせるか、遠目に見かけるぐらいで、ひんぱんに会うこともなくなった。廊下の向こうを急ぎ足で歩いていたり、マートル通りの角を押し黙って足早に曲がっていったり、リードはいつも見えない鞭を当てられ、なにかに追われているようだった。

ミス・チャニングとも、教室の外ではめったに会うこともなくなり、わたしは大勢の生徒の一人に押しもどされた気分だった。特別あつかいされることも、ほかと一線を画すようなことも起こらず、あの人が最後の授業をするのを、同級生にまじって黙々と眺めているしかなかった。やけにお仕着せの授業は堅苦しく、生徒との接し方に彼女ならではの色をそえていたあのくつろぎや伸びやかさも、すっかりわきに押しやられていた。ミス・チャニングはいつもすげなく上の空で、なにか強い力に引かれて、自分のなかへなかへと目を向けているようだった。

なんとなく独り残された格好のわたしは、年度末が近づくにつれ、ますます苛立ちをつのらせた。ミス・チャニングの授業中もそわそわしてばかりで、しじゅう窓に目を向けていたが、それはなにも級友たちにありがちな無関心のせいではなく、憎しみと侮蔑の気持ちをどうにかこうにか抑えていたのである。まんざらでもない振りをしながら裏切った恋人をさげすむ、そんな心もちだったろうか。

いわば、いちばんの朋友たちに棄てられて気落ちし、心寒くなっていたのだ。だから、わたしはエネルギーのすべてを描くことに注ぎこみ、もとから特徴的だった暗いトーンが、まさに悪魔的な黒に染まっていくのを、自分でも呆然と見つめていた。村の景色はどれもゴシック調の影におおわれ、海はむれたつ剣呑《けんのん》な雷雲のなかに消えていた。アングルや遠近法も変わって、チャタムの村はむちゃな軸で傾き、ねじ曲がった道はジグザグを描いていた。中央の大渦巻きへとのび、家は左右にかしいで、絵のなかのあらゆるものが衝突しあっていた。しかもそんなに絵を歪ませながら、これは歪みでもなんでもない、チャタムの村を正確にとらえたのだと、描いた本人は思っていたのだからおかしなものだ。現にひずんだりねじれたりしている世界を写したにすぎない、グロテスクに変形したこれが村の本当の貌《かお》だ、といいたげだった。

このころになると、あれほど心躍らせた出来事も、思いだすのはサラの姿を見たときぐらいだった。雪をいただく丘に四人で登って、黒池を見おろした日の強烈な高揚感。あのときは、人生がいかにも大きく開かれ、身震いするほどロマンチックに感じられた。そんなあれやこれやも、今となっては不景気にくすぶっているばかりに思えた。わたしはそれがたまらなくて、サラまで避けるようになり、彼女の足音が近づいてくると、寝室のドアを閉めるようになった。挫けた理想の苦い名残を見る思いだったのだろう。恋人の胸元を飾っていたロケットの燃え炭を見るような。

サラはわたしの気持ちを察していたにちがいないが、それでも引きさがろうとはしなかった。わたしがベッドに寝転がる部屋にやってきては、ドアをノックし、海辺の散歩につきあってくれとか、街へ買い物に行くからいっしょに来てくれとか、頼んでくるのだった。

年度末最後の木曜日、わたしが運動場のすみに坐っていると、サラが寄ってきた。そろそろ夕方になるころだった。教師たちは翌週にひかえた学期末試験の準備で、もうみんな帰宅し、生徒たちにしても、勉強漬けの夜を迎える前にタッチフットボールをひと試合やろうというものが少し残っているだけだった。

「こんなところでなにをしてるの、ヘンリー?」つかつかと歩みよってきたサラはそういいながら、わたしの隣に腰をおろした。

わたしはなにもいわず肩をすくめ、試合をつづける学生たちに気をとられた振りをしていた。彼らの動きは不動のルールに制され、殴り合いも引っかき合いも蹴り合いも起こらない。けっきょくはルールという明確に引かれた境界線があるから、安心できるのだろう。わたしはこんな場面にも、がんじがらめのつまらない生き方を見ていた。

「ここは嫌いじゃなかったの、ヘンリー？」サラは訊いてきた。「チャタム校なんかは」

試合は解散になった。わたしは平然とサラを見かえし、本音をぶちまけた。「ああ、嫌いだね」

サラはうなずいたが、こちらの考えをなんとも正確に見ぬいたのには驚いた。「家出なんかしてはだめよ、ヘンリー。じきに余所の大学へ行くんだもの。そうなったら、二度ともどってこなくたって……」

わたしはぷいと横を向き、学友たちのほうへ顎をしゃくった。「あいつらみたいになってしまったら、どうする？」

サラは運動場に目を注ぎ、名を呼びあいながら駆けまわる男子どもを見つめ、その声を聞いていた。サラの目を見れば、このチャタム校の生徒たちも、ゆくゆく彼らが送るようになる生活さえ、わるくは思っていないのが知れた。わたしの憧れる波瀾の人生など、いずれは意味をもたなくなり、いくら前人未踏の道でも一度歩いてしまえば、行きつく先には退屈な慣れが待っている――そんなことがわかるほどには、サラも成長していたのだろう。

ところが、わたしはまだそういう成熟には欠けていたから、リードやミス・チャニングにつづいて、サラまでが反骨精神を枯らしてしまったように感じ、世界じゅうが汚らわしい無気力と臆病のなかに、どっぷりつかっている気がした。「それをいうなら、きみも連中と似たようなものだな、サラ」わたしはまた彼らのほうへ顎をしゃくりながら、せせら笑った。この台詞にサラの心は深手を負い、地面に血を流すはずだった。「ただ、きみは女の子だ。違いはそこだけさ」

わたしはまだまだ憎まれ口を叩いていたかもしれない。もっとえらそうなことをいって、つらく当たっていたかもしれない。ところが、ふいに大きな音がして、言葉をさえぎった。ずいぶん派手な金属音で、灯台のほうから聞こえたようだった。そちらへ目をやると、灯台の開いたドアから、ミス・チャニングが飛びだしてきた。赤いスカーフを後ろになびかせて、芝生を横切ってくる。

サラは目を見開き、「チャニング先生」と、つぶやいた。

ミス・チャニングはマートル通りに出ると、それを右へ行き、大股で駆けながら海沿いの道に行きついた。そこで一瞬、立ち止まり、つかのま両手に顔をうずめていたが、じきに頭をきっとあげて振りむくと、しばし灯台のほうをにらんでからまた向きなおり、海沿いの道を街へ駆けおりていった。

わたしたちは灯台に目をもどした。開いたままのドアの前で、リードがこうべをたれ、息を切らして杖にすがっていた。

「あのふたり、どうして駆け落ちしてしまわないんだ？」わたしはそういった。あのときの心底むしゃくしゃした言い方を思うと、ふたりへの問いかけというより、自分に投げつけた言葉だったのだろう。「なぜ人はこんなにも臆病なんだ？」

サラはさっきの憎まれ口はもう水に流してくれたのか、おだやかな優しい目でわたしを見て、「あのふたりは臆病者なんかじゃないわ、ヘンリー」と、きっぱりいった。

「なら、なぜやりたいことをやって、なにもかも放りだしちまわない？」

サラはなにも答えなかった。今にして思えば、答えようにも答えられない問いではないか。なにしろ、人間はいまだにその答えを見いだせていないのだ。人生ははかなく、人は欲深く、熱に浮かれやすいというのに、われわれはすべてをかなぐり棄てて、自分の幸福だけをわき目もふらず追求するようなことはしない。人間のせめてもの美徳、誇りといえるのは、自分以外のものにささげるこの不可解な真心だと、それだけはわかっているのかもしれない。

わたしはまた灯台を顧みた。開いたドアの前にもう人影はなく、リードはてっぺんにつづく階段を昇りはじめていた。上まで昇りつめたリードが鉄の手すりを握りしめて、村を一望する姿が見え、血の赤に染まった空に、足を引きずる彼のシルエットが浮かんだ。用意さえあれば、わたしはあの図を絵に描いていたにちがいない。

「あの人、リード先生を殺してしまう」わたしはいった。密かにふつふつと怒りがこみあげ、軀が震《ふる》えて仕方がない。「ふたりして殺しあいになる。なら、あの船に乗って、こんな面倒から逃げだせばいいじゃないか？」

サラはじっと見つめてきた。なかなか訊く勇気が出ないが、ゆるがせにはできない、そんな質問を秘めた顔だった。「あなたがしていたのはそういうことなの、ヘンリー？」サラはとうとう訊いてきた。「ふたりが駆け落ちするための船を造っていたの？」

わたしはこの数か月のうちに、見聞きしたことをつぎつぎと思いだした。リードの船造りの手伝いにささげた労働時間、そのとちゅうで勘づいた暗黙の目的。わたしはてんとしてサラの顔を見かえしながら、自分のしたことを誇りに思い、あれだけの苦労が無に帰したことだけを悔しく思っていた。「ああ、そうさ」わたしはそう答えた。「そのためにヨットを造っていたんだ。ふたりが逃げだすための」

サラはうろたえて目を丸くし、「けど、ヘンリー、どうなるの——」といって口をつぐんだ。わたしたちはつかのま無言で向かいあっていた。サラはもうなにもいわずに立ちあがると歩きだし、父にひたすら服従するあのグズで無気力な部隊のなかへ、自分の居場所を決めたのだった。わたしにはそんなふうに映った。

それから何時間か、わたしは階上の部屋でふて寝をしながら、気が立って仕方がなかった。なんでもない音が耐えがたい騒音に聞こえ、母の重い足音はさながら馬のひづめの音、父の声は意味のないカエルの声といっしょだった。家そのものが寄ってたかっていじめてくるように思え、部屋は万力が締まるように狭苦しく、なかの空気は饐《す》えたように濃く、もうもうと煙った小室にでも閉じこめられている気がした。

九時近くになると、わたしはとうとう階段を駆けおりて、夜気のなかへ飛びだした。母は近所の家に出かけていたから、出ていく姿は見ていない。マートル通りをしのび歩きながら、チャタム校の校長室に明かりがついているのを見かけたので、父が仕事中なのはたしかだった。窓辺の大きなデスクに、大きな黒クマのようにかがみこみ、鵞ペンをさらさらと動かして、〝重要書類〟にサインをする姿が見えた。

どこへ行くのか自分でもわからないまま、崖っ縁へ向かっていたが、家出してやろうという気はなんとなく起きていた。サラに止められたことをまさに実行し、すべてをかなぐり棄てて、衝動のおもむくままにチャタム校を逃げだし、約束された将来を棒にふってやる。

本気でそんなことをするわけがないのは承知していたが、それでも、わたしは足を止めなかった。うとましくてならない村の通りをくだって暗い店先を過ぎ、さらに行くと、道は沼沢地と海にはさまれる形になり、プリマス通りがいきなり目の前にあらわれた。牡蠣殻の粉を散り敷く道は、厚い雲の切れ間から月明かりがひと条《すじ》射すと、亡霊の手のように不気味に白く光ってこちらにせまり、絵にしたいようなゴシック調の情景に一変した。

夕方、赤いスカーフをなびかせて灯台から飛びだしてきたミス・チャニングの姿が思い浮かぶ。あの人が立ちさったあとには、こうべをたれたリードが杖を握りしめて立っていた。あのときほど、ふたりが悲劇のロマンスに似つかわしく、結ばれるにふさわしく思えたことはない。あんな情熱に駆られた恋人たちだけがつかめる、つかむに値する幸福をあたえられるべきだ。そうわたしは思った。

わたしはこれという当てもなくプリマス通りに入りながら、毎週サラとここを通ったことを思いおこした。ミルフォード・コテージに着いてみると、たいていミス・チャニングは玄関の階段に坐ったり、池の水辺にたたずんだりしていた。十一月の雪の日、近くの丘に登ったことも思いだした。あの日のみんなのなんと楽しそうだったことか。一時はあんなに開《ひら》けて感じられた人生が、今では固く閉じて二度と開かない気がする。

行こうと決めたわけでもないまま、ミルフォード・コテージに着いた。もし外から見て明かりが消えていたら、すぐに引きかえしていただろう。車道に車が駐まっていたとしても、夜道をとってかえし、マートル通りに帰っていただろう。だが、明かりはついており、行く手をはばむ車もなかった。いちばんの決め手は、雨が降りだしたことかもしれない。それもこぬか雨ではなく、耳をつんざくような雷をともなう雨だったから、すぐにやむのはわかっていた。暴雨をやりすごすまで、ミルフォード・コテージで少し雨宿りをして、帰ればいいと思ったのだ。

玄関のドアが開くと、今まで見たこともない顔があらわれた。眸は透きとおるほどに色を失い、その白目の真ん中にまるで小さな点のような暗い目が光り、眸の下には三日月形の隈《くま》ができている。後ろにバサリとはらわれ、もつれあった髪は、乱暴に肩を揺さぶられて壁に叩きつけられたかのようなありさまだった。このときのミス・チャニングほど情愛に呪われた、すさまじい人の姿は見たことがない。

「ヘンリー」あの人はそういうと、うっすら目を細め、わたしに焦点を合わせようとしながら、低いしゃがれ声でつづけた。「こんなところでなにをしているの？」

「いえ、ちょっと散歩に」わたしは口早に弁解するや、大変な時に来てしまったのを察して、闇のなかへ後じさりだした。「あの、とちゅうで雨が降りだしたものだから……」

ミス・チャニングは一歩退きながらドアを大きく開け、「お入りなさい」といった。

コテージのなかは、いたるところで蠟燭が燃えていた。暖炉にも火がくべられ、炉棚に手紙の束が放りこまれていた。見たところ、すでに半分がた火に包まれている。部屋の空気はむっとして熱く、窓ガラスの角はもう白く曇りだしていた。

「持ち物を整理していたの」ミス・チャニングは硬い声で息苦しそうにいった。額や上唇の縁に、汗の粒が点々と吹きだし、ブラウスの襟を長い指でぼんやりといじっている。「もうじき発つから」そうつけたすと、ふいに窓に目を向けた。強くガラスを打つ雨が見える。

「要らない物の整理をね」といって、あの人はこちらを一顧した。

わたしはなんと返したものかわからず、ただ、「あの、ぼくになにか手を貸せることは？」と訊いた。

あの人はひどく苦しげな目を向けてきた。とたんに、思いがほとばしりでた。「こんなこと、もうつづけていられないわ」蠟燭の炎に、眸が光っていた。

わたしは歩みよりながら、「なんでもいってください、チャニング先生」といった。

「手伝います」

ミス・チャニングは首を横に振り、「あなたにできることなんてないの、ヘンリー」と答えた。

わたしはすがりつかんばかりに、「なにかあるでしょう」とねばった。

ミス・チャニングの表情に、なんともいえない冷徹な色が忍びこみ、肌が石に変わるように、雰囲気が一転した。愛にどんな仕打ちを受けようとかならず乗りこえると、あの一瞬に決意したのかもしれない。すばやく後じさってわたしから離れると、隣の寝室へ入っていった。ベッドのわきにおいた本棚のそばに立つと、あの人は食いいるような冷たいまなざしで、それを見おろしていた。じきに、いちばん上の段からネックレスをとりあげると、白い鉤爪のような指でつかみ、こちらへもどってくる。「これを始末してちょうだい」ミス・チャニングはいった。

「でも、ミス・チャニング先生……」

ミス・チャニングはわたしの手をつかむと、開いた掌にネックレスを押しつけ、指をしっかり閉じさせた。「お願いはこれだけよ、ヘンリー」そうあの人はいった。

ほどなくわたしがミルフォード・コテージを去るころには、もう雨はあがっていた。玄関口に立つミス・チャニングを、後ろから部屋の灯りが照らしていた。わたしが道のカーブに差しかかっても、あの人はまだそこを動かなかった。カーブを曲がれば、わたしの姿は視界から消える。

濡れた地面をゆっくり踏みしめて、暗闇のなかを歩きながら、わたしは今しがたミス・チャニングの顔に見たものを思い、見てしまったものに心揺さぶられていた。リードとあの人が一度はわかちあった愛の無残な残骸。あんなミス・チャニングが以前の明るさをとりもどす方法はひとつしか考えられなかった。前々からはっきりしていたではないか――ふたりでリードのヨットで出港し、強い風に白い帆をはためかせてモノモイ・ポイントをまわり、波だつ涯てしない大海へ出ていく。

わたしは純然たる空想の世界にしばし閉じこもった。自分もいっしょに船に乗って一路南を目指し、キューバの沖合いに出れば、もう熱帯の海にカリブの風が吹きわたり、ミス・チャニングの顔は輝くばかりに灼けて、黒い髪が熱い潮風に吹き乱れる。舵をとるリードは足の傷も嘘のように治って、顔の傷もすっかり消えうせ、ニューイングランドの冬も、そこで凍てついた誓いの数々も、今のふたりを追ってはこられない。どこへも呼びもどすことはできない。

車のヘッドライトが近づき、急にわたしはプリマス通りに注意をもどした。ヘッドライトは一対の黄色い眼《まなこ》が獲物に忍びよるように、ゆっくりと近づいてきたが、わたしは射してくる光のまぶしさに目がくらみ、車が隣に停まってようやく、運転席に坐るのがリードだと気がついた。目は帽子の陰にかくれていた。

「乗りなさい」リードはいった。

わたしが乗りこむと、リードはすぐに車を出してプリマス通りを走っていったが、岐路に来ると左の道へ入り、ミルフォード・コテージの対岸の自宅へ向かっていった。

「こんなところでなにをしているんだ、ヘンリー？」

「ちょっと散歩に」

リードは道路から目を離さず、ハンドルに指をきつく巻きつけるようにしていた。「チャニング先生のところにいたのか？」

「ええ」わたしはいった。

「なぜまた？」

「散歩に出てきたら、とちゅうで雨が降りだしたんです。あそこで雨宿りさせてもらいました」

進む車の前に、黄色いライトがふた条射し、雨に光る道路をほの暗く照らしていた。

「彼女、きみにどういっていた？」リードがたずねてきた。

「今日の午後のことさ。灯台でのことだ」

わたしは首を振って、「いいえ、なにも」と答えた。

リードはすぐには信じかねるようだった。しばらく前方の道路に目をすえたまま、車を走らせていた。が、急にとてつもない重石をのせられたかのように、小さく肩をおとすのがわかった。リードはアクセルから足を離すと、ブレーキを踏みこみ、すると車はタイヤをすべらせて停まった。遠く夜の闇に、ぼうっとリードの家の灯りが浮かんでいた。「いっそ死んでくれたらと思うことがある」リードはかすれた声でいった。こちらに向きなおった顔は、ミス・チャニングの円柱のマスクほどに生気を失い、くすんだ色をしていた。

「もう家にお帰り、ヘンリー」リードがいったのはそれだけだった。

わたしはいわれたとおり帰ることにし、遠ざかるリードの車を見送った。にらみかえしてくる車のテールランプは、狂人の小さな目を思わせた。

つぎの日、リードは学校にあらわれなかったが、ミス・チャニングは登校してきた。なんともおごそかな雰囲気を漂わせ、ゆうべの動揺は徹底した自制心におさえこまれたようだった。

学期末試験の前の金曜日だった。チャタム校を辞めるミス・チャニングの授業がこの日で最後になることを、生徒たちはみな意識していた。老齢で退職したり、もっとよい働き口を見つけたりして去っていく教師たち、あるいは父が能力に見きりをつけて暇を出す教師も少数ながらいたが、最後には寸時をとって生徒に別れをいうのが習慣だった。たいていは、みなさんと過ごせて楽しかった、これからも便りを書きあおうなどと、手短に軽いあいさつをする。その日の授業が終わりに近づいたとき、わたしはミス・チャニングも同様のあいさつをして、チャタム校を辞めてからの身の処し方をそれとなく話すのだろうと思っていた。

ところが、あの人はそんなことはしなかった。例によってつっけんどんな口調で授業のポイントをざっとまとめ、生徒たちの質問もそっけないひと言で片づけて、およそ愛想のない答えをするばかりだった。「これで終わります」といったのは、終業のベルが鳴るほんの少し前だった。そして、さっさと通路を歩きだし、教室のドア口に立った。

ベルが鳴り、わたしたちも席を立ってドアに向かうと、ミス・チャニングはつぎつぎと出ていく生徒ひとりひとりにうなずきかけ、やっと聞こえるほどの小声で短く、〝さよなら〟とだけ別れの言葉をかけた。

「お別れ、まだいわなくてもいいでしょう」ドアを出ながら、わたしはいった。「日曜にまたサラとお宅へうかがいます」

ミス・チャニングはあっさりとうなずいた。「ええ、いらっしゃい」それだけいうと、わたしの後ろにつづく生徒にさっそく視線を移し、「さよなら、ウィリアム」といった。ウィリアムは前に進みでて握手をした。

ミス・チャニングはそれから一日、この九か月のあいだ、教室兼アトリエに使ってきた小さな離れ屋を片づけて過ごした。自分の持ってきた画材などをしまい、塑像台をすみに重ね、テーブルに掛けた垂れよけ布をたたむ。このテーブルで型をとったマスクも、今は前庭に建つ円柱を飾っていた。

午後の四時には、仕事もだいたいはかどり、最後のこまごました整理に没頭していたようだ。窓ガラスを夢中で拭いている姿を見たと、ミセス・ベントンがパーソンズ検事とハミルトン警部に話している。また、夕方近く、校庭が薄墨の色に染まるころ、教室の明りが消え、美術室から出てきたミス・チャニングがドアを閉めるところを、ミセス・アーバクラムビーが目にしている。ミス・チャニングは一度振りむいて、ガラス窓からなかをのぞきこむようにしていたが、じきに背をむけて歩きだしたという。その直後には、前庭の芝生にたたずむ光景を、マートル通りの豪邸に住む地元銀行家ティラーが見かけている。彼女は円柱のわきに立ち、指でそっとマスクに触れていたらしい。そうしてもう陽が暮れるというころ、はるかな水平線にはひと条の嵐雲が動きだしていたが、校舎の正面口から出てきた父がなにげなく左手に目をやると、そびえる白い灯台を背にたたずむミス・チャニングの姿が崖の縁にあった。長い黒髪を嵐に吹き乱して、暮れかたの海を見わたしていたという。

明けて翌日の一九二七年五月二十八日の土曜日、ミス・チャニングの姿を見かけたものはひとりもいない。十一時ごろ配達に行ったときもコテージに人の気配はまったくなかったと、村の郵便配達人はいった。マーカス・ロウという猟師は、二日前に岬を襲った驟雨《しゅうう》とおなじく急な雷雨に降られ、ミルフォード・コテージの小さなポーチに半時間近くいたが、家に人の立ち動く物音はいっさい聞こえなかったという。ランプのひとつもついていませんでした。彼はそうつけたした。黒池の畔《ほとり》には、もう夕闇がおりていたというのに。

第二十五章

あの学期末試験前の金曜日に学校を出たときから、翌々日の日曜の朝、サラが最後のレッスンに訪れるまで、ミス・チャニングの姿を見かけたものはいないようだった。

夜の嵐が過ぎると、朝の空はからりと晴れあがり、蒸し暑いほどの陽気のなか、わたしたちはプリマス通りを歩いていった。サラは二日前に運動場のすみでわたしがついた悪態など、忘れてしまったかに見えた。一度などは道を歩きながら、わたしの腕をとって軽く握ってきた。あっけらかんと堂々としたもので、一年前の引っこみ思案の娘はすっかり影をひそめていた。

「チャニング先生がいなくなるなんて、がっかりだわ」サラはいった。「けど、勉強はやめないつもり」

サラはもう読み書きの基礎はマスターしており、ここ何週間かは、キッチンの椅子で膝に本を開いて、あのきれいな目でページをにらんでいる場をときどき見かけるようになっていた。少し読んではつっかえているようだったが、おおむね予想どおりの成果はあげていただろう。なにしろ、このままだと平凡な暮らしに押しこめられるという危機感が強いうえ、あの向上心と頑張りである。

サラはわたしの腕を放すと、決意のみなぎる目を向け、「あたし、なにがなんでも夢をかなえてみせる」といった。

その朝のサラはミス・チャニングへの敬意だろうか、ずいぶんかしこまった格好をしていた。白いブラウスに深い緋色のスカートをはいて、髪は自然におろしており、肩と背中に長い黒髪が波打っていた。クッキーとパイだけでなく、特別な贈り物も用意してきた。金の房飾りのついた濃紺のショール――チャタムのスクールカラーを使った手編みのショールだった。

「チャニング先生、気にいってくれると思う？」サラはそれをバスケットからとりだしながら、まじめな顔で訊いてきた。

わたしは肩をすくめ、「どうかな」と答えた。金曜の最後の授業で、あの人がひどくよそよそしく不機嫌だったこと、帰っていく生徒たちにそっけなくうなずきかけるばかりだったのを思いだしたのだ。とはいえ、そんな態度も、先おとといの晩に見た苦悩にくらべればましだという気がした。わたしの手にネックレスを押しつけてきたときの目、〝これを始末してちょうだい〟といったときの冷たい声の響き。

ところが、わたしはまだネックレスを始末せずに持っており、サラといっしょにプリマス通りの岐れ路に来るころには、それが気になって気になって、ズボンのポケットから小さな蛇が外へ出たがって、のたくっているみたいな感じがしてきた。

わたしは腹を決めて、急に立ち止まった。

「どうしたの、ヘンリー？」サラが訊いてきた。

気がつくと、片手がポケットのなかにすべりこみ、指にガラス珠のネックレスを巻きつけていた。「リード先生のところへ寄らないといけないんだ」わたしはいった。

「リード先生のところへ？　どうして？」

「わたすものがあるんだよ。チャニング先生のところへは、そのあとで行く」

サラはうなずくと、二股の道をミルフォード・コテージへ歩いていき、わたしはリードの家につづく道に進んでいった。

わたしはものの数分で、リードのうちに着いた。車道には例のセダンが駐まっていたが、庭に人気《ひとけ》はなく、家のなかも物音ひとつしなかった。

そのとき、遠くに建つ灰色の小屋から、アビゲイル・リードが出てくるのが目に入った。雑草がうっそうと繁るなかを、軀を重たげに揺すってやってきたが、考え事でもしているらしく、玄関の階段のそばに来るまで顔もあげなかった。

「おはようございます、ミセス・リード」わたしは声をかけた。

アビゲイルはぎくっとして急に足を止め、まぶしい朝の日射しに手をかざして目をおおうと、なぜか警戒したような顔で見つめてきた。森のなかをよぎる影や、ドアの陰にひそむものでもふいに目にしたような顔だった。

「ヘンリー・グリズウォルドです」わたしは念のために名乗った。「いつかお会いした——」

「憶えてるわよ」アビゲイルはいいながら、まるで殴られるのを察して身がまえるように、急に顎をぐっと持ちあげた。「うちの人のヨット造りを手伝っていた子ね」

わたしはその声に非難めいたものを感じたが、なにくわぬ顔をすることにした。「リード先生はいますか？」

そう訊いたとたん、アビゲイルは滅入ったような顔になった。「いませんよ」いきおい声に苛立ちがつのる。「どこかへ散歩にでも出かけたんでしょう」と、池のほうをさっと見やった。遠く向こう岸には、白いコテージが建っていた。「どこに行ったんだか」

「いつごろもどるか、ご存じですか？」

「さあ、いつごろだろうね」そう答える態度はますます苛立ちを強め、刺々しくなった。

いきなり赤毛の眉が片方つりあがったと思うと、末期の息のようにゆっくりとさがる。「あんたはなにしに来たの？」と、追いつめられたような目でわたしの顔を窺う。命を狙って高みから襲いかかる黒鳥でも見るような目だった。「なんの用？」

「リード先生に会いたいと思って」

アビゲイルはまたなにか思ったらしく、だしぬけにべつな話をもちだしてきた。「うちの人、家を出るつもりなの？」そういってにらんでくる目は、猛々しい憎しみに満ち、声はか細く、ぴんと張りつめた針金のようだった。「わたしとメアリを棄てて？」そういいながら、首を左の池のほうへ傾ける。「あの女と駆け落ちする気なの？」

わたしは肩をすくめた。「ぼくは……なにも……」

突然、なにかがアビゲイルの心に火をつけたようだった。「なにも、あの人が初めてじゃないからね。わたしを棄てるのは」

わたしはなにもいわなかった。

アビゲイルはわたしのことを不安げに見つめている。わたしがただの子どもではなく、どこからともなく送りこまれてきた下手人とでも思っているのか。わたしの手が握っているのが細いガラス珠のネックレスではなく、灰色のロープとナイフの金属の柄だとでも。

「先生の顔を見にきただけなんです」わたしはいった。「またあとで来ます」

アビゲイルは目に角をたててにらんできた。「もうあんなことは二度とごめんだって、あの人に伝えてよ」と、遠くのだれかに話しかけるように、大声でわめきちらす。「すぐに帰るといったくせに」

「きっともうじきに帰ってきますよ」わたしはいった。

アビゲイルは深い惑乱に心閉ざしたように、黙りこくっていた。狂気の兆す目をさまよわせ、古ぼけたエプロンのほか焦点が定まらないのか、それを指でしごいたりよじったりしだした。

こんな光景を見るかぎり、この人がふたたびリードを腕に抱いてベッドに誘《いざな》ったり、雪の日の午下がりに森をつれだって散歩したりすることがあるとは、とうてい思えなかった。どろりとしたチャウダーを食べながら、一生この女と暮らす。どうすればリードに、そんなことができるだろう？　テーブルの向かいからリードをじっと見つめ、ラードの値段のことをしゃべりながら、じつは夫の裏切りのことしか考えていない女。

突然、そんな運命に対するもうひとつの道が、いつになく力強く押しだされてきた。灯台から飛びだしてくるミス・チャニング、その隣にならぶリード。ふたりは海沿いの道を駆けおり、通りを走りぬけ、とうとう〈エリザベス〉号にたどりつく。大きな帆が雄壮にはためき、貿易風がふたりを運びさる白い雄馬のように待っている。

そんな至高の啓示がおりてきた瞬間、答えは自然と出た。だれか他人が手を貸すべきなのだ。だれかがふたりを解放してやらねばならない。ミス・チャニングとリードはチャタム校という地下牢に幽閉されてなすすべもなく、うちの父はいかめしい典獄、リード夫人は門衛だった。ふたりのロマンスの真の英雄となって、鉄の鍵をまわし、重いドアを引きあける役目は、わたしにかかっていた。

わたしはアビゲイル・リードの目をまともに見て、切りだした。「あのふたりを行かせてあげてほしいんだ、ミセス・リード。ふたりは自由になりたがっている」

アビゲイルのまなざしは凍りつき、顔がこわばって、まるでロープをよじったような面相になった。「なんですって？」

「ふたりは自由になりたがっている」わたしは自分で自分の大胆さに面食らいつつも、度胸がすわってきて、そうくりかえした。

アビゲイル・リードは硬い顔で、わたしをにらみすえた。「自由に？」

わたしは池を振りかえった。遠くに、ミルフォード・コテージの裏手に立つヤナギの木が見え、桟橋が水の上にのびていた。ミス・チャニングが震える手をリードの頬に押しつけたときのこと、彼女の指を感じたリードの目を、わたしは思いだした。

あのときのふたりの姿がわたしの気持ちにいっそう拍車をかけた。「そうです」わたしは冷たくいった。「自由になるのが、ふたりの望みなんだ。チャニング先生とリード先生の」

一瞬、アビゲイルは、なにもいわずにわたしを見つめていた。目は妙にどんよりとして、顔はこん棒で叩きのめされたように、のっぺりとむくんで見えた。つづいて、首にかかった縄が引きしぼられるように軀がこわばり、くるりと背を向けたアビゲイルは駆けだしていきながら、〝メアリ、うちへ入りなさい〟と大声を出した。周囲の森にその声がこだまするなか、アビゲイルは玄関の階段を早足にあがり、家の奥へ消えた。まもなく幼い娘が庭のすみから飛んできて木の階段をあがり、楽しそうに笑い声をたてながら、真っ暗な家のなかへ姿を消した。

ミス・チャニングとサラのいるコテージに、やや遅れてわたしは到着したが、ふたりに迎えられながらもまだ緊張がほぐれず、大仕事をやりとげたという手応えに、われながら畏れをなしていた。

サラはわたしの到着を待って、ミス・チャニングにプレゼントをわたそうとしていたらしい。「これ、もらってください」と、うれしそうに微笑みながら、バスケットのなかのショールをとりだした。

「ありがとう」ミス・チャニングは赤ん坊でも抱きとるように、そっとショールを受けとった。「すてきだわ、サラ」

わたしたちがいたのは、コテージの居間だった。ミス・チャニングの持ち物はすっかりまとめられ、一年近く前にわたしが運んできたあの革製の旅行鞄におさまっていた。そこに、こちらに来てから増えたわずかなものが、いくつかの箱に詰められている。この荷物をリードの船に積みこむ場面をわたしは想像し、月下のマリーナを出港してチャタム校から永久に姿を消すふたりに、桟橋から手を振る自分を思い描いた。

「わたしも贈り物があるのよ」ミス・チャニングはサラにいった。寝室へ入っていくと、アフリカのものらしいブレスレットを手にもどってきた。朝の陽に、色鮮やかなビーズがきらめいている。「よく勉強したごほうびに」あの人はいって、それをサラに手わたした。

サラの目が大きく瞠《みは》られた。「ありがとう、チャニング先生」といって、さっそく手にはめてみる。

ミス・チャニングはあっさりうなずくと、「さあ、今日のレッスンよ」といった。

ふたりは窓辺のテーブルの椅子に腰をおろした。サラが読本をそろえるあいだ、ミス・チャニングは、先週の日曜に出した書取りの宿題に目をとおしていく。

わたしはレッスンを始めたふたりを残して、なんとなく池の畔まで足を向けた。遠い木立になかばかくれて、リードの家が見え、車道にはセダンがしんと駐まっていた。一時間ほどしてまだ水辺にいると、サラとミス・チャニングが歩いてくるのが目に入った。サラは稽古のあとの例にもれず、さかんにしゃべりたてていた。

「これからどこへ行くんですか？」サラはミス・チャニングに訊いた。

ミス・チャニングがいともさらりと答えたのは意外だった。なにしろ、わが家ではこの人の身の振りが話題にのぼることは、いまだなかったのだ。

「たぶんボストンへ」ミス・チャニングはいった。「少なくとも、しばらくはね」

サラは笑顔で目を輝かせ、「今度は大きな街ですね」といった。「おちついたら、どうするおつもりですか？」

ミス・チャニングは肩をすくめた。「とくに決めていないの」あまりふれてほしくない話題のようだった。話をそらすかのように、わたしにこういった。「ヘンリー、わたし、学校の図書室から本を何冊か借りているのよ。返しておいていただけない？」

「いいですよ、チャニング先生」

あの人は背を向けてコテージへもどりだしたが、やたらと足早に歩くので、こちらもせっせと歩かなければ、おいていかれそうだった。家のなかへ入ると、すぐミス・チャニングは寝室から本の詰まった箱を持ちだしてきた。「ヘンリー、いつかの晩、せっかく来てくれたのに、わたしったら、あんなふうでごめんなさいね」そういって、本の箱を手わたしてくる。

「謝ることなんてありません、チャニング先生」わたしはいいながら、内心得意になっていた。じきにこの人は、どれほどわたしに感謝することになるだろう。とうとうこのわたしが最終手段に訴えて、彼女にもリードにもできなかったことをやりとげ、ふたりをチャタムに縛りつけている重い鎖を断ち切ったのだから。

そのあと、わたしたちはまたコテージを出て、ヤナギの木陰にならんでたたずんだ。もう真昼も近く、あたりは風もなく静かで、湿った地面に長くたれるヤナギの細枝は、そよとも動かなかった。右手に目をやると、サラが木の古い栈橋へ歩いていくのが見えた。先のほうまで行くと、橋のぐらつきが気になるのか、ちょっとばかり進みあぐねていたが、やはり端まで出ていった。一張羅を身にまとい、すらりと背《せい》の伸びた立ち姿だ。

「サラをよろしくお願いね」ミス・チャニングはヤナギの木陰からサラを見つめながらいった。

「勉強がつづくよう、励ましてやって」

「たいして励ます必要もないですよ、きっと」わたしはいい、池の向こう岸に建つリードの家を見やった。ふいにその玄関の階段にミセス・リードがあらわれ、メアリを手荒に引きずるようにして駆けおりてきた。階段の下まで来ると、いったん立ち止まり、なにか答えでも探すように、あたりをきょろきょろ見まわしていた。けっきょくは左へ向くと、小屋のほうへ足を速めて歩きだし、その横をメアリが駆け足でついていく。

いったん、ふたりの姿は木の間隠れに消えた。じきにアビゲイル・リードだけがまた姿をあらわし、ぎくしゃくした足どりで車に乗り込むと、すぐに発車した。ふとミス・チャニングの顔を横目で見ると、あの人も池の対岸を眺めやり、おなじ場面を見ていた。

「頭がおかしいんだ」わたしはいった。「リード先生の奥さんて」

ミス・チャニングはこちらに顔を振りむけてきた。なにかいいかけて、口をつぐむ。胸になにかわだかまってきたのだろう。ミセス・リードのことであいづちのひとつも打つかと思ったが、そんなことはひとつも口にせず、「お父さんをよく見習うのよ、ヘンリー」といった。「りっぱな人におなりなさい。お父さんのようにね」

わたしはミス・チャニングが父に手向《たむ》けた賛辞にショックを受け、あの人の顔を見かえしながら、なにか父の評価を下げる手はないかと必死で智恵をしぼった。ところが、なにをいっても、逆にこちらが見損なわれるだけだろう。そこをうまく避けられる言葉は思いつかなかった。わたしたちは池を見はらして、おたがい無言でいたが、まもなくプリマス通りから近づく車の音が聞こえてきた。エンジンをうるさく吹かす音は、車が近づくにつれてしだいに大きくなり、とうとうあたりを揺るがすほどの轟音になった。

右手を見ると、もうもうと白い煙をたてて車がやってくる。その古い車はわたしたちの目の前を大きな黒い壁となって走りすぎ、草の繁る岸辺をそのまま疾走していくと、左右に大きく揺れながら、正気とは思えないスピードで、ぐらつく木の桟橋へつっこんでいった。

総毛だつような一瞬、わたしはその場に凍てついて動けず、円柱を飾るデスマスクのように、ただ目をむいていた。やがてミス・チャニングの悲鳴とともに世界がまた動きだし、はっと振りかえるサラの姿、彼女をよけるように急角度で右へぶれる車体が目に映った。だが、遅すぎた。車はフルスピードでサラをはね、サラの軀はボンネットの左側を転がって池の水に投げだされ、車は彼女の身をかするようにして飛びすぎ、巨大な黒鳥のように桟橋の突端から躍りでたが、羽もなく身の重いその鳥は、黒池へ真っ逆さまにつっこむと、恐ろしい速さで沈んでいき、後ろのタイヤだけが最後まで狂ったように回転して、夏の池に銀の水のアーチを描くことになった。

わたしたちは同時に駆けだした。ミス・チャニングはいきなり池に飛びこむと、水中にもぐり、傷ついたサラの軀を腕に抱いてあがってきた。わたしも桟橋の突端へ走り、まだ大きく波だつ水のなかへ飛びこんだ。

ものの一、二分で水面《みなも》にあがったわたしは、軀をびしょ濡れにして震え、水中で見たおぞましい光景を目に焼きつけていた。見れば岸辺には、ミス・チャニングがサラを腕にかき抱いてへたりこんでいる。

「リード先生の奥さんが」わたしは水から軀を引きあげながらいった。

ミス・チャニングはショックと煩悶のまじった目で、わたしを見た。「あのひと、死んだ？」

「はい」その答えはもはやあの虚脱感に凝《こご》り、以来わたしはそれとともに生きるようになった。

第二十六章

水からあがったあとなにがどうなったのか、今もって正確に思いだせない。たしか、岸辺にすわりこむミス・チャニングに駆けよると、あの人は濡れねずみになって震えながら、膝にサラの頭を抱いていた。せめて憶えているのは、近づいていきながら見たサラの目だ。その目は開かれて虚《うつ》ろに宙をにらんでいたが、まぶたがゆっくり閉じてまた開き、「助かるかもしれない」という希望が、わたしの心に大きく頭をもたげた。

全身濡れそぼって、髪の毛を目にたらし、そんな格好でプリマス通りをどれほど歩いたろうか。わたしは初めて行きあった車に手をあげて停めた。車を運転していたその老人——村のクランベリー農園主とあとでわかったその人は、初めのうちこそうろんな目でわたしを見ていたが、そこの黒池で事故があったから医者と警察を呼んでほしい、とにかく急いでほしいと、しどろもどろに伝えると、態度が変わった。はじかれたように動きだすさまの敏捷なことといったら、一大事に出くわしていっきに若返ったように見えた。「すぐもどるからな、坊主」老人はそう約束すると、古ぼけた灰色の車を飛ばして、チャタムの村へ向かっていった。

わたしはすぐミルフォード・コテージに駆けもどった。ミス・チャニングはさっき残していった場所で、まだサラを腕に抱いていた。サラは息はあったが、すでに意識を失い、目を閉じてゴロゴロと弱い息をしている。左腕の肘は皮膚がやぶれて白い骨が一本、矢じりのように飛びだしていたが、そのほかは無傷のようだった。

坐りこむわたしたちの周囲はおよそ静かで、池の岸を打つ細波《さざなみ》の音と、木の間をわたる風の鳴りがたまに聞こえなければ、現実に事故が起きてサラがはねられ、黒池の水の下ではアビゲイル・リードが車のハンドルにつっぷしていることなど、嘘のように忘れてしまいそうだった。

最初に到着したのは、クレイドック医師だった。つややかな新車のセダンが、プリマス通りを猛スピードでやってきて、ミルフォード・コテージの前にタイヤをきしらせて停まる。医師は黒革の鞄を手に車を飛びだすなり、こちらへ一直線に向かってきた。

「いったい何事だ？」クレイドックはそう訊きながら膝をつき、サラの腕をつかんで脈をとりはじめた。

「車に……」わたしはいいよどんだ。「車にはねられたんです」

医師はサラの腕を放すと、手早く革鞄を開いて聴診器をとりだし、「どの車だ？」と訊いてきた。

ミス・チャニングはわたしの答えを待ちながら、池のほうへ目をやっている。

「池のなかなんです」わたしはいった。「沈んだんです。桟橋から飛びだして……」

クレイドック医師はちらっとこちらを見ながら、サラの胸に聴診器を押しあてた。「で、そちらの女性が運転していたんだな？」

「いいえ」わたしはいった。「車にはべつな人が」

そのとき医師の顔に初めて兆した戦慄の薄光は灰色の霧のように広がって、まもなくチャタムの村をおおいつくすことになる。

「女の人です」わたしは名を口にできず、そうつけたした。アビゲイル・リードを早々に記憶から消しさろうとしていたのか。「死んでいます」

「たしかなのか？」

「はい」

医師は聴診器を鞄にもどすと、今度は皮下注射器と、透明な液体の入ったアンプルをとりだし、「きみはどうだ、怪我はないのか？」と訊いてきた。

「ありません」

医師はミス・チャニングのほうを見た。「おたくは？」と、アンプルに注射針をさしながら訊き、サラの腕に銀の針先をあてる。

「はい、無事です」そう答えたミス・チャニングの顔は、深くはかりしれない哀しみに翳っていた。それ以来、あの人の顔からそんな影が消えることはなかった。

「その車の女性というのは」クレイドック医師はいった。「いったいだれなんだ？」

「アビゲイル・リード」ミス・チャニングは答えると、サラを見おろし、濡れてつやめく髪を後ろにはらいのけてやった。「それから、この子はサラ・ドイルです」

すでにサラが運びだされたころ、マサチューセッツ州警察のローレンス・P・ハミルトン警部がミルフォード・コテージに到着した。銀髪に長軀の痩せた男で、物腰にやけに品格があったが、身にしみついたようなこの厳《いか》めしさは、おそらく数々目の当たりにしてきた悪しき物事の産物だろう。

警部は、ミス・チャニングとわたしがコテージの外にいるところへ到着した。先日までは人気《ひとけ》のなかった芝生の庭に、今や村の駐在や検屍官、チャタムの都市行政委員四名のうちの二人をふくむ人々が点々とし、ちっぽけな村の官界はそのエンジンをはや始動させていた。

ハミルトン警部がそんな村社会の一員でないことは、どのふるまいひとつをとっても察せられた。チャタム村の、いやコッド岬の枠さえはるかにこえた、幅広い権威を匂わせるものが、その人にはあったのだ。それは、こちらに向かってくる悠然たる足どりにも見てとれたし、話す声にみなぎる威厳にも、あらかじめ答えをわかって質問しているようなあたりにも感じられた。

「きみがヘンリー・グリズウォルドだな?」警部はわたしにたずねた。

「はい」

つぎに警部はミス・チャニングを見た。「このコテージの住人はあなただね、ミス・チャニング?」

ミス・チャニングは無言でうなずき、急に寒気でもしたのか、軀に両腕を巻きつけた。

「事情はおおむね聞いている」ハミルトン警部はいい、「事故のことだが」と、池に目をやった。牽引車が水際まで退がり、水着をきた男が右手に重そうなチェーンを持って、池のなかへ入っていく。

「これから車を牽《ひ》きあげる」ハミルトン警部はわたしたちに告げた。

池に入った男は軀をまるめるようにして水中に消え、もちあがった足が小さく白い泡をたてた。

「ご主人がいるはずだが」ハミルトン警部はいった。「レランド・リードという人だね？」

妙といえば妙だが、わたしはそのときまで、リードのことは頭に浮かばなかった。警部がつづけて挙げた人物のことも忘れていた。

「それから、幼い子がいると聞いている。娘だとか。ふたりとも、見かけなかったか？」

「いいえ」

「車に同乗していた可能性は？」

わたしは首を振った。「ないと思います」

「そうか、あちらの家にはだれもいないようなのだ」ハミルトン警部はいって、池の向こうに顎をしゃくった。「ご主人と娘の居場所に心当たりは？」

わたしはリード家で最後に見た場面を思いおこした。庭の芝生をつき進んでいくミセス・リード、そのわきを駆けるようについていくメアリ。ふたりはあの古い鼠色の小屋に向かっていた。

「ひとつ思いあたります」わたしはいった。

それを聞いたハミルトン警部は意外そうな顔をした。「ほう？」

「小屋のなかです」わたしはいった。

「小屋というと？」

「家から百五十メートルぐらい離れたところに、小屋があるんです」

ハミルトン警部はわたしの顔をしげしげと見つめた。「案内してくれるか、ヘンリー？」

わたしはうなずいて、「はい」といったが、リードの家に舞いもどることを思っただけで、恐ろしく寒気がした。

ハミルトン警部はミス・チャニングの顔をちらっと見て、帽子のまびさしに手を触れ、「またあとで話そう」というと、わたしの手をとって道へつれだした。

ハミルトン警部とわたしは黒池の畔《ほとり》をめぐる小道を歩いていった。それは、翌八月、警部が法廷で証言するとおりである。木立のなかに建つ小屋はドアを固く閉ざし、錆びついた大きなアイボルトで外側から錠をおろされていた。

ほんの何メートルか手前まで近づくと、なかから音が聞こえてきた。低くはっきりしないが、子猫か小犬の小さな鳴き声のようだった。

「きみは退がっていろ」ドアの前まで行くと、ハミルトン警部はいった。

わたしはいわれたとおり退がると、警部が小屋のドアを開けてなかをのぞくのを、少し離れて見ていた。「怖がらないで」という声がして、警部は小屋に踏みこんでいった。まもなく光のもとへ出てきた彼は、メアリを腕に抱いていた。少女は衣服を汗でぐっしょり濡らし、肩にかかる長いブロンドの髪をもつれさせ、おびえたように青い眸でハミルトン警部を見あげると、聞きとれないほどの小声で、〝母さんはどこ？〟とだけ訊いた。その答えは、心ない生徒たちの戯《ざ》れ歌によって、以後えんえんと聞かされることになる。

母さんの行き先
黒池の底
悪魔のおんなが
溺れさせた

ハミルトン警部とわたしがミルフォード・コテージにもどってみると、すでにリードの車は牽きあげられていた。アビゲイル・リードの遺体は運びだされ、あとで聞いたところによると、ヘンソンの斎場に移されたという。シーツ一枚かけただけの姿で、鉄の台に横たわって。

ミス・チャニングとわたしがコテージのおもてにいると、そこへうちの父がやってきた。めまいでも起こしそうな顔で、こちらに向かってくる。

「どういうことだ。間違いないのか、ヘンリー？」父はわたしの顔を見すえて訊いてきた。

わたしはうなずいた。

父がミス・チャニングのほうに目を移したとたん、その顔にただならぬ不安がよぎった。この黒池からは、まだまだ善からぬことを知るはめになる。そう実感したのだろう。父はなにもいわず前に進みでると、あの人の腕をとってコテージへ誘《いざな》った。ふたりはなかに引きこもると、父が暖炉のわきに立ち、椅子に坐ったミス・チャニングが父を見あげる格好で、差しで話しこんでいた。

父たちがまた外へ出てきたころ、ハミルトン警部がまたコテージにやってきた。父に会釈をする警部の態度からすると、もともと知った仲だったのだろう。

「じつに勇敢な息子さんだ、グリズウォルド校長」ハミルトン警部はいった。「彼女を救おうと力をつくしてくれた」

わたしはゆっくり目が閉じてしまい、緑色に濁った水の向こうから凝視してくるリード夫人の顔が浮かんできた。

「車に故障はなかったようだ」ハミルトン警部はわたしたち三人に向けてつづけた。「ブレーキやハンドルに異状はない。なにも……事故の起きる理由が見あたらない。ヘンリー、車が通過していったとき、運転席にミセス・リードの姿は見えたか？」

わたしは首を振った。「見えたのは車だけなんです」

ハミルトン警部がまた質問をしようとしたところで、父が割って入った。「息子がミセス・リードを見たとか見ないとか」

「そんなことがなぜ重要なんです。警部？」父はたずねた。「車に異状がないとすれば、つぎは運転者になにかあったのでは、と疑うわけですよ」と、警部は肩をすくめた。「つまり、心臓発作であるとか、あんなふうにコントロールを失う理由ですな」

いっとき、だれもが黙りこんだ。ハミルトン警部はミス・チャニングに視線を向けた。

「あのサラ・ドイルという若い娘だが、ミセス・リードは彼女を知っていたのだろうか？」

ミス・チャニングはかぶりを振った。「知らなかったと思います」

ハミルトン警部はその答えを心のなかで反芻しているらしく、ある結論にたっしてから、つぎの考えに駒を進めたようだった。「では、あなたのことはどうです、ミス・チャニング？　ミセス・リードはあなたを知っていた？」

「いえ、ほとんど」

「このコテージに訪ねてきたことは？」

「ありません」

警部の視線はゆっくりと道路に向き、つかのまそこにとどまってから、またミス・チャニングのほうへもどった。「ふむ、ミセス・リードがあなたを知らないのなら、なぜこんなところまで来たんだろうな?」警部はたずねた。「行き止まりだ、そうでしょう。あなたとまるきりつきあいがないなら、ミス・チャニング、彼女はなぜここへ向かったのか?」

ミス・チャニングには、こう答えるしかなかったにちがいない。「わかりかねます、ハミルトン警部」あの人はそう答えた。

すると父が急にわたしの腕を引いて、後ろへ退き、「もう息子を家に帰さねばなりません」と弁明した。「服を着替えさせませんと」

ハミルトン警部は引きとめようとせず、すぐさまわたしたちは父の車に乗りこんだ。午後も闌《た》け、あたりの空気は嘘のようにまぶしく澄んでいた。バックする車から見ていると、ハミルトン警部は帽子に手を触れてミス・チャニングにあいさつをすると、その場を離れて桟橋へ向かっていった。桟橋の突端には、ダークスーツを着てホンブルグ帽を目深にかぶったパーソンズ検事が、水面を見わたしてたたずんでいた。

第二十七章

家に帰りついたとたん、父はすぐに着替えて階下へ来いと、わたしに命じた。サラはクレイドックの医院に運ばれた、一刻も早く家族そろって見舞いに行かねばならない、という。一度はびしょ濡れになった服も、今は湿ったていどに乾いており、わたしが言いつけどおりそそくさと着替えて、階下へ飛んでいくと、父は玄関ポーチでじりじりしながら待っており、母はすでに車に乗りこんでいた。

「よくないことになるって、母さんにはわかってた」母はわたしが後部座席に乗りこむと、そういった。「女にはわかるものですからね」

クレイドック医院は、チャタムの東端に建つ大きな屋敷の一角にあった。かつては裕福な船長の邸宅だったが、今では小さいなりとも病院の役割をはたし、二階に病室もそなえていた。

玄関でわたしたちを出迎えた医師は、長い白衣を着て、首から聴診器をさげていた。

「あの子の容態は？」父はさっそくたずねた。

「まだ意識がもどらん」クレイドック医師は答えた。「最悪の事態も覚悟なさったほうがいい」

「まさか、死ぬようなことも？」

クレイドック医師はうなずいた。「ショック状態だ。これが、きわめてやっかいなものでね」

医師に手招きされてなかへ入り、階上へあがってみると、患者用のベッドにサラが横たわっていた。まだ目は閉じていたが、まぶたの裏に動きはなく、呼吸は速くて不安定だった。

「ひどいことになって」母は低い声でいって、ベッドに歩みよった。「かわいそうに、サラ」

横たわる姿を見ているぶんには、危篤状態とはとても思えなかった。顔には傷もなく、眠り姫のように愛らしく、長い黒髪はきれいに梳《くしけず》られていたが、これはクレイドック医師が手ずからしたこととあとから知った。なんとも心優しい気づかいだったと、わたしはおりにふれて思いだす。

父も進みでてサラの頬に触れ、その手を引っこめると、クレイドック医師に向きなおった。「どれぐらいでわかるもんですか……その、回復するかどうかは?」

「それは、なんともいえない」クレイドックは答えた。「脳に損傷がなければ、もしかすると――」といったが、空頼《そらだの》みをさせたくなかったのだろう、そこで言葉を切った。「この数時間のうちに、もう少しはっきりするだろう」

「なにか変化があったら知らせてください。あるいは、こちらでなにかできるようなことが出てきたら」父はいった。

クレイドック医師はうなずいた。「この子はお宅へ上がってどれぐらいになる?」

「そろそろ二年になりますか」父は答え、優しいまなざしでサラを見おろした。「愛らしい子です。利発で、勉強熱心で、読み書きを習っておったのです」

ほんの何時間か前には、あんなに生きいきとして、ミス・チャニングのレッスンでの進歩に得意になり、上達のほうびにもらった勲章のように、アフリカのブレスレットを手首につけていた。こうしてベッドのわきからサラを見ていると、そんな姿は想像しがたかった。これほど人の生がはかなげに感じられたことはなかった。こんなに物理的なものなのか。ふいに襲ってくる恐るべき事故や病気、あるいは時間という見えない魔手にさえ、抗することができない。わたしたちの宿る生とは、ちっぽけな光の点みたいなものなのだ。一閃の光が射すごとくのはかない意識。とてつもなく脆《もろ》くはかなく弱々しく、大人《たいじん》の生も小人《しょうじん》の生も、か細い息の糸でそっとつながれているにすぎない。

その午後、わたしたちは冷たい沈黙のなか家路についた。助手席に坐る母は陰険に腹をたて、父は道路に目をすえていた。起きたばかりの惨事を自分なりに咀嚼《そしゃく》して、しかるべき意味を見いだし、なにがしかの恩寵《おんちょう》もあると思いこもうとしていたにちがいない。

わたしはといえば、黒池でサラとミセス・リードの身に起きたことを考えるのも、そんな惨劇を思い浮かべることも、砕けたサラの骨や、アビゲイル・リードの断末魔の喘ぎを想像することも耐えられなかった。

だから、わたしはミス・チャニングのことだけを考え、あの人がコテージにひとりでいる姿や、近くの森をさまよっている図を思い描いた。こんな状況であの人をひとりにしておくのは、あんまりな気がした。マートル通りに近づくと、わたしはこう切りだした。

「チャニング先生はどうしてるだろう？　ぼくたちなにかしてあげるべきじゃ……」

「チャニング先生だって？」母がだしぬけにいい、首をこちらにひねってきた。

「うん」

「あの女がどうしたというの？」

「だって、ひとりぼっちだろう。つれてきたらどうかと思って……」

「うちへ？」母の声が尖った。「ここへつれてくるっていうの？　このわが家へ？」

わたしは助け船を求めて、父のほうを見たが、父は口を閉ざして道路を見すえているばかりだった。母の烈火の怒りを食らいたくなかったのだろう。

「あの女には、二度とうちの敷居をまたがせませんよ」母はいいはなった。「わかったね、ヘンリー？」

わたしは力なくうなずいて、それきり口をつぐんだ。

夜が訪れるころ、マートル通りのわが家はすっかり陰気くさくなっていたから、ぬけだせたときにはほっとした。父はクレイドック医院の前でわたしを車からおろすと、夜中には交代が来るから、とだけいった。

医師がみずから玄関に出てきた。サラの容態は変化はない、そこそこおちついているという。「廊下のつきあたりに看護婦がいる」医師はそうつづけた。「サラが苦しそうにしたら、すぐに呼ぶんだぞ」

「はい」そうわたしは答え、医師が階下へおりて車に乗りこみ、出発していくのを見送った。

サラは腰のあたりまでシーツを掛け、骨の砕けた腕にギプスをはめて、午後と同じ格好であおむけに横たわっていた。ベッドサイドのランプの灯りに浮かぶ顔からは、あのルビー色の輝きがすっかり失せ、死人のような蒼白に変わっている。

わたしはサラの顔を眺め、指の先でそのこめかみに触れてから、夜通しつきそうべく窓辺の椅子に腰をおろした。本を一冊持ってきていた。学校の図書室のとぼしい蔵書から、入念にえらんできたぶ厚い海洋小説だった。これなら読むのに熱中できる。物語で頭をいっぱいにして、よけいなことは考えずにすむ。そう思いながら抜きだしてきたのだ。

ところが、ほんの二十ページばかり読みすすんだところで、薄暗い廊下からあらわれる人影に気づいた。ほっそりと背が高く、黒い髪が花の輪飾りのようにその顔を縁どっている。

「こんばんは、ヘンリー」ミス・チャニングはいった。

わたしは立ちあがったものの言葉が出ず、あの人の登場に冷水を顔に浴びせられる思いで、自分の務めに立ちかえった。

「具合はどう？」

わたしは読みさしの本を椅子の上におとし、「あまり変わらないんです。あれ……あれ以来……」

ミス・チャニングはゆっくりと歩みだしてくると、わきからベッドをのぞきこむようにした。あっさりした白のドレスを着て、サラが編んでくれたショールを肩に巻いている。しばらくサラを見つめてから、椅子の横に棒立ちになったわたしに、目を向け、「あすはわたしがつきそいたいと、お父さんに伝えて」といった。

「わかりました」

「サラに必要なだけつきそうと」

「伝えます」

ミス・チャニングはサラの頰に手を押しあてると、踵を返してわたしの前を行きすぎ、入ってきたときと同様すみやかに部屋から姿を消した。

あの長い夜、ミス・チャニングはコテージでひとり過ごしたのだろう。きっと窓辺の椅子に腰かけ、古い木の桟橋を眺めていたにちがいない。そう遠くないところには、火のない炉があり、リードからの手紙がまだ灰の山となって残っていただろう。その三日後、チャタム校で耳にした〝あること〟を質問しにきたパーソンズ検事が、この灰を見つけることになる。

わたしはサラの横たわるベッドの横で、なんとか読書に没頭しようとしていたが、彼女の息の音に耳をふさぐのは無理だった。呼吸は時間を経るにつれ、しだいに弱くなっていた。ときどきその口から小さなつぶやきが洩れたが、クレイドック医師に注意されたような〝苦しそう〟なようすは見られなかった。苦しみがあるにしろ、見た目にはいたって安らかだったから、わたしは知らず知らず本から目をあげ、サラの昏睡がどんなものか思い描こうとしたものだ。たったひとりの〝部屋〟に奥深く閉じこもっていれば、わたしたちには感じないことも感じられるのではないか。心臓の弁にあたる血の流れや、脳神経のごく小さな発火や、いつかミス・チャニングが話してくれた微細な筋肉の動き──それを理解できるようになるのが真の芸術家だと──まで感じられるのではないか。わたしはそんなことを考えていた。

だから、真夜中近くにクレイドック医師が病室に入ってくるまでわからなかったのだ。医師がサラのベッドに寄って、その手首をつかみ、首を横に振りながら手を放すそのときまで、サラが最期の孤独の淵でわずかになにかを感じていたにせよ、もはや無感覚になっていることに。

わたしを迎えにきた父は、サラが天に召されたことをすでに聞かされていた。廊下を悄然と歩いてくるその足どりは、まるで凝り固まった濃い空気をわけて、無理に進んでいるように見えた。長い息をつきながら、父はわたしを腕にかき抱き、「じつに悲しいことだ、ヘンリー」と、小さな声でいった。「やりきれん」

わたしたちは車で街をぬけて、まっすぐ家に向かった。目ぬき通りの店はどこも扉を閉め、あたりは閑散として動くものもなく、ただマリーナのわきを通りしな、漁師たちの姿がぱらぱらと目に入ったぐらいだった。暗い水面を見わたすと、リードの船がゆったりと揺れているのが見えた。〈エリザベス〉号のそびえる白いマストが左右に振れ、わたしはふとまた思いだした。リードとミス・チャニングがチャタム校の石段や、崖っ縁のベンチにならんで坐る光景。ふたりのあいだに線を一本引くように、杖がおかれていたものだ。思えば、春になるころには、仲良く肩をならべて街を歩くようになっていた。すでに着々と愛を育てていたのだろう。いや、愛を育てるというより——急にわたしは思った。縛り首の縄が絞まるようなものだったにちがいない。その縄が妻のアビゲイルの首にも、サラの首にも、幼いメアリの首にまで掛かった今では、わたしにとってふたりの愛は気高くロマンチックなものではなくなっていた。人々の詠む詩や歌にふさわしい題材どころか、追い求めるべき事柄ですらなくなっていた。

だから、わたしはあれ以来、愛を求めたことがない。

「あすの朝礼で告示することになる」父は居間に入っていくなり、母にそういった。「全校生徒に知らせておく必要があるだろう。ハミルトン警部が、午後には、学校の人間に話を聞きたいといっている」

がむしゃらに編み物をしていた母は、ふたりの死に憤懣やるかたないのだろう。そんな成り行きを聞いても、驚いた顔ひとつしなかった。「あれこれ訊かれるんでしょうね」母は目もあげずにいった。

「だれが？」わたしは父にたずねた。

「むろん、わたしと教師の何人かだ」父はそう答え、そんなものは捜査の手順のひとつ、形ばかりのことにすぎないという顔をしようとした。

「わたしにも訊いてきますよ、きっと」そういう母はやけに目を輝かせ、訊問されるのを楽しみにしているようだった。

「どうして警察がおまえの話を聞きたがるんだ、ミルドレッド？」父が問いかえした。

「わたしは先日、ミセス・リードから話を聞いていますもの」母は編み物から目をあげずに答えた。

「あの女とリード先生のことで」

父が苛立つのを見たのは初めてだった。「話の筋に尾ひれなどつけるんじゃないぞ、ミルドレッド」と、父は母にいいつけた。

母はきっと頭をあげると、険しい顔で目を細め、「話の筋とおっしゃるの?」といった。「これは作り話なんかじゃありませんよ、アーサー。ミセス・リードが現にこの部屋で話したことなんですからね。この件は胸にしまっておいてくれと頼まれたから、わたしは……今の今まで……」

「ほう、〝この件〟というのはなんだ?」

「恐ろしいことが進んでいると、ミセス・リードは思っていたんですよ」母は答えた。「あの艇庫で。そこのマリーナの。身の危険を感じるような計画がね」

父は戦《おのの》いたように母を見た。「冗談をいうものじゃない」

母は退こうとしなかった。「彼女は殺されるんじゃないかと思っていたんですよ。旦那のリードに。そう思っておびえてた」

「だが、ミセス・リードは殺されたのではないぞ、ミルドレッド」父は応じた。「あれは事故だ」

編み針の動きが止まった。母は身を乗りだして、父をにらみつけた。「彼女はナイフを見つけていたの、アーサー。それから、ロープも。しかも、あのふたりは駆け落ちする先まで、地図に書きこんでいた」母は凄むように目を細めた。「それに、毒薬まで買って」

わたしは一瞬、息が止まりそうになった。「毒薬だって?」

母はうなずいた。「そう、瓶入りの砒素よ。ミセス・リードはじっさいに見たの。ナイフとロープといっしょにしまってあるのをね」

わたしは耳を疑い、「それは鼠の駆除に買ったものだよ」と、母にいった。「艇庫でリード先生が薬を撒く手伝いは、ぼくもしたことがある」

母はわたしの言葉が聞こえなかったのか、聞かなかったことにしたのか、椅子にゆったりもたれると、またせっせと編み針を動かしだした。「疑問がもちあがるでしょうよ」母はいった。「まちがいなく、たくさんの疑問がね」

午後に黒池で起きた出来事が、この先どんな波紋を呼ぶか、初めてわたしが気づいたのはこのときだろう。アビゲイル・リードが運転席で死に、サラがクレイドック医院のベッドで死んだところで、波紋は終わるのではなかった。ふたりの死は、さらなる破滅への端緒にすぎなかったのだ。

第二十八章

その長い夜のあいだ、わたしははてしなく緑の水面を漂った。濁った池の深みからふいにミセス・リードの頭が浮かびあがり、大きく開いた目でこちらを凝視しながら、必死で車のガラスに顔を押しつけてくる。

わたしは朝を迎えるころにはすっかり消耗し、チャタム校の前庭の芝にならんで父の話を聞くときも、立っているのがやっとのありさまだった。父は事故について知らせるべきと判断したことだけを伝えた。黒池で〝悲惨な事故〟があったこと、ミセス・リードの車が〝コントロールを失い〟、夫人とサラ・ドイルがふたりとも亡くなったこと。ミセス・リードとミス・チャニングに関しては、つぎの事柄だけが伝えられた。ふたりはめいめい自宅にいること。リードは娘の面倒をみており、ミス・チャニングは引きつづき、チャタムを発つ準備を進めていること。ふたりとも夏期休暇で学校が閉まる前に、学校に顔を出せるかどうかわからないと父はいい、生徒諸君は先生たちのことを〝いつも思っていてほしい〟と述べた。

あの長かった一日、わたしは学校から帰ると部屋に引きこもり、家を駆けずりまわる母と目を合わせるのもいやで、身をひそめるようにしていた。チャタム校の生徒たちとも話したくなかった。黒池での事件について、当然のごとく根ほり葉ほり訊かれると思ったからだ。けれど、まんいちにも会いたくなかったのはハミルトン警部だった。わたしを見るときの、砂漠の荒野を走っていく小動物を見るようなあの目つき。自分はひたすら真実を求めて、目もくらむ高度から猛スピードでわたしに襲いかかる大鳥にでもなったつもりだったのか。

そうして部屋にこもるうち、玄関のドアにノックの音がし、こわごわ窓からのぞいてみると、帽子を手にしたパーソンズ検事が、玄関ホールに立つ母と向かいあっていた。「グリズウォルド校長はおられますか？」検事はたずねた。

「いいえ、斎場に行っております」母は答えた。「サラの葬儀の手配に」

パーソンズはうなずいて、「では、もどられたら電話をいただきたい。そうお伝え願えますか？」といった。

母は伝えるといったなり、口を閉ざした。

パーソンズは愛想よく微笑むと、背を向けて去りかけた。母はだんまりを決めこんだまま、検事を帰すつもりだろうと思った。だが、まだ開いたドアを検事がぐりかけたところで、こう呼びかけたのだ。「ひどいことになったものです。サラも……それから、もちろん、ミセス・リードも」

パーソンズはうなずいた。「ええ、まったくです」と、さして気の入《はい》らぬ言い方をすると、もうほかのことでも考えている顔で玄関を出てきた。

「先だって、わたしに会いにきたのですよ」母はいいたした。「ミセス・リードは」

検事は足を止めて母のほうを向くと、「それはいつのことです、ミセス・グリズウォルド？」とたずねた。

「つい最近です」母はそう答えて一拍の間をおき、いわくありげに重々しくいいそえた。「あのかた、ひどく悩んでいるようでした」

「悩みというと？」

「ご家庭のこと。ご家庭に問題があるとか」

パーソンズはまたさりげなく玄関に入りこみ、「その件について話していただけますかな、ミセス・グリズウォルド？」とたずねた。

母はうなずき、検事をなかへ通すと、玄関のドアを閉めた。

父がもどったのは、それから一時間ほどしてからだった。その時分にはパーソンズ検事は帰っていたが、母は検事の来訪があったことも、自分がなにを話したかも、かくそうとしなかった。わたしは階段のてっぺんに、宮中の密使のようにうずくまり、母が検事にしゃべったことをきっちり父に報告するのを聞いていた。

「なにも罪をきせようというんじゃありませんよ」母はいった。「ありのままの事実を話しただけ」

「どういう事実なんだ、ミルドレッド？」

「ミセス・リードに聞いたことをそのままね」

「亭主のことか？」

「ええ、ご主人とあの女のことを」

「ミス・チャニングのことか？　おまえ、彼女のことをパーソンズ検事に話したのか？」

「ええ」

「なぜだ？」

「あの女の絵が艇庫にあるのを見たと、ミセス・リードに聞いたからですよ。ご主人が関係しているのはあの女だって、彼女は知っていたの」

「それで、検事になにを話した？」

「ミセス・リードはなにかおかしいと思ってた。ふたりがなにか企んでいるってね。それで、おびえていたと」

「おびえていた？」

「怖れていたのよ、彼女はあのふたりを。なにをしでかす気だろうって。駆け落ちか、それとも、もっと恐ろしいことか」

「もっと恐ろしいことだと？」

「艇庫で見つけたものがあったでしょう。ナイフやなにか……」

「おまえ、それをパーソンズに話したのか？」

「ミセス・リードに聞いた話を伝えたまでですよ」

わたしはつぎの言葉を待ったが、あとは沈黙が流れるばかりだった。階段のてっぺんから見ていると、まず父が玄関を出て、その後ろに母がつづき、ふたりそろって車に乗りこむと、どこかへ出ていった。斎場へ向かったにちがいない。そこの一室には、チャタム校の教師が贈った花に囲まれて、サラが眠っていたのだろう。

しばらくして、おもても暗くなったころ帰ってきた父母は、出かけたときとおなじ沈黙に閉ざされていた。居間にものもいわず坐り、食事のときも口をきかない。ふたりがいたわりあって言葉を交わすことは、以後一度としてなかった。

わたしはつぎの日も、部屋のベッドに寝転がって過ごした。階下からは、サラに代わって家事をこなす母の立ち働く音が聞こえていた。わたしはたまにうつらうつらしたように思うが、そうだとしても、よく憶えていない。

午《ひる》になるころには、夏の熱暑で部屋にいられなくなったので、わたしはポーチに出てブランコに腰かけ、それをゆっくり揺らしながら、とりとめもなくサラのことを思いだした。紙吹雪が風に舞うように、言葉や光景がきれぎれに脳裏を去来する。とちゅうで母がサンドウィッチと水を一杯持ってきてくれたが、どちらも口をつけずじまいになった。

渚にでもおりれば、こうして浮かんでくるむごい場面を少しは忘れられるかもしれないと思い、わたしは散歩に出ることにした。マートル通りを歩いていくと、目の前に断崖の光景が広がった。左手には閑散としたチャタム校の前庭が見え、ミス・チャニングが作っていた顔の円柱が夏の明るい日射しを浴びて立ち、右手にはまぶしい白の塔があった。白い灯台は、まわりにうごめく人々の騒動と静かな対照をなすように、しんとして不変の姿を見せていた。

わたしは崖っ縁までは行ったが、海へはおりなかった。いつかミス・チャニングとリードが坐っていたベンチに腰かけていると、海沿いの坂道をあがってくるパーソンズ検事の車が目に入った。車は左にまわりこんできて、すぐ目の前で停まった。

「ああ、ヘンリー」パーソンズは車を降りながら、声をかけてきた。

わたしは一揖《いちゆう》した。

検事はベンチに歩みよってくると、わたしの隣に腰をおろし、「少し話せないかね」といった。

わたしはなにも答えなかったが、パーソンズは無理じいしようとせず、いっとき黙っていてから、こう切りだしてきた。「そのへんまで歩くか、ヘンリー」

わたしたちはベンチを立つと、マートル通りを歩きだして、チャタム校の正面を過ぎ、あいかわらずのんびりと、横手にまわりこんで運動場に足を向けた。

「チャタム校の人たち何人もと話したんだが」パーソンズはいった。

わたしはまっすぐ前を見つめて、なにも答えなかった。

「その話のなかに、再三きみの名が出てきたのだ、ヘンリー。きみはあのふたりとかなり親しくしていた、そう周囲は思っているようだな。チャニング先生とリード先生のことだがね」

わたしはうなずいただけで、なにもいわなかった。

「なんでも、きみはしじゅうリード先生といっしょにいたそうではないか。彼がそこの港に借りている艇庫で。ヨット造りを手伝っていたそうだな」検事は足を止めると、こちらに向きなおってきた。「じつは、ヘンリー、今回の事故がどうして起きたのか、われわれはそこから考えることにしたのだ。つまり、この前の日曜日、ミセス・リードはどういう目的で、ミルフォード・コテージに車で行ったのか」

わたしはなにもいわなかった。

パーソンズはまた歩きだしながら、そっとわたしの腕を引き、「それにしても、きみは勇敢な男だ」とつづけた。「そのことには、だれも異議はあるまい。ミセス・リードを救おうと、力をつくしたのだからな。だが、きみにはもうひとつ務めが残っているだろう。ミセス・リードは夫が余所の女性とつきあっていると確信していた。それはわれわれの知るところだし、相手の女性がエリザベス・チャニングだったこともわかっている」

わたしは歩きながらも、ゆっくり目が閉じていった。目を閉じれば、黒池での出来事をすべて消しされるとでも思ったのか。

「ミセス・リードはあの日、黒池でミス・チャニングを狙ったのだと、われわれは考えている」パーソンズはいった。「あれは事故ではなかったのだ。黒池で起きたことは」

わたしはなおも押し黙っていた。

「ミセス・リードはサラ・ドイルをエリザベス・チャニングとまちがえ、代わりに彼女を殺してしまったのではないか」

しばらく歩くと、検事はまた立ち止まり、こちらに目を向けてきた。「ならば、それは殺人ではないか、ヘンリー？　ミセス・リードは殺すことを意図して、あの車をサラ・ドイルにぶつけた」

検事はわたしの目に、答えを読みとったようだ。

「きみはいつから知っていたのだ？」

わたしは肩をすくめた。

「よく聞きなさい、ヘンリー、だれもがきみを誇りに思っている。池に飛びこんだこともふくめてだ。しかし、さっきもいったように、きみにはまだ務めが残っている。真実を、嘘偽りない真実を話すこと……きみはすべてを知っているのだろう」

「真実のみを」わたしはかすれ声しか出せなかった。

「よろしい」パーソンズはいい、わたしの肩に手をおいてきた。「艇庫へおりて、もう少し話そうか、坊や」

わたしはパーソンズを案内して艇庫内をひとまわりしたが、彼の視線はくりかえしミス・チャニングの絵に向けられた。「あの男をおかしくしたのは、まさしくこの女なのだ、ヘンリー」その確固たる口ぶりに、わたしは驚いた。「ここに描かれた女こそ、あの男を狂わせた女だ」そういうと、検事は裏手の窓に歩みよった。遠くの静かな海に、〈エリザベス〉号がゆったりと揺れていた。「この報いは、だれかが受けねばならない」パーソンズはこちらを振りむかずにいった。「二人もの人間が亡くなったのだ、水に流すわけにはいかん」

まもなく、わたしたちは艇庫を出て、検事の車に乗りこみ、海沿いの道をあがってマートル通りの家にもどった。パーソンズは帰るまぎわ、「なにが原因でとうとう抑えがきかなくなったのか、それがわからないのだ」と、なかば上の空で、あまり関心もなさそうにいった。「ああ、なに、ミセス・リードのことだ。旦那とミス・チャニングの仲はとっくに知っていたのだろう。あの日曜にかぎってなにが起きたのか。なぜ彼女はあんなふうに一線を踏みこえ、ミス・チャニングを狙って、代わりにあの気の毒な娘を殺してしまったのか。いや、ふしぎだよ」

質問されたわけではなかったので、わたしはなにも答えず、黙って車からおり、それが遠ざかるのを見送った。みずからの沈黙が、石のマントのように、身にまといついてきた。

第二十九章

翌日なにがあったのか、正確に知ったのは、およそ何年も経ってからである。当時のわたしには、こんなことしかわからなかった——朝早く、パーソンズとハミルトン警部がうちにやってきた。父はすぐさまふたりを居間へ通したが、まもなく彼らといっしょに家を出て、パトカーの後部座席にしぶい顔で乗りこむと、車はバックでマートル通りへ出ていった。しばらくして、父はおなじパトカーでもどってきたが、今度は淡いブルーの服を着た少女を腕に抱いていた。顔のまわりで長いブロンドの髪が波打っていたから、すぐにメアリ・リードだとわかった。

「とうぶん、この子をあずかってほしいそうだ」父はそう説明し、わたしにメアリをつれてピクニックに行けといった。すでに母がランチを用意しており、サラがミス・チャニングにケーキやクッキーを届けるのに使っていたあのバスケットをわたしてきた。

「浜辺にでもつれていって、気をまぎらしておやり、ヘンリー」父はいった。「しばらく心細い思いをするだろうから」

そう頼まれたわたしは家を出る前に、二階の部屋へ駆けあがり、何年も飛ばしていない凧をとってきた。浜辺ではメアリ・リードに、糸の引き方から、風に逆らって走って凧をあげるところまで教えてやった。あのときのことは、忘れられまい。わたしたちは青空を飛ぶ凧を飽かずに眺め、メアリの口元にも、ときおり頼りなげに小さな笑みがのぼることはあった。ところが、それはじきに跡形もなく消えて、たちまち顔に影がさすので、その闇は心の深いところに根差しているのがわかった。

「リードが奥さんを殺そうと企んでいたのではないか。そんな疑惑が生じたので、彼らはメアリの保護に踏みきったのだ」わたしはおとなになってから、そう父に聞かされた。すでに父も老い、わたしたちは雑然とちらかった隠居部屋のような小室に腰をおろしていた。「メアリの安全確保のため――そうパーソンズに聞かされながら、あの朝、わたしはパトカーでリードの家へ向かった」

まもなく黒池で目の当たりにした光景は、父の胸裏に刻まれることになった。リードの顔に浮かんだ苦しみはまぎれもないもので、あらぬ雑念に左右されるところも見られず、うちの父は〝根源的なもの〟を感じたという。

父によれば、大勢の人間にどやどや押しかけられて、リードは初め面食らった顔をしていた。玄関口には、父、パーソンズ検事、ハミルトン警部だけでなく、マサチューセッツ州警察の制服警官が二名立っていたのだ。

口火を切ったのはパーソンズだった。「少しお話ししたいのだが、ミスター・リード」

リードはうなずいて外へ出てくると、ドアを閉めた。

「調べていることが二、三あってね」パーソンズはいった。検事が家のなかへ目をやると、開けた窓の網戸に、メアリが顔を押しつけていた。「庭へ行こうか」パーソンズはリードの肘をとって玄関の段をおり、庭へみちびいた。リードが池の水際に立つと、男たちがそれを囲む格好になった。

「ミスター・リード」パーソンズは切りだした。「われわれはおたくの娘さんの暮らし向きに懸念をもっている」

リードはようやく、具体的ではないにしろ、なにか深刻な事態がせまっているのに気づいたらしい。「メアリのなにを懸念するんです？」リードは訊いた。「あなたがたがメアリのなにを？」

「いろいろ聞こえてくることがあってね」パーソンズは答えた。「あなたと亡くなった奥さんの仲について」

「どんなことです？」

「今はまだ、そこまで立ちいることはないだろう」パーソンズはいった「しかし、そういう話が出てくれば、州が娘さんの生活を心配しだす」

「どんな心配をするというんですか？」

「身の安全に関してだ」

「娘に危険などありません」リードはきっぱりといった。

パーソンズは首を振ると、上着のポケットから紙きれを一枚引きだして、それをリードに手わたした。「すでに犠牲者が出ているのだ。この先も不幸が重なる危険を見すごしにはできまい」

リードはまだ釈然としない顔で、パーソンズを見つめていた。「いったいなんの話です？」と訊き、紙きれに目をおとす。「なんです、これは？」

「おたくの娘さんをこちらで保護させてもらう」パーソンズは告げた。「ある状況の整理がつくまで彼女を引きとると、グリズウォルド校長に約束いただいた」

リードは書類をパーソンズにつきかえし、「メアリはわたさない」といった。「そんなことはさせるものか」

パーソンズの声が険しくなった。「仕方がないのだ、ミスター・リード」

リードは後じさり、まわりを囲む男たちは輪を詰めていった。「いいや」リードはいった。「そんなことはさせない」

ハミルトン警部が一歩進みでた。「ミスター・リード、われわれが力を行使する場面など、娘さんに見せる必要はないだろう?」

リードがポーチを振りかえると、淡いブルーの服を着た幼い少女が父をじっと見つめていた。「どうか、こんなことはやめてくれ」リードは声をひそめ、パーソンズの目を見てかきくどいた。「まだ日が浅い。ついこのあいだ母親が――」と今度はすがるような目で父を見てきた。「お願いします。グリズウォルド校長、あなたのほうからも――」

「状況の整理がつくまでのことだ」パーソンズがさえぎった。「だが、とうぶんは娘さんの安全を確保せねばならない」

いきなりリードは首を振ると、人の輪を押しわけて歩きだした。まといつく男たちの手を振りはらううちに、杖を握る手がすべり、地面に転んでみなの前に大の字にのびた。立ちあがろうともがいたが、立てなかった。じきにその口から嗚咽《おえつ》がひとつ洩れでた。なけなしの最後の気力を振りしぼったかに思えた、そう父は表現した。

「立っているときとは別人のようだった」さらに父は語った。「すっかり干あがってしまったようでな。なにもしゃべらなかった。ポーチを、メアリのいるほうを、眺めやり、黙って手招きをした。娘は初め、動こうとしなかった。怖くて当然だろう。知らないおとなばかりだ。その男たちが父親に詰めよるようす」父は首を振った。「メアリの気持ちはおまえもわかるだろう。ヘンリー」

だが、けっきょくメアリは父のもとにやってきた。リードは娘を迎えると、腕に抱きあげ、優しくキスをしてから父の手にわたした。そうしながら、妙に腹がすわった声でいった。〝このほうが娘も幸せでしょう〟リードは手を差しのべて、メアリの髪に触れたが、別れの言葉はついにいわなかった。

この痛ましい出来事の一時間ばかりあとには、メアリはわたしと海辺へ出て、赤い縞柄の古びた凧をあげていた。やがて雷雲がまずひと条《すじ》、水平線の上に湧きおこり、さらに遠くの空に稲妻がジグザグに走ったので、わたしたちは雨に降られないうちに家へ帰った。

夜のとばりがおりるころ、雨は小止みになったが、また二、三時間して降りだした。降りやまぬ雨のなか、クレイドック医師の車が家の前に停まった。医師は長いレインコートに、グレイの帽子をかぶり、帽子を脱ぎながら玄関の石段をあがってきた。ポーチのやや奥にある枝編みの椅子に父がかけ、その近くのブランコにわたしが坐っていた。

「あの娘のことで来た」クレイドックはいった。「メアリ・リードのことで」

父は怪訝そうに立ちあがった。「メアリ・リード？　あの娘がどうしました？」

クレイドックは一瞬、いいだしかねていたが、医師にとってすこぶる重大な言葉が出かかっているのを、わたしは察した。「ご存じと思うが、家内とわたしは……その……子宝にめぐまれなかった」

父はうなずいた。

「だから、もしできれば、喜んでメアリを引きとりたい。そう思っているんだ」クレイドックはいった。「うちの家内なら、きっといい母親になる。わたしもいい父親になってみせるよ」

「メアリにはれっきとした父親がいます」父の声に思いがけない厳しさがあった。まるで、子どもを盗もうとする人間を相手にするような口ぶりだった。

クレイドック医師は驚いた顔で、父を見かえし、「聞いていないのか？」と訊いた。

「なにをです？」

わたしはゆっくりと立ちあがって、父のほうへにじりより、クレイドックの話を聞いた。湾の海にリードの船が漂流しているのが見つかり、船内にはあの木の杖しか見あたらなかったという。ただ、帆の端切れにしるした書き置きがマストにはさまっていた。〝メアリが大切にされるよう、心配りをお願いします。これは愛情からすることだと、あの子にお伝えください〟

長いこと、メアリ・リードはおおむね大切にされたと思う。たしかに後年はいろいろな問題が立ちおこった。亡霊に憑《つ》かれて心やつれ、ときおり孤独な沈黙に閉じこもることもあった。それでも、クレイドック医師と妻はメアリを愛し、けんめいに尽くした。初めのうち、その努力は報われたかに見え、メアリもふたりを父母と思うようになって、恐ろしい過去を払拭したように思われた。村の学校にあがるころには、ミドルネームの〝アリス〟と、養い親の姓のクレイドックで呼ばれるようになっていた。

医師の申し出はまさに父の望んでいた救済であり、父は成就すると信じていたのだろう。「この子の心も、いつかは癒えるでしょう」父がそういうのをわたしは耳にした。メアリはクレイドックにその小さな白い手を引かれ、雨のなか石段をおりていった。

だが、彼女の心が癒えることはついぞなかった。

リードが死んだ今、法が裁きを追及できるのはミス・チャニングだけになった。そのせいか、ほんの数日の捜査を経たのち、大陪審パーソンズ検事の指示により、ミス・チャニングに二項目の正式起訴を起こした。一項めはアビゲイル・リードの殺人謀議というもっとも重い罪状であり、二項めも当時としては大罪だった。姦通罪である。

起訴の件をミス・チャニングに知らせたのは、うちの父だった。本来はハミルトン警部の任務だが、代行を父に許可してきたのだ。

「車に乗りなさい、ヘンリー」ミルフォード・コテージへ最後のドライヴに出る朝、父はわたしにいった。「あの人が……やっかいなことになったら……おまえの助けが要るかもしれない」

が、その朝、ミス・チャニングは〝やっかいなこと〟になどならなかった。ふたつの起訴状が提出されたこと、審理を受けねばならないことを告げる父の話を、ひじょうにおちついた態度で聞いていた。父はつづけて、弁護を引き受けてくれそうな街の弁護士の名をあげた。

「弁護士は要りません。グリズウォルド校長」ミス・チャニングはいった。

「しかし、重い容疑だ、チャニング先生」父は深刻な声でいった。「あなたに不利な証人もいる。なにを見たの聞いたのといって、尋問に答えるはずだ」つぎの言葉を口にする父の痛みはわたしにも伝わってきた。「うちの妻も証人のひとりになる」父はそういった。

「おそらくヘンリーも」

そのとたん、凍てつくような冷たい視線が飛んでくるかと思ったが、ミス・チャニングは父の顔から目をそらさず、「はい、それでも」とだけいった。

わたしたちはすぐにコテージを発った。わたしはその朝、ミス・チャニングにひと言もかけられず、無表情に見つめることしかできなかった。わたしはすでに固い殻に閉ざされつつあったのだ。いずれ原告側でミス・チャニングに不利な証言をする日のように。法廷のわたしはひとつひとつの質問に、〝真実を、嘘偽りない真実を、真実のみを〟答える。だが、そうして答えつつも、パーソンズが訊きもせず、わたしがその答えを知っていると は思いもしない審問がひとつあるのはわかっていた。つまり〝あの日、黒池でほんとうはなにがあったのか？〟という問いである。

第三十章

ミス・チャニングはその八月、審理に臨んだ。わたしは公判まであの人の姿を見なかったし、会ったという人の噂も聞かなかった。うちの父すら母のさもしい怒りにあって、連絡を禁じられた格好だった。

起訴事実といっても、強力な証拠があるわけではなかった。だが、ひょんな場面を見かけたとか、会話の一部を聞いたとかいう証言が、じょじょに陪審に提示されていった。艇庫に掛けられていた肖像画、あやしげな書きこみのある古い初等読本、パーソンズ検事のいう〝逃走路〟がすでに引かれた海図、〈エリザベス〉号と名づけられた船、あわてて燃されたらしい手紙の束、それをのぞけば空っぽの炉、ナイフ、ロープ、瓶入りの砒素。こうしたものにくわえ、〝だれかに償《つぐな》わせろ〟というチャタムの町全体の烈しい世論に、ミス・チャニングはたったひとりで向かいあった。証人が呼ばれ、遠くから見聞したことを話すのを、あの人はじっと聞いていた。そのなかには、わたしの説得力ある証言も、その直後に母がした証言もあった。

公判のあいだ、ミス・チャニングは被告席でじっと身じろぎもしなかった。ひょっとして、この人は順番が来て執行吏に証人席へ呼ばれても立ちあがらないのでは、と心配になるほどだった。

とはいえ、呼ばれたあの人は凜として立ちあがると、証人席にまっすぐ目をすえたまま歩いていって着席し、パーソンズが反対側から近づいてくるのを待った。陪審員たちはミス・チャニングの顔から、彼女の動かぬ白い指へと視線を移し、手に血のしみでも探すようにつくづく見つめていた。

忘れられぬのは父の姿である。証言するミス・チャニングを、真摯ないたわりのまなざしで見守っていた。あの目に見えた思いやりと赦《ゆる》しの心は、父の知るもっとも深い情のあらわれであったにちがいない。わたしはのちにそう思うようになった。

当然ながら、母の表情はもっとシビアであり、かなり手厳しい考えが胸中をよぎっていたにちがいない。知人たちの思い出、夫の地位が危うくされていること、学校の存亡の危機。母の目はまぎれもない侮辱をふくんで、諸悪の根源である女に向けられていた。

わたしは、立ちあがって証人席へ歩んでいくミス・チャニングから、いつのまにか目をそらしてしまっていた。ギリシャ神話に出てくるアンティゴネかメデイアのように、孤独に決然と歩んでいく姿が見るに耐えられなかったのだ。残酷な運命に向かっていくあの人を前に、わたしはタペストリーの陰にかくれて彼女を失墜させたスパイのような気分になっていた。

その日のミス・チャニングは、首元と袖の先に襞飾りの入った長い黒のドレスを着ていた。けれど、そんなドレスより、髪を後ろでひっつめ細い黒のリボンできつく結んでいることより、わたしがはっとしたのは、一年近く前、ボストンからのバスを降りてきたあの若い女性の面影が、ほとんどなくなっていたことだった。弁護士も雇わず自分で弁明することになる事件を、この数週間、考えづめに考えてきたのだろうか。あの人は苦杯を喫したような顔をしていた。

そうなのだ、わたしはあれほどの惨事を見たこの期《ご》におよんでも、気高くロマンチックな黒池の決意に、心をうずかせていた。あの決意のおかげで、みずから無鉄砲なことをしでかし、その破壊的な行為をひたかくそうと、汗をかいていたというのに。あれだけ苦しみと死があとにつづいたというのに、ミス・チャニングには、愛と愛する権利を堂々と語ることを望んでいたのだ。父チャニングが本に書いていたように、勇敢な不屈の言葉をもって。ヒュパティアがアレクサンドリアの暴徒に立ちむかい、馬車から長い鞭を打ちおろしたように、ミス・チャニングも立ちあがって、チャタムの人々と戦ってほしかった。パーソンズ検事にも――原告側で証言したわたしもふくめ――検事が代表するすべてのものにも、臆することなく毅然としていてほしかった。一瞬の激昂にかられて、わたしがミセス・リードと、ひいてはサラ・ドイルにおよぼした罪を正当化してほしいと願った。無惨な黒池のがれきからまだ救いだせるものがあるとすれば、それしかないという気がした。ひとりの女が一歩もゆずらず、群衆をものともせず、輝かしいトランペットの音色で真実を奏でる、灼熱の瞬間。わたしにとって、あとのものはことごとく死んで朽ちはてたも同然だった。

ところが、その日、証人席にのぼったミス・チャニングは、わたしの願いをはたしてはくれなかった。リードとの〝関係〟の始まりについて、パーソンズが質問を始めると、あの人は弱々しくそれに応ずるばかりだった。黒池で起きたことのすべては、コテージと学校を往復するふたりの密やかなドライヴに端を発すると、検事は当然のように思っていた。あるいは、街をのんびり散歩し、空き時間をともに過ごし、断崖の上のベンチにふたりで腰かける。そんなすべてが善からぬ流れとなってあふれだし、黒池の〝殺人〟――検事は断固としてそう呼んだ――に向かっていったのだと。

終始ミス・チャニングは身をこわばらせて動かず、少女のようにしかつめらしく両手を膝におき、明瞭な声でしっかりと答えた。そして、わたしの期待を裏切って、どこまでも嘘をつきつづけた。リードとの関係は〝許容されるつきあいの範囲〟をこえるものではなかったとまでいい、その嘘のはなはだしさに、わたしはショックを受けた。

証言を聞くうちにも、寒い一月のある日、ミルフォード・コテージにいた自分の姿が思いだされてきた。ミス・チャニングは震える指をリードの頬に押しあてていた。この何週間かのち、あの人は窓に雨の打ちつけるコテージで、苦しげな顔をして、「こんなこと、もうつづけていられないわ」といったのだ。あんなに深い情熱を今さら否定できるとは。わたしは愕然としたし、冷ややかな軽蔑の気持ちでいっぱいになった。自分のしたこと、彼女のためにあえてとったむごい手段が、幼い浅知恵に思えてきた。しかも、それはとりかえしのつかない失敗に終わったのだ。

目の前のミス・チャニングはいかめしい女教師《スクールマーム》の居住まいを見せ、しだいに加熱するパーソンズの質問におとなしく答えている。わたしは彼女の裏切りをいやというほど痛感した。アビゲイル・リードの苦しみを知りながら、こちらが身をもって愛をささげても、嘘と偽りしか返ってこなかったことを悟った。

憎しみに似た気持ちがこみあげた。わたしがひとり良心の絞首台に吊られようとしているときに、ミス・チャニングは情熱のロマンスをたんなる幻想として葬ろうとしている。あんなにもわたしの目には明らかだったものを。あの愛を守るのはミス・チャニングの務めではないのか、わたしのためでないなら、リードのために、それとも彼女の父親のために。

そんな気分にひたるうち、わたしはパーソンズに肩入れするようになっていた。検事はミス・チャニングがとつとつと話す端から横槍を入れ、容赦ない糾弾の質疑をはさんで、真実をさらしていった。〝ミスター・リードの車に乗せてもらいながら、あなたは彼が結婚していると知っていたのではないかね、ミス・チャニング？　子どもまであるのを知っていたのでは？〟

ミス・チャニングが質問にひとつひとつ答えるにつれ、わたしは思いだしていった。しょっちゅうリードの車で見かけた彼女は、日をおうごとに活気づいていく。十一月の初雪の日、リードがコテージにあらわれ、四人でサラのフルーツケーキを食べたときも、楽しそうだった。崖っ縁のベンチにリードと坐っているときも、街の通りをつれだって歩いているときも、放課後、美術室で語りあっているときも、つねに楽しそうだった。あのあいだ〝許容されるつきあいの範囲〟をこえることがなかったというなら、わたしは逆上《のぼ》せた妄想のなかだけに存在する愛の聖壇をあがめて、無意味な切り札を出したことになる。

とはいえ、やりとりをつづけるミス・チャニングの声はじつにおちついて、ふしぎと説得力があった。やはり、あれはただの想像だったのかもしれない。切ない思いだの、震える指先だの、悲恋の苦しみだの、そんな自分だけの妄想ばかりを、ありもしないものを見ていたのかもしれない。そうわたしは思いはじめた。

だから、パーソンズがふいにこうたずねたときには、すこぶるほっとした。「では、こういうのだね、ミス・チャニング？　あなたはレランド・リードを男性として好きになったことはないと？」

ミス・チャニングは、一抹のためらいもなく答えた。

証人……いいえ、そうではありません。そう申しあげるつもりはございません。わたくしはレランド・リードを愛していました。彼のように愛した人はほかにおりません。

十戒のシナイ山から吹きおろすような声で、パーソンズはたずねる。「しかし、彼が既婚者であるのは知っていたのではないか、ミス・チャニング？　子まであることも？」

証人……はい、もちろん、彼が結婚して、子どももいることは知っていました。

パーソンズ……ならば、コテージなり、墓地の真ん中の木立なりに、ミスター・リードがあなたを残して去っていったあと、あるいは人気のない浜辺をふたりで歩いたあと、いつも彼は池の向こう岸の家に帰っていったのではないか？　そこで、妻子とともに暮らしていたのでは？

証人……ええ、そうです。

パーソンズ……なら、妻子の存在はあなたにとって、どんな意味をもっていたのかね、ミス・チャニング？

あの人の答えは、わたしを嵐のごとく舞いあがらせた。

証人……どんな意味もありません、パーソンズ検事。わたしがレランド・リードを愛したような愛し方をすれば、なにも問題ではなくなるのです。愛のほかは。

それは、わたしには気高い宣言に聞こえたが、パーソンズは願ってもない糸口と思ったにちがいなく、その言葉尻をすかさずとらえた。

パーソンズ……だが、じじつ妻子は存在していたのではないか？　ミセス・リードと幼い娘は？

証人……ええ、そうです。

パーソンズ……それに、ミスター・リードは事件の二週間前、妻とひどい言い争いをし、娘にその場を見られたことを、あなたに話したのではないか？

証人……いいえ、聞いておりません。

パーソンズ……妻にあなたとの仲を疑われていると話したのではないか？

証人……いいえ。

パーソンズ……ミセス・リードは夫が自分を殺す計画をねっているのではないかとまで考えていた。彼はそれをあなたに話したのでは？

証人……いいえ、そんなことは聞いておりません。

パーソンズ……なるほど、では、ミスター・リードが妻を亡きものにしようと考えていた――それは事実かね？

法廷に坐るわたしはその瞬間、いつかリードが夫人のことをぽつりと洩らしたのを思いだした。リードとわたしが乗る車のはるか先、ヘッドライトの黄色い光が消える道の向こうに彼の家があり、リードはその小さな四角い窓に目をすえながら、冷たい声でいったではないか。〝いっそ死んでくれたらと思うことがある〟と。

そんな言葉まで聞いていたわたしは、やっと毅然とした態度を見せはじめたミス・チャニングがこういいだしたときには、まったくもって唖然とした。

証人……いいえ、彼が奥さんを亡きものにしようとしていたなど、それは事実に反します、パーソンズ検事。

パーソンズ……彼が夫人を悪《あ》しざまにいうことはなかった？

証人……はい、一度として。

パーソンズ……夫人を殺す企てをもちかけてくるようなことも？

証人……あるわけがありません。

パーソンズ……ふむ、多くの人の証言によれば、ミスター・リードは年度末のころ、かなり荒れていた。あなたはそれも否定するのかね？

証人……いいえ、否定しません。

パーソンズ……そういう状況のなかで、ミスター・リードは奇異な行動をとっている。自分の船に夫人の名でも娘の名でもなく、ミス・チャニング、あなたの名前をつけた。

証人……はい。

パーソンズ……しかも、彼はなんともおだやかでない物品を購入している。ロープとナイフ、そして毒薬。チャタム校で過ごした最後の数週間、少なくともミスター・リードがだれかを始末したがっていた――それは間違いないように思われる。あなたはそうは思わないかね、ミス・チャニング？

この質問はあくまで陪審への心証効果をねらったものであり、これらの物品がアビゲイル・リード殺害のために購入された証拠などないのは、検事も承知していたはずだ。だから、ミス・チャニングもすぐさま否定の答弁をするものと、わたしは思っていた。ところが、そうではなかったのだ。

証人……ええ、彼はある人物を始末しようとしていました。パーソンズ検事。けれど、それは夫人ではありません。

パーソンズ……ほう、リード夫人でないとするなら、いったい彼はだれを始末しようとしていたんだね、ミス・チャニング？

証人……わたくしをです。

パーソンズ……あなたを？　ミスター・リードがあなたを？

証人……ええ、そうです。あの人は、わたしにかまわれたくなかったのです。もう目の前から姿を消してほしいと、それは、このうえなくはっきりといわれました。

パーソンズ……そんなことをいわれたのはいつです？

証人……最後に彼と会ったときです。灯台で。そのとき、わたしに消えてほしいといったのです。いっそ死んでもらいたい、と。

あの午後、法廷を出たわたしの頭のなかには、ミス・チャニングの証言の最後の部分がくりかえし聞こえてきた。

パーソンズ……レランド・リードはその言葉をあなたに対していったのだね、ミス・チャニング？　あなたが死ねばいいと？

証人……はい。

パーソンズ……ならば、それはまたこういう証言になるだろうか、ミス・チャニング？　ミスター・リードはあなたのことをじつは愛していなかった？

証人……愛してはいたと思います。パーソンズ検事。けれど、そこまでは愛していませんでした。

パーソンズ……そこまでというと？

証人……ほかいっさいの愛を棄てるほどには。夫人と娘への愛情です。

パーソンズ……つまり、こういうことだろうか？　ミスター・リードはすでにあなたを拒み、あなたを棄てて妻子のもとへもどろうとしていた。彼は死んだとき、すでにそういう結論にたっしていたと？

証人……彼はもともと家族を棄ててなどいません。ですから、どんな結論もくだされてはいないのです。彼が心からいつくしみ、ともに生きたいと思っていたのは家族です、パーソンズ検事。わたしではありませんでした。

あの最後の日、アビゲイル・リードはメアリの名を呼びながら階段を駆けあがっていき、まもなく今度は娘を小屋へ引きずっていった。そのときのことが思い浮かぶ。あの直後には、うちつづく死の渦が待っていた。猛スピードでつっこんでいく車、ねじれて宙に飛ぶサラの軀、底なしの緑の深みから見つめてくるアビゲイル、船の底に杖を残して大波の下へ静かに消えたリード。あのすべては、たったひとつの言葉の誤解が招いたものだというのか？　〝いっそ死んでくれたらと思うことがある〟轟々とぶつかりあう愛に揺さぶられ、リードがときに死んでくれたらと思った相手は、じつはミス・チャニングだったと？

わたしは思い違いをし、思い違いをしたがために、軽はずみにもさらに大きな過ちをおかしたのか？　憧れてやまなかった父チャニングの文言——〝人生は愚に瀕してこそ、このうえなくうるわしい〟——がふいに思いだされた。これまでいかに軽はずみで浅はかな嘘を数々耳にしてきたにせよ、この言葉ほど罪深く、由々しく、人を破滅にみちびく邪意にみちたものはない。そんな気がした。

第三十一章

ミス・チャニングの証言がすむと、訴訟手続きは終了した。陪審は審議を始めた。それから二日間はチャタムの村を沈黙が支配した。もはや裁判所の正面階段に人が群れることもなく、街角や町政庁舎の芝生に人集《ひとだか》りができることもない。わたしたちもまた、マートル通りの家で、むっつりと押し黙って待っていた。母は気もそぞろに庭をうろつき、父は用もないのに学校で残業をし、わたしは自分の部屋で本を読んだり、海辺へ長い散歩に出かけたりしていた。

つぎの月曜の朝九時、陪審が法廷の席へもどってきた。陪審長が廷吏に評決文を手わたすと、廷吏はそれをクレンショウ裁判長にわたした。裁判長はゆるぎのないおちついた声で、エリザベス・ロックブリッジ・チャニングは第一の起訴項目、殺人謀議について無罪であるという評決を読みあげた。父のほうを盗み見ると、その顔に深い安堵の色が広がっていたのを思いだす。そして、父の表情に神妙さがもどるなか、第二の起訴項目についての評決が読みあげられた。

裁判長……姦通の嫌疑について、被告人エリザベス・ロックブリッジ・チャニングに、陪審はどのような評決をくだしますか？

陰湿な笑みが母の口元に浮かんで消えた。陪審長の答えは〝有罪〟であった。

被告人席に立つミス・チャニングに目をやると、あの人は裁判長に向かいあったまま身じろぎもせず、つかのま目を閉じて、小さく弱々しい息をついたのみだった。ほどなく、引きたてられて裁判所の階段をおり、待っていた車に乗りこんでいくと、まわりに村の人々が押しよせたが、そのすきまから、あの人が無言で父のほうへ頭をさげる姿がちらりと見えた。その返礼に、父は敬意すらのぞく手つきで帽子をとった。ミス・チャニングはその証言をもっていわゆる妖婦のレッテルを貼られたのだから、あれは父にしては意外きわまる態度といっていい。

ミス・チャニングはわたしの姿には、まるで気づかなかったろう。父の後ろにいたうえ、厚いウールの外套のような人の集りにもまれていたのだから。けれど、こちらからはあの人の姿がよく見えた。その顔には、数か月前に初めて目にした、あの殻にこもったような表情が浮かび、目はまっすぐ前を見て、口を固く引き結んでいた。まるで、気高いヒュパティアが泣き声を押し殺しているかのようだった。

ミス・チャニングはマサチューセッツ州法が姦通罪に定めた最高刑、懲役三年の刑をいいわたされた。わたしの記憶では、父はその刑罰の重さを知ってひたすら愕然とし、母は天から賜り物でも受けたような顔をしていた。「ようやくすんだわね」という母は、いかにもほっとしたようすだった。その週は、母も審理についてそれ以上ふれなかったが、サラとアビゲイル・リードの墓に参り、それぞれの墓に新しい花をそなえてきたいといってきかなかった。ふたりの墓のすぐ近くには、リードも埋葬されていたのに、母はじろりと横目でにらんだきりだった。

母の言葉とは裏腹に、当然ながら、すべてが終わったわけではなかった。少なくとも、父にとっては。チャタム校には、まだとりくむべき問題が残っていた。

それから数週間、チャタム校の運命は揺れつづけた。父は学校の信望の回復に努め、あの黒池の悲劇で校長自身にきせられた汚名も挽回しようとした。学校の活動とその将来的な見通しを考える審議委員会も発足した。残る夏の二、三週間で、チャタム校は一人また一人と後援者を失い、秋からはもう息子を学校にやるつもりはない、という父親たちの手紙が遠い町からぞくぞく送られてきた。

ついにチャタム校存続の望みはことごとく絶たれ、九月末の会議において、閉校が正式に決定、父は二週間ぶんの解職手当を出され、職探しをすることになった。

父が見つけてきたのは、近隣のハリッジポートにある公立校の教職の口だった。雨にたたられたあの長い秋、毎朝早く起きた父は、いつものグレイのダスターコートをはおって、かくだんに狭くなった家から、車で出かけていったものだ。新家はチャタムの東にあった。

チャタム校のほかの職員たちも突然の解雇に、おなじような策をとった。ミセス・ベネットはウォーレンの小間物屋の店員に、ミセス・アーバクラムビーは地元の大銀行家ロイドの秘書になった。ほかの教師もそれぞれに身を処したが、いずれは大半がチャタムを離れ、ボストンやフォール・リバーなど岬沿いの街に職を見つけることになる。

その年、ようやく初雪が降ったのは、街のクリスマス・イルミネーションが残らずはずされ、町政庁舎の地下室にある箱にしまわれてからだった。翌二月、積雪がいちだんと深くなり、長くつらなる暗雲が日々空にたれこめているころ、チャタム校の旧舎は小さな婦人服の製造工場に改造された。二階には、服の鋲だの糸やボタンの箱が積まれ、階下の部屋からは、ミシンのまわる音がたえず聞こえるようになった。

だが、そんなことをのぞけば、村の生活はもとにもどり、ミス・チャニングを思いだす機会などおよそありそうになかった。しいていえば、メアリ・リードがキルティーの店でクレイドック夫婦にはさまれて坐っていたり、前庭の芝生で雪だるまをつくっていたり、そうした姿を見かけたときに、思いだすぐらいだった。

いずこと変わらず、人々がおのれの来《こ》し方《かた》行く末もつかめないうちに、月日は矢のように飛びさった。古い建物は新しい建物にとって代わられた。通りは舗装され、新しい街灯が建てられた。海の上高くそびえる断崖は、それとわからぬほどの緩慢さで、じょじょに崩れおちていった。われわれの肉体が時の力に屈し、その夢が現実の前に砕かれ、理想の生活が目の前の暮らしに崩れていくさまに、それは似ていた。

そうして、ミス・チャニングの懲役最後の年の十一月、プリンストン大学の一年生になったわたしがクリスマス休暇で実家にもどっていたおり、父宛てに一通の手紙が届いた。ハードウィック女子刑務所から送られてきたこの封書を、いずれ父はあの茶色のフォルダーにはさみ、〝チャタム校事件〟の記録簿の一部とする。

手紙はこう始まっていた。

グリズウォルド様

こうしてお便りをさしあげるのは、当所の女囚のひとりエリザベス・ロックブリッジ・チャニングに関しますこと、この者が病みつきましたのをお知らせするためでございます。この者の身元資料には、かような場合に連絡すべき親類、友人いずれの記載もありません。しかしながら、これまでチャニングと話したおりに、あなた様のお名前や――そちらで雇っていただいていたのでしょう――その時分の話などをひんぱんに耳にしてまいりました。ですから、あなた様なら、この病状を連絡すべき縁者か親しい関係者の名前、住所をお聞きできるのではないかと考えたのです。よろしくお取り計らいいただけますよう。

ハードウィック女子刑務所所長
モーティマー・ブライ

父は英領東アフリカにいるミス・チャニングの叔父の名前と住所を記して、すぐに返事を出した。それればかりか、てこでも折れようとしない母の主張を押しきり、広い心をもって、こんなことまでしてのけた――その晩、夕食の席で、〝ミス・チャニングの面会に行くことにした。ヘンリーもつれていく〟といいきった父に、母はショックで悚然《しょうぜん》としていた。

それから四日後、雨の降る寒い土曜日、この三年間ミス・チャニングが閉じこめられてきた刑務所に、わたしと父は足を踏みいれた。出迎えたブライ所長はフクロウを思わせる小柄な男だったが、そのゆかしい物腰には、やんごとない雰囲気さえあった。ミス・チャニングは刑務所の病院棟に入る登録もすませ、ベッドが空きしだい移る予定だとブライは明言した。お運びいただいてなによりです、とわたしたちに礼を述べ、「きっと彼女も元気が出ますでしょう」という。

それから、父とわたしは刑務所の中心部へ案内され、長い廊下を歩いていった。両側には鉄格子がどこまでもつづき、その奥で暮らす女たちの低いつぶやきも、じき耳に慣れてしまった。鼠色の囚人服をまとう女たちは、身じまいもせず悪臭を放ち、コンクリの床を裸足でぺたぺた歩いてわたしたちを眺めに寄ってきては、顔を鉄格子に押しつける。こちらの動きを追うまなこには、とりかえしのつかない決定的な破滅の色が見てとれた。

「チャニングは奥部屋に、ひとりでいるんですよ」看守がそういって、ベルトから鍵の束をはずすと、金属が触れあって音をたてた。「ほかとごっちゃにできる手合いじゃないものでし」

わたしたちは看守とならんで歩を進めたが、両わきにつぎつぎとあらわれる独房に、どうしても視線が行ってしまう。なかから匂ってくる湿っぽい異臭、鉄格子の向こうからのぞく顔、ごみ溜めのような房にいる女たち。

ようやく廊下のどんづまりまで行きついた。そこで看守が左を向いて足を止めると、その軀にさえぎられて、一瞬、左の独房が見えなくなった。待っていると、看守は鍵を差しこんですばやくまわし、ドアを開けた。「こちらですよ、だんながた」看守は大きく手招きをしながらいった。「お急ぎを」

そういって看守が身を引くと、公判から初めて会うあの人が目の前にあらわれた。記憶にあるよりずっと小さな姿だった。鉄製の狭いベッドのマットレスに腰をかけ、長かった髪は短く切られていたが、影よりも黒々と顔を縁どっているのはあいかわらず、今も淡い色の眸は小さな青い明かりのように、あの闇の奥からこちらを見つめていた。

「ミス・チャニング」父がつぶやくのが聞こえた。

父とわたしが言葉を失って呆然と立ちつくすなか、あの人は立ちあがって、こちらにやってきた。鼠色の囚人服に軀がすれ、その手はまず父に、それからわたしに差しだされた。父のとった手はさぞ冷たかったろう。わたしが放すときになっても、その手はちっとも温まっていなかった。

「ご親切におこしいただいて、グリズウォルド校長」ミス・チャニングは低く、思いもよらぬ優しい声でいった。今でもまっすぐ射るような目をしていたが、なんともいえぬ陰があり、牢獄の重苦しい空気に落ちくぼんだかに見えた。「あなたもね、ヘンリー」といって、その目を今度はわたしに向ける。

「これまでうかがえなくて申し訳ない」そう述べる父は心から詫びていた。わたしにはそれがよくわかった。

一瞬、ミス・チャニングが目をそむけると、薄暗いライトが顔を照らし、紫色に膨れあがった唇や、目元に寄りはじめた細い皺があらわになった。「できれば、あんな面倒はおかけしたくありませんでした」そういうと、あの人はわたしたちに背を向けた。

父は気づかいのある笑みを見せ、「あなたに面倒をかけられた覚えはないよ、ミス・チャニング」といった。

ミス・チャニングはそっと頭をさげて、こう訊いてきた。「チャタム校のようすはいかがですか？」

父はわたしにさっと厳しい顔を振りむけてから、「まあ、あいかわらずだ」と、すかさず答えた。「ご想像どおり、生活ももとにもどってね。来年の春は、宿敵のニューベドフォードをやっつけられそうだ。新入生にそうとういい選手が何人か入ったから」

つづく父の話を、あの人は黙って聞いていた。よく見れば、髪は切り方もふぞろいであり、湿った黒い藁を束ねたようにべっとりして不潔である。わたしはチャタム校時代のミス・チャニングを思いおこしてしまい、この人がこんな運命を受けるのは、ある面では仕方がないのだと、自分に必死でいいきかせた。

ふたりはもうしばらく話していたが、父は学校の現状――チャタム校の末路をうっかり洩らすようなへまはしなかった。父が話していたのは、遠く過ぎた日々のこと、かつてあった学校、氷塊のなかに凍てつく前の結婚生活、父の聞こえないところでその判断のまずさを悪しざまにささやきあったりしない村人たちのことだった。

とうとう看守の呼ぶ声が聞こえ、わたしたちは辞去すべく立ちあがった。

「会えてなによりでした、チャニング先生」わたしはなるべく軽い調子でいった。

「こちらこそ、ヘンリー」あの人は答えた。

父はわたしの肩に手をまわしていった。「ヘンリーはプリンストン大学の奨学金を獲得してね。今は勉強一筋だ」

あの人は初めて会ったときとなにひとつ変わらないように、わたしの顔を見て、「りっぱな人におなりなさい、ヘンリー」といった。

「はい、努力します」わたしはいった。だが、そんなもったいない言葉で期待をかけてもらうには、もう遅すぎたのだ。

あの人はうなずくと、父のほうを向いた。「悔やまれてなりません、グリズウォルド校長、あなたもチャタム校もわたしのせいであんな——」

父は片手をあげて、あの人を制した。「あなたはなにも悪いことはしていないだろう、ミス・チャニング。わたしは一度として疑ったことはない」

「それでも、やはり——」

父の勇気あるふるまいを、わたしは今も忘れられない。父はいきなり前に踏みだすと、ミス・チャニングを優しくかいなに抱きよせ、「わたしの大切な、大切な子よ」といったのだ。

わたしの見つめる横で、ミス・チャニングも父を強く抱きしめ、ますます近くに引きよせた。ずいぶん長くそうしていた気がするが、とうとうあの人は腕を解いた。

「感謝いたします、グリズウォルド校長」ミス・チャニングは父から手を引いて、後ろへ退った。

「ヘンリーをつれてまた来よう」父はあの人にいった。「かならず」

「ありがとうございます」ミス・チャニングはまた礼をいった。

いったん独房を出ると、父は足早にその場を離れて廊下を引きかえしていき、ひとり残されたわたしは、ミス・チャニングが奥の場所へまた引っこんでいくのをじっと見ていた。

あの人は自分の手を見つめていたが、ふと目をあげると、廊下でぐずぐずしているわたしに気がつき、「もうお行きなさい、ヘンリー」といった。「さあ、行って」

わたしだって、まさにそうしたかった。目の前の悲惨な光景にこれ以上耐えられず、父とおなじように廊下を駆けていきたかったのだ。ところが、その一瞬、どうしてもミス・チャニングの目を離せず、あの人が背を向けると、初めて村にやってきたときの美しい姿がそこに重なった。コッド岬の景色を眺めて、苦しむ殉教者のようだといったときの。そのとき、わたしは自分のなかで、なにかが壊れるのを感じた。サラ、リード夫人——暗い水に漂う女たちの悪夢を堰《せ》きとめていた小さな壁が、崩れていくのを感じたのだ。わたしは自分のしでかした早計の大過を思い、こんりんざい自分が信じられなくなることを痛感した。あの真相だけはだれにも知られることなく、わたしの唯一の伴侶として記録をのがれる。わたしは血も情もかよわぬ人生を受けいれ、破滅的な心の混沌にとうとう注ぎこまれる法の光を、ただ拝むことになるだろう。

わたしは独房を離れてしばらく、なにもしゃべらなかった。黙りこくって廊下を行くと、鉄扉の前にうつろな目をした父が待っており、わたしたちは車に乗りこんで、無言のままチャタムへ引きかえした。はるか高くに、澄んだ夜の空が広がっていた。

「どうした、ヘンリー?」本土と岬をつなぐ格子造りの橋を、おんぼろの車が揺れながらわたりきると、父はやっと話しかけてきた。

わたしは首を振った。「失ったものは二度と、とりもどせない」初めてわたしは告白の義務を強く感じ、この衝動にまかせて、黒池の真相を父に話してしまいたいと思った。

父親らしい思いやりあふれる目で、父は心配そうにわたしを見た。「どういうことだ、ヘンリー？」

だが、わたしは肩をすくめると、ふたたび自分の殻に閉じこもり、さっきのミス・チャニングのように、独房の薄闇へもぐりこんでしまった。

「いえ、なんでもありません」わたしは父にいった。

その後、この話の先を父に打ち明けたことは、ない。

母はすでに反対の意を明らかにしていたが、父はそれを押してでもミス・チャニングを再訪しようと、本気で思っていたにちがいない。ところが、残る年度末の日々に汲々としていたから、ふたたび面会のことをいいだしたのは、夏を迎えてからだった。

わたしは大学から帰郷して、チャタムの法律事務所に夏の見習い職の口を見つけ、事務員の仕事をしていた。職場のなごやかな雰囲気に、実家の暗いムードも忘れてほっとひと息ついたものだ。父は母と夫婦の仲に罅《ひび》を入れた過去の大問題は深く葬り、ささいなことでいい争ってばかりいた。

わたしがチャタムに帰っているおり、また一通の手紙が――いつかと同じように――ハードウィック刑務所から、父宛てにひょっこり届いた。ただ、今度は手紙はもっと深刻な知らせを運んできた。

父がそれを読んだのは、書斎にしつらえかえた雑然とした小部屋である。腰かけていたのは、マートル通りの家の居間にあった大きな椅子のひとつだが、部屋はその椅子ひとつでうまらんばかりだった。

「読みなさい、ヘンリー」父は読みおわった手紙を差しだしてきた。

わたしはそれを受けとると、父の椅子のわきに立ったままで読んだ。ブライ所長のしたためたその手紙は、ミス・チャニングがつかのまの緩解《かんかい》を経て、ふたたび容態を悪化させたこと、刑務所内の病棟にようやく移され、そこから地元の病院に運ばれたが、入院して二日後に亡くなったことを、あくまで事務的な文書で伝えていた。亡骸はひとまず近くの霊安所におさめられたので、その計らいについて指示をいただきたい。そうブライ所長は書いていた。

手紙を読みおえた父の、やけにぐったりしたようすは、忘れることができない。膝の上に力なく両手をおき、肩をおとしていたあの姿。「哀れなことだ」父はそうつぶやくと、立ちあがって自室にひとり閉じこもり、夜になるまで出てこなかった。

翌日、父はミス・チャニングの叔父に外電を打って、姪の訃報《ふほう》を知らせた、遺体のあつかいについて指示をあおいだ。二日後、エドワード・チャニングから父に返ってきた電報には、〝必要と思われることはなんでもしてやってほしい、〟不憫な姪の埋葬にかかった費用はぜんぶこちらに請求してくれ〟とあった。

ミス・チャニングはその四日後、ブルースター通りの小さな墓地に埋葬された。そっけない木造りの棺は、制服姿の看守四人の手で、刑務所の霊柩車から引きだされ、墓へかつがれていった。

「わたしたち残りましょうか？」看守のひとりが父にたずねた。わたしたち以外にだれも来ていないので、気をきかしたのだろう。「この人のお見送りに」という言い方をした。

「いや、いい」父は答えた。「あなたがたの知らない人だろう。けど、気づかってくれて感謝する」

それを聞くと、看守たちは墓を離れていった。刑務所の霊柩車は墓地の向こう端をおぼつかなげに走っていくと、石造りの池を囲む木立を過ぎ、ブルースター通りの先に姿を消した。

父がたずさえてきた古い黒表紙の聖書を開き、ただ口をつぐんでいるわたしを横に、

「雅歌」から数節を読みあげた。〝見よ　冬はすでに過ぎ　雨もやみて　はや去りぬ〟「彼女の持ち物を叔父さんのところへ送らねばならんな」朗読を終えて、墓地を出ていきながら、父はそういった。

父がわざわざ許可をとって、ミス・チャニングの荷物をコテージに保管しておいたのも、いつかあの人がチャタムに帰ってきて、引きとるものとばかり思っていたからだ。この日、ふたりでミルフォード・コテージの居間に入っていくと、窓辺のテーブルも、椅子の上の赤いクッションも、ほとんどがそのままの場所にあった。

あとの持ち物は残らず荷造りされていた。寝室には、箱が三つきちんと積まれ、あの人がアフリカから持ってきた革製の旅行鞄がふたつおかれていた。法廷に立った日に着ていた黒のドレスだけは、大きな木製のたんすに吊るされている。父はそのドレスもとりだすと、箱のひとつを開けて、なかにおさめた。おもむろに振りかえった父は、わたしの顔を見て、急にひどくいかめしい面持ちになった。「だれかが真実を知らねばならぬ、ヘンリー」と、ふいにいいだす。「わたしが急に死んだりしたら、だれも知らないままに終わってしまう」

わたしはなにもいえず、父を前に棒立ちになった。ただならぬ不安が忍びこんできた。「ミス・チャニングのことを」父はつづけた。「事の真相を」

心臓が止まりそうになった。「黒池のことですか?」わたしは声ににじみでる不安を抑えこもうとした。

父は首を横に振ると、「いや。その前のこと、灯台でのことだ」といって、ベッドに腰をおろし、いっとき間をおいて上を見あげた。「わたしがここへ来たことを憶えているか? あの……事故のあった日」

わたしはうなずいた。

「それからミス・チャニングとコテージに入って、しばらくふたりで話したろう?」

「ええ」わたしはそう答えながら、マントルピースのわきに立つ父と、椅子に坐って父を見あげるあの人を思いだした。

「あのとき彼女の口から聞いたのだ、ヘンリー」父はいった。「真相を」

そういって、父はミス・チャニングに聞いたことを語りだした。

ほんとうなら、あの午後、灯台へは行きたくなかった。そうミス・チャニングは父に打ち明けた。リードとまたふたりきりで会うのは気がすすまなかった。というのも、ふたりで会うたびに、リードの心が少しずつほどけていく気がしたからだ。ところが、リードは最後にもう一度会ってくれと、手紙をめんめんとよこし、そんなことがあの月の間につづいたので、仕方なく同意した。

灯台に入っていくと、リードは奥の壁に身をもたせ、ゆるやかなカーブに背中をつける格好でいたという。着古した茶色の上着を肩にはおり、髪は吹き乱されていた。

「エリザベス」リードは低い声でいった。「会いたかった」

ミス・チャニングは鉄扉を閉めたものの、リードに近づきはしなかった。「わたしもよ、レランド」と応じつつも、声の調子で慎重に距離をたもつ。

リードは繊細な笑みを浮かべた。初めて会ったときに見たとおなじ、脆弱で不安げな笑みだった。「またこうしてふたりきりになるというのも、妙なものだな」

リードのいうような逢瀬を重ねたことが思いだされた。リードの腕に抱かれ、その息を首筋に、その肌のぬくもりを素肌に感じたことを。

「忘れちゃいないだろう?」リードは訊いてきた。

ミス・チャニングは首を振り、「ええ」とうなずいた。

リードは壁から身を離すと、無言で見つめてきた。室内にひとつきりの照明が、金網のケージの向こうでぼんやりと光り、彼の顔に灰色の網目の影を投げていた。「どうしていた、エリザベス？　おれと離れているあいだ？」

ミス・チャニングは、あの腕に二度と抱かれることがあってはならないと誓いながら、やるせなくリードを見た。「人は生きていかなくては、レランド」

「生きつづけて、どうする?」リードは訊いた。「先のない人生を?」と、今にも駆けよってきそうになる。

「長居はできないの」ミス・チャニングはすかさずいい、ドアにあいた小さな四角い窓から外を見た。ドアの向こうにチャタム校の運動場が見え、男子生徒たちがタッチフットボールの試合に興じていた。

「今じゃ、いっしょにいるのも、そんなにいやなのか?」リードは刺のある声で訊いてきた。

ミス・チャニングは来たことを悔やみ、うんざりして首をふった。「レランド、こんなふうに会ったところでしようがないわ。答えはひとつよ。もう帰ります」

「なら、このおれはどうすればいい、エリザベス?」

「むかしのあなたにもどって」

侮辱されたかのように、リードの目が翳った。「いいや、できない。もとの生活にもどるなんて、おれにはできっこない」コンクリートの床に強く杖を打ちつけながら、目の前を行きつもどりつしはじめる。「無理だ、エリザベス」と、今度は立ち止まって、にらみつけてきた。「自分を棄てろというのか、あなたは? そうなのか?」

ミス・チャニングは自分で自分に怒りがこみあげるのを感じた。リードにあんな形で愛することを許し、自分もその愛に応えていた。世界にはふたりのほかだれもいないようにふるまい、他人の心が傷つくはずもないという振りをしていたのだ。

「ふたりで余所《よそ》へ行こう、エリザベス」リードはいった。「前から計画していたことを実行するんだ」

その誘いを耳にしたとたん、ミス・チャニングは幼いころに舞いもどった。父は自由というたいそうな主義をかかげていたが、それは娘への愛情のなせるわざではなかった。もし死ほど決定的なものに父を奪われたのでなければ、どれほどどむなしかったことか。自分が愛されもせぬ、みじめな存在に思えただろう。「いいえ、わたしにはできない」ミス・チャニングは答えた。「あなたにもさせない」

リードは両腕を広げて近づいてきた。「エリザベス、頼む」

ミス・チャニングは手をあげて、彼を制そうとした。「もう帰る時間だわ、レランド」

「いや、まだ行かないでくれ」

ミス・チャニングは目で訴えながら、リードの顔を見つめた「レランド、お願いよ。まだあなたを愛しているうちに去らせて」

リードはまた前に進みだし、ふたりの距離をつめてきた。その目は追慕のまなざしでありながら、すくむような残酷さを新たに宿していた。「会わなければよかったと思うことがあるよ」リードはそういった。「いっそあなたが死んでくれたらと思うことが」

ミス・チャニングは首を振った。「やめて」

リードはせまりながら、両手を肩にのばしてきた。

背を向けてドアのノブをつかんだとたん、リードが背後にいっきにせまり、腰のあたりをつかんで向きなおらされた。

「やめて」ミス・チャニングはくりかえした。「放して」

リードの手に固く力がこもり、いきなり荒々しく抱きよせられた。

「放して、レランド」

突きとばされてドアに押しつけられ、軀を右へ転がすようにしてドアから引き離されると、また壁に押しつけられた。固くざらざらした壁の感触が、背中につたわってきた。

「いいや、放せない」リードは灰色のライトに、目を光らせていた。

ミス・チャニングはその肩に両手をあて、「放して」と、声を荒らげて突きのけた。

手を振りきろうと、右、左と必死で突いた。だが、動くたびに、リードはますます強い力で押さえつけてくる。ミス・チャニングは動きをぴたりと止めると、深く息をすい、身じろぎもせず彼の目を見すえて、冷ややかにいった。「わたしを辱《はずかし》めるつもりなの、レランド？　そんな人になりさがってしまったの、あなたは？」

リードは言葉に打たれたように、後ろへよろめいた。

「すまない」リードはかすれ声でいうと、手を放して身を退いたが、呆然と失意のまなこで見つめてきた。「エリザベス、わたしはただ――」と、そこで口ごもると、痛々しい目で言葉を切る。ミス・チャニングは背を向けて、ドアに駆けよった。血に染まった布のように、赤いスカーフを後ろになびかせて。

父はなにもいわずにわたしを見つめていたが、ふと立ちあがって窓辺に行くと、後ろに腕を組んで庭を見わたした。

わたしはドアロにたったまま、ベッドのわきにおかれた革の旅行鞄ふたつを凝視し、おちついた息のリズムを乱すまいとしていた。心の動揺をおもてに出してはいけない。「やっぱり、ぜんぶ嘘だったのか」わたしはやっとの思いでいった。「ミス・チャニングが法廷でいったことは。〝許容されるつきあいの範囲〟をこえたことがないだなんて、ふたりは恋人どうしだった、そうでしょう」

「ああ、そうだとも、ヘンリー」父はいった。「だが、そんなことは、公判でメアリの耳に入れたくなかったんだろう」

大海をすべる〈エリザベス〉号が脳裏をよぎった。もはや幽霊船となり、一面を呑みこむ濃霧のなかを不気味に漂っていく。

父はこちらにやってくると、わたしの肩に手をおいた。「ミス・チャニングは優しい心の持ち主だったんだ、ヘンリー」そして、これが人生の核心だとでもいいたげに、語気を強めてつけたした。「忘れるな。大切なのは心だ」

まもなくわたしたちはミルフォード・コテージを出ると、ミス・チャニングの持ち物を郵便局へ持っていき、そこから家路についた。母はまだ夕食の支度の最中だったので、父とわたしは書斎にこもった。椅子に坐った父はパイプをとりだした。わたしはその向かいに腰かけ、ミス・チャニングの打ち明けた話についてまだ考えていた。そこまで話すからには、父をそうとう信頼していたのにちがいない。あの人が描いた父の肖像画をつくづく眺めてみた。あのころあんなに嫌悪していた堅物の校長ではなく、消しがたい焦慮をうちに抱え込んだ男として、見てみたのだ。そこにいる男は、遠くで手招きするように輝く、水色の湖を眺めやる気持ちをもっていた。ミス・チャニングは父ひとりを描いたのではなく、ある意味では彼女自身もふくめ、おそらくは人すべての姿として描いたのだと、そのとき気がついた。人はこんなふうに立ち往生し、ぶつかりあう愛にひとしく苦しめられながらも、情熱と退屈のあいだに、悦びと絶望のはざまに、夢見るだけの人生と耐えがたい現実のあわいに、自分の居場所を見つけようとせいいっぱいあがいている。

「今日は、おまえにああいう話ができてよかった」父はそういい、「おまえは真実を知る権利があるだろう。とくに、あの日、黒池に居合わせたのだから」と、首を振った。「やりきれないのは、あのときすでにミス・チャニングとリードの仲は終わっていたということだ。しかも、じきに彼女は発《た》とうとしていた。発ってしまえば、いずれはリードも人生をやりなおそうとしただろう」父は人の世のふしぎにとらわれたらしかった。そこに張られたクモの巣の糸が、どれほど意地悪く、非道をきわめるか。「あの日、リード夫人が黒池で死ななければ、なにごとも起きなかっただろうに」

「ええ」わたしはいった。「きっとなにも」

父は椅子に背をもたせ、「これが事件の全貌だ、ヘンリー」といって、パイプを口元へ持っていった。「〝チャタム校事件〟のことは、これで知りつくしたな」

わたしはなにも答えなかった。ただ、父の言葉が誤りであることは知っていた。

第三十二章

あれから何十年という歳月が流れ、人々は一人また一人〝チャタム校事件〟の小さな欠片《かけら》とともにこの世を去り、今やだれもいなくなってしまった。母、父、パーソンズ検事、ハミルトン警部、あの年にチャタム校で教えていた教師の生き残りはもちろん、当時の生徒たちも、みんな不帰の人となった。遠くで暮らしているものもいるだろうが、おおかたは老いさらばえて死ぬばかりの身で、あのチャタム校最後の年の出来事も、痛ましくも不可解な、ある季節のおぼろげな記憶になっているだろう。

わたしもこの長い年月、黒池の出来事を思いだすのは、アリス・クレイドックを見かけたときぐらいのものだった。初めは沈みがちな目をした少女だったアリスも、やがて打ち解けない引っこみ思案のすねたティーンエイジャーになり、中年になるころには、いちじるしく肥満しただらしのない大女になり、友だちもなく孤独な村の狂女として、子どもたちに追われたものだ。そして、とうとう老年を迎えると、唯一の食い扶持《ぶち》であるクレイドック医師の遺産をなしくずしにしながら、ポーチの揺り椅子に坐っているばかりになった。

街を行く彼女をときに見かけても、わたしは首を振るしかなかった。たいていはおかしな服装をして、足の爪を緑色に塗り、不気味な想像の海に没しているようだった。あるとき、村の広場でミセス・ベントンと立ち話をしていると、ぼろぼろのショールを軀に巻きつけてゴムぞうりをはいたアリスが、向かいの通りをぼんやり歩いていった。ミセス・ベントンはその姿に目を奪われながら、「ごらん、おかしな子がやってきたよ」といい、やけに悪気もなくこうつづけるので、わたしはその軽々しい口調にショックを受けた。「あれも、最後は母親みたいになるわね」

だが、こうして時を過ごしてみると、アリスはミセス・リードのような〝最期〟は迎えなかった。クレメント・ボッグズが黒池のまわりの土地を売るのに必要な区画割《ゾーニング》の適用除外を認めさせ、この一件がいよいよ片づくと土地の売却金をアリスの家に持っていく役目は、けっきょくわたしが引きうけることになった。アリスはあの部屋数の多い古邸に今も住み、埃だらけの部屋をあてもなくうろついているとか、家じゅうのライトを点けっぱなしにしながら蠟燭を持ちあるいているとか、噂されている。

アリスと間近に接して、時の流れと、自殺と、殺人が彼女に刻みつけたものを見るのが恐ろしくて、初めわたしはその代任を断った。ところが、クレメントがどうしても贈り主の名は伏せたいと、自分で行くのを拒むので、こちらにお鉢がまわってきたのである。

「金のことを知らせる役は、あんたが妥当ってもんだろう、ヘンリー」クレメントはいった。

「なんたって、彼女の父親とは知り合いだったんだし、母親が死んだとき、あの池に居合わせたんだからな」

そう論じられては、ぐうの音も出なかった。そういうわけで、澄みわたる十二月の夜、わたしは車を駆って湾沿いの家に出むいた。かつてクレイドック医院があった邸、はるかむかしにサラ・ドイルが亡くなった場所だ。

かなり冷えこむ晩だったが、着いてみると、アリスは広いサイド・ポーチの椅子に坐っていた。厚い毛布を軀に巻きつけ、背の高い椅子でそっと巨体を揺らしていた。

階段にわたしの足音を聞くと、アリスはこちらを向き、目を細めて闇をすかし見たが、それは大事な客を待っていたような、ふしぎな期待の目だった。

「おじゃまするよ、アリス」わたしはそういいながら階段をあがっていき、おたがいの距離をゆっくりと縮めた。「わたしのこと、憶えていないか？」

アリスは無言のまま、わたしを上から下まで眺めまわした。

「ヘンリーだ」わたしはいった。「ヘンリー・グリズウォルド」

彼女はぴんとこないような顔で、わたしを見つめていた。

「メアリ・リードだったころのあなたを知っている」わたしはいった。「黒池の家に住んでいたころだ」

とたんにアリスは顔を輝かせ、「母さんといっしょに」といった。

「そうだ」

彼女は急に幼女のような笑顔を浮かべて立ちあがると、ポーチの端っこに海と向かいあっておかれた大きなベンチへ、軀を揺すって歩いていった。そこに腰かけると、自分の隣をぽんと叩き、また少しだけ微笑んで、「ここにお坐りよ」といった。

わたしはいわれるままに、ぎこちなくベンチに腰をおろしながら、一瞬、彼女から目をそむけたが、意を決して目をもどした。

「わたしたいものがある」わたしはいって、コートのポケットから封筒を引きだした。「贈り物だ。ある友人からの。小切手なんだが、あすにでも、あなたの銀行口座に入れておこう。銀行では、ミスター・ジェイミソンという人が管理してくれる」

アリスはちらりと封筒に目をやったが、受けとろうとはしなかった。「どうぞ」といって、目を海にもどす。「ほら、船が行く」アリスはいった。「ヨットが」

わたしはうなずいた。「ああ、ほんとうだ」

彼女の幼い姿がまたよみがえり、〝メアリ、うちに入りなさい〟と呼ぶ母に、階段を駆けあがりながら答える声が聞こえてきた。さえぎるものもない空をくるくる飛ぶ赤い縞の凧を、海辺でじっと見あげていた……。

「むかしいっしょに凧をあげた」わたしはいった。「憶えているか？」

アリスはこちらを見もせず、なにも答えなかった。

その顔から目をそらして、夜に包まれた海を見わたしていると、わたしを閉ざしていた殻、今の今まで引きこもってきたあの厚い殻が、突如として砕けちった。あたりの空気が暑くなった気がし、目の前に緑色の水面が広がったかと思うと、わたしは木の桟橋から水中へ飛びこんでいた。とたんに世界は息もつまりそうな濃い緑に変わり、わたしは水を掻きながら、最初は車の後部に近づいて、そこから側面にまわり、目を皿のようにして車中をのぞきこんだが、あらゆるものが死の静寂に閉ざされ、必死で目を凝らしても、厚い緑の壁しか見えない。そのとき、濁った闇から女の顔が浮かびあがる。開いた目は絶望のまなざしでわたしを見つめ、あんぐり開いた口からは、息をしようと喘ぐたびに血が波打って流れだす。わたしは車のドアノブをつかみ、彼女を水の墓場から救ってやろうと、ドアを引き明けようとするが、ふいに冷たく非情な声が、緑の淵をつらぬいて聞こえてくる。まるで、黒池の黒い口が耳元にささやきかけてくるように。〝いっそ死んでくれたらと思うことがある〟気がつくと、わたしの指は金属のノブにいっそうきつく巻きつき、わたしを凝視するミセス・リードは、今や死に物狂いの形相となって、ガラスに顔を押しつけている。頭を包むように血が渦を巻く向こうで、緑色の目がまたたく。口は動くが言葉が出ず、叫びも悲鳴もあがらない。しだいに目玉が大きくなって飛びだし、ガラスの向こうに見える顔はどこかきょとんとして口を開き、ドアを引き開けようとノブにかかっていたわたしの手は、それを引かずに押してしっかり固定している。一瞬にして、彼女はわたしの顔にその意図を読みとり、事態をはっきりと把握する。その唇が開いて、最後の言葉が洩れでる。〝やめて、お願い〟ついで口から血がどっとあふれでると、彼女の両手がひどく重たげに持ちあがり、指がガラスをそっと掻き、数秒という時間が大きな重石のようにのしかかっていくと、目はどんよりとして、まわりに最後の泡がたち、生命の重みが去った軀は後ろへ押しもどされて、ゆっくり上に浮かんでいった。わたしが最後に見たものは、彼女の軀がゆっくりと反転してふたたび落下し、つきでたハンドルを抱きこむように伏した光景だった。最後の瞬間、その目は池の水面、遠くにゆらめくまばゆい夏の光を探し求めるように、上を向いていた。

目を閉じると、わたしはふたたび冬の外気に包まれるのを感じ、アリス・クレイドックの毛布のほのあまい匂いが漂ってきた。封筒を上着のポケットにもどす手が震えるのを感じながら、わたしはチャタム校の生徒を前に、朗々と響く父の声を聞く――〝罪はおのずと報いを受けるであろう〟。そして、くりかえし耳にしてきた歌の最終節がどこからともなく聞こえてくる。歌の一句一句が、父の警句の誤りを証したてていた。

暗い緑の水の底
悪いことも人殺しも
チャニング先生
ひとりでつぐなった

今すぐ家に駆けもどり、書物と孤独の盾の向こうに、ふたたび身をひそめたいと、わたしはひたすら願って立ちあがったが、アリスの肉づきのいい柔らかな手にコートをつかまれ、ベンチの隣に引きもどされた。

「もう少しいっしょにおいでよ」アリスは、子どもがいばってみせるような声を出した。

わたしはベンチに坐りなおし、「そうしよう」といった。「もうしばらく」

アリスはうっすら微笑むと、巻きつけていた毛布を広げ、わたしの肩にもかけてくれた。

わたしたちは長いことそうして静かにしていたが、そのうちアリスの指がわたしの手を探り、包みこんできた。「きれいな夜」アリスはいった。

わたしはうなずいて間をおいたが、やはり堪えきれず、言葉が出ていくにまかせた。

「すまないことをした、メアリ」

アリスはぎゅっと指を握りしめてくると、「かまわないよ、そんなこと」といった。子どもがささいな失敗を赦すような、こともなげな口調だったが、空に向けた彼女の目はなぜか急におごそかな色を兆し、一瞬、アリスはいっそう重い荷を背負いこんだように見えた。いきなり空の世界は、傷ついた軀とずたずたの心であふれたのか、その茫洋とした広がりのなかに、アリスは破滅のわけを教えてくれるものを探す。消えた過去の星、星でいっぱいの宇宙、涯てのない深淵、最後のほの明かり。そこにも、彼女の〝なぜ？〟に対する答えはない。

わたしはアリスの肩に腕をまわし、そばに抱きよせた。およそちっぽけに思える——自分の持てるすべてが。「ああ、そうだな」と、わたしはアリスにうなずく。「たしかに、きれいな夜だ」

訳者あとがき

本書は、トマス・H・クックが一九九七年度のアメリカ探偵作家クラブ賞、最優秀長編賞を捲土重来《けんどちょうらい》ついに掌中にした *The Chatham School Affair*（一九九七年）の全訳である。

クックの作品にたいして本国アメリカの書評家たちがしばしば用いる比喩に、「雪崩《なだれ》を精緻なスローモーションで再現するような」という言いまわしがある。

言いえて妙ではないか。本作を読了されたかたなら、とみにその感を強められると思う。

もともとトマス・H・クックという作家は〝過去〟、〝記憶〟、〝空白の時〟といった要素を執拗なまでに追求してきた。まずデビュー作の『鹿の死んだ夜』（染田屋茂訳）からしてそうであり、フランク・クレモンズ警部を主人公にした三部作『だれも知らない女』（丸本聰明訳）『過去を失くした女』『夜訪ねてきた女』（染田屋茂訳）にしても、それらの要素はこの作家に欠くことのできない構成アイテムだった。しかし先に言及した「雪崩を精緻なスローモーションで……」と評されるようなクック独特のカットバックあるいはフラッシュバックの技法がはっきりと芽を萌すのは、本作品に先だって訳書が刊行された『闇をつかむ男』（佐藤和彦訳）であり、それは『死の記憶』（村松潔訳）でより顕著になり、彼がアメリカでもう一段メジャーな作家の地歩を固めた『夏草の記憶』（芹澤恵訳）で確立をみたといえるだろう。そのつぎにあたる作品がこの『緋色の記憶』である。

　振りむいた女の視線の行方、とまどう男の指の動き、緋色のカーテンをわけて彼方を見晴らすまなざし、家を出ていく車が雪につける黒い轍《わだち》、駆けぬける少女の笑い声、ウィンスロー・ホーマーの描くごとき荒々しい海景色、遠くに浮かぶ家の灯り、洩れきこえる男女の会話……。淡々と提示される場面は、淡々としているがゆえに容赦なく、読者にとめどない想像をかきたて、じじつ細部の細部にいたるまで幾重《いくえ》もの意味の糸をはりめぐらせながら、織機《しょっき》をあやつるように時間を行きつ戻りつさせて、ストーリーを織りあげる。

　現在の街の風景がいつしか過去と入れかわり、主人公の回想が自然と裁判の記録へとけこみ、古い歌や詩が耳朶《じだ》によみがえり、そうして変化に富んだ話法が織りなされ、謎が明かされていく。コラージュのように過去をつむぎだすこのスタイルの完成は、前数作における洗練のたまものといわねばならない。

　ともかく抑えに抑えた筆致である。たとえば、本作のヒロインがケープ・コッドの田舎町に着いたバスから降りたつシーン。いきなりは降りてこない。まずしばしの間がある。そして影だ。バスのなかで影が動いて、女がいるらしいとわかる。タラップの手すりにのびた手がいったん引っこみ、今いちどためらいがちに手すりをつかむ。ひと呼吸おいて降りてきた女はいきなり夏の日射しを顔に受け、温気《うんき》のなかゆっくりと視線をさだめる。緋色の立ち襟に映える白い首筋。なにかが起きる、起きずにはすまされないという予感が、この冒頭の短い静謐な描写のなかに、もはやある。ためらいがちに手すりをつかんだその手は、のちにあどけない目で森の木の葉を透かしみる手になり、いずれは川面をもの憂くなでる手に、やがては苦しげに襟元をいじる手に変わるのだ。

クックは「巧《うま》い」作家になったのだと思う。しかし技巧はみだりに弄《ろう》さず、人物の心情から一歩たりとも先走ったよぶんなスキルは見られないのではないか。だからこそ、抑制してもしきれないものが突きぬけてくるとき、まるで絵画の真ん中に穴があいたように、読者は現実と虚構の境をふっと失って、底知れぬ暗闇にすいこまれる。ラストに向けていっさいを構築する残酷なまでの精緻さ、急落下のなかのストイシズム。なにやらマゾヒスティックな言い方になるが、これぞトマス・H・クックの〝醍醐味〟である。

邦題についてひと言ふれておきたい。本作をつらぬく色は深い赤、緋色。読みこむほどに、この色を作者が入念に配しているのがわかる。緋色は、シンボリックにとれば、まさに『嵐が丘』のヒースクリフとキャサリンが交わしたような情熱の色であり、ナサニエル・ホーソーンの『緋文字』で知られる〝アダルタリー〟すなわち姦通の色、そしてもちろん血、あるいは死を暗示する色でもある。

けっきょく、この物語はだれがなにを為したのか。だれがだれになにを為したのか。それは書けない。なにも、あとがきでの「ネタばらし」を怖れているのではなく、人間であるかぎり書きようのないことだからだ。

ただ、人の心の闇が悪を為した、としかいえない。

だが、なぜ?

それこそが、トマス・H・クックが一貫して描きつづけている人間の不可思議である。

―新版にあたっての追記―

この新版の刊行に当たっては、早川書房の編集部のみなさん、とりわけ井戸本幹也さんにご尽力いただきました。心よりお礼申し上げます。トマス・H・クックの傑作がこれを機にまた沢山の読者と幸福な出会いを果たしますように。

二〇二三年三月

解説

ミステリ評論家
吉野 仁

コッド岬（ケープ・コッド）はニューヨークの北東、およそ四百キロ先にあり、ちょうど力こぶをつくる腕のような形をして東海岸につきでている岬である。沖合がタラ（cod）の漁場だったことから、その名がつけられた。岬の先端にある町プロビンスタウンは、清教徒のピルグリム・ファーザーズが乗った船メイフラワー号が最初に上陸した場所だ。その東隣の町トゥルーロには、「ナイトホークス（夜ふかしする人々）」で有名な画家エドワード・ホッパーが一九三〇年から毎年夏に夫婦で訪れており、一九三四年にはそこに建てた夏用のコテージが完成した。ケープ・コッドの風景を描いた絵画を何点も残している。また「肩口」に近い港町ハイアニスは、岬の中心地として栄え、ジョン・F・ケネディ大統領の別荘があったことで知られている。このあたり一帯は、風光明媚なリゾートとして、ハリウッドスターや作家など多くの著名人が暮らしており、多くの観光客が訪れる人気の土地なのだ。できればアメリカの地図をひろげて確認してほしい。そして、コッド岬を腕に見立てると「ひじ」にあたる位置の町がチャタムである。『緋色の記憶』の舞台だ。本作の原題は、*The Chatham School Affair*。だが、チャタムという地名は日本の読者になじみが薄く、そのまま「チャタム校事件」では、たしかに地味でそっけなく感じられる。『緋色の記憶』としたのは、回想形式で語られ、緋色が事件を象徴するからにほかならない。ついでに書きそえておくと、著者のトマス・H・クックは自宅を二つもっており、ひとつはニューヨークに、もうひとつはチャタムの北側、ケープ・コッド湾に面した町ブルースターにある。すなわち現在のチャタムに関しては、よく知る町として描いたのだ。

物語は、老いた弁護士ヘンリー・グリズウォルドがチャタム校に通っていた少年時代を振り返っていくかたちで展開する。いまなおヘンリーの心をさいなむ忌まわしい悲劇が起こるまでの一連の出来事を中心に、その後の裁判の顚末や関係者のゆくえをゆっくりとたどっていく。すべてのはじまりは一九二六年の八月だった。このころは、いわゆる狂騒の二〇年代ともジャズエイジともいわれた時代である。ラジオ局がジャズを広め、映画はサイレントからトーキーとなった。一方で禁酒法が進み、ギャングが各地で勢いを増していく。もっともこれはニューヨークやシカゴなど大都会の話であって、ニューイングランドのチャタムはまだのどかな田舎町にすぎなかった。一九二六年は日本でいうと大正十五年だ。その年の暮れ十二月二十五日に元号が昭和となり、一九二七年は昭和二年にあたる。

本作の書き出しは、〈わたしの父には気にいりの箴言《しんげん》があった〉という一節である。チャタム校の校長だった主人公の父アーサーは、始業式のあいさつでジョン・ミルトンの『失楽園』から「行いに気をつけよ」「なぜなら、罪はおのずと報いを受ける」という言葉を引用して語っていたのである。語り手のヘンリーは、〈それがいかに当たらぬ警句であったか、その裏腹をいかにわたしが痛感していたか、父はのちに思いみることもなかったろう〉と述べている。すなわち、報いを受けなかった罪があるということを暗示している。回想形式をとる物語の特徴は、すべて起きてしまった過去を語っているということだ。あたりまえといえばあたりまえだが、これは、もう取りかえしようのない出来事がそこにあったということを強調している。〈フィルム・ノワール〉という映画のジャンルの多くは、この回想形式をとっている。

そして、一九二六年八月の午後、チャタムの会衆派教会ちかくにあるバス停に、ひとりの気品ある美しい女性が降りたったのだ。チャタム校へ赴任してきた美術教師、エリザベス・ロックブリッジ・チャニング。すべてはここからはじまった。作者は、ひとつの場面を時の流れがとまったかのようにゆっくりと描き、しかもこれから起こる悲劇を予感させるような思わせぶりの言葉が随所におかれている。フラッシュバックではなく、過去をたどる回想のなかに、フラッシュフォワードを入れており、そのいくつもの思わせぶりが伏線として大きな効果をあげているのである。

その背景となっているのが、チャタムの町の風景だ。たとえば、第二章でこんな描写がある。

〈海沿いの道は目ぬき通りからじょじょに昇り、右手にカーブしながら、海に切りたつ断崖へとつづく。崖のてっぺんには古い灯台があり、白いのろを塗った大きな碇《いかり》がふたつ、その足元を飾っている〉

アーサーが運転する車で町に着いたミス・チャニングを乗せてヘンリーの家まで向かう場面だ。もしくは、チャニングが住むことになるコテージは、次のように描かれている。

〈ミルフォード・コテージは猛々しい濃緑《こみどり》と、家の裏手に寄せる暗い池の水におびえて、縮こまっているかに見えた。水の面は暗く動かず、その底知れない濁った淵は、まるで心

臓にあいた大きな穴のようだった〉

エドワード・ホッパーが絵筆で描いたチャタムの彩り豊かな風景とそこに映しだされる心象を、クックは言葉で紡ぎだしたのだ。海辺の砂丘、崖の上にたつ灯台、青い空と草原の大地、そして不吉な雰囲気をたたえる黒い池。肖像画や古い写真によって記憶がよみがえる場面も少なくない。

また、主人公ヘンリーが校長の息子で、事件当時は十五歳の少年だったこと、家には同じ年ごろの少女サラがメイドとして住み込んでいたこと、そして男性教師リードが戦争帰りであることなども物語の重要な要素となっている。校長の息子がクラスメイトの誰からも敬遠されてしまうことは想像に難くない。思いだしたのは、〈ジミー・ペレス警部〉シリーズや最新邦訳『哀惜』（ハヤカワ・ミステリ文庫）などで知られる英国ミステリの巨匠アン・クリーヴスがインタビューで語っていた話だ。クリーヴスは、父親が小学校の校長だったことから、友だちをつくるのがむずかしく、読書ばかりをしている孤独な少女だったと述べていた。本作のヘンリーはメイドのサラをのぞけば、友人らしい同世代の少年少女が見あたらない。物語のはじめのほうで、この村は自分にとって監獄だったと語っている。ヘンリーは孤独なさびしい少年で、チャタムから逃げ出したいと願っていたのである。

もうひとつ、ヘンリーは、ことあるごとに父の思い出を語っているが、同時に、父であること、すなわち父性についてのこだわりも抱いているようだ。これは、本作にかぎったことではなく、作者にとっての重要なテーマである。クックにFatherhoodという短篇があり、収録した短篇集の題名にもなっている。「父親の重荷」の邦題で《ミステリマガジン》一九九八年七月号に掲載された(同作は、オットー・ペンズラー編『復讐の殺人』ハヤカワ・ミステリ文庫にも収録)。チャニングの父親が旅行作家で幼い彼女を連れて世界を旅したという話は、なにかヘンリーと父の関係と対照的に思えたものだ。

そのエリザベス・ロックブリッジ・チャニングは、気品のある若く美しい女性として描かれている。さきに回想形式は〈フィルム・ノワール〉で多くみられると述べたが、いわゆるファム・ファタル、その美貌と魅力で男を夢中にさせ、すべてを破滅にいざなう魔性の女が登場するのもこのジャンルの特徴だ。チャニングは、典型的な悪女ではないが、運命の女であることには間違いない。また、物語の核心に言及しなくてはならないため、ぼかした形で指摘すれば、たとえば第十九章でヘンリーの母親が裁判所から帰ったあと、低く吐き捨てるように言った言葉はとても強烈だ。すでに第五章のはじめに同じフレーズが出てきており、現在の感覚ではあまりに厳しく思われる。しかし、それがニューイングランド地方という宗教色が強い田舎町における当時の倫理観だったのだ。なにより本作に、ナサニエル・ホーソーン『緋文字』や「セイラムの魔女裁判」の実話がどこか透けて見えることだけは指摘しておくべきだろう。セイラムもまたマサチューセッツ州の海沿いの町で、『緋文字』の舞台もニューイングランドだ。邦題を『緋色の記憶』と決めたのも、うなずける。

ここで著者の経歴をすこしくわしく紹介しておこう。トマス・H・クックは、一九四七年にアラバマ州フォート・ペインで生まれた。ジョージア州立大学を卒業後、一九七二年にニューヨーク市立大学ハンター校でアメリカ史の修士号を、一九七六年にコロンビア大学で博士号を取得した。デカルブ郡のコミュニティ・カレッジで英語と歴史を教えていたり、〈アトランタ〉誌の編集者をつとめていたりした。小説をはじめて書いたのは大学院在学中だった。それが一九八〇年に発表した『鹿の死んだ夜』である。ニューヨーク市警の殺人課刑事リアダンが動物園の鹿殺しからはじまる殺人事件を捜査していく物語。これは一九八一年にアメリカ探偵作家クラブ（MWA）によるエドガー賞ペーパーバック部門の候補となった。以来、作家として小説を書きはじめた。小説を読むようになったのは、大学生のときフォークナー『八月の光』を手にしてからで、学校で創作を学んだことはないという。

第二作 *The Orchids* は、南米の小国に逃れたナチス・ドイツの残党である老人二人をめぐる物語だ。第三作『神の街の殺人』は、敬虔なモルモン教の町ソルトレーク・シティを舞台に、ニューヨークから流れ着きこの町で刑事となった中年男が事件を追う。第四作 *Elena* は、一九二〇年代にその文学的才能を開花させた伝説の作家エレナの伝記が発表されたが、エレナの兄だけはその本に書かれていない真実を知っていた、という話である。

クックの初期作品における大きな変化は、第五作からシリーズものを書きはじめたことだ。南部の都市アトランタを舞台に、警官フランク・クレモンズを主人公とした『だれも知らない女』を一九八八年に発表した。なんでも友人だった編集者のオットー・ペンズラーからすすめられてシリーズものに挑戦してみたようだ。主人公のクレモンズはアトランタ警察を辞めて、第二作『過去を失くした女』、第三作『夜訪ねてきた女』ではニューヨークの私立探偵として活躍する。『だれも知らない女』は、一九八九年のエドガー賞長篇部門の候補となった。だが、いくつかのインタビューでは、作者本人はこうした定型的な探偵小説を書くことが苦手で、書くのがつらくていやになった、とまで述べている。

クックにとり、重要な転機となった小説は、『死の記憶』である。日本で〈記憶四部作〉（後に刊行された『沼地の記憶』と合わせて〈記憶五部作〉と呼ばれることもある）

と呼ばれた一連のクック作品で、原書発表順としては最初のものだ。三十五年まえに家族が崩壊した事件をたどる物語。主人公の回想により、隠されていた過去が暴かれていくという、独自のスタイルをクックはものにしたのである。次の『夏草の記憶』は、一九六〇年代にアラバマ州の小さな町で起きた事件をたどっていく物語だ。時代と場所から言って、作者自身の子供時代と重なっているにちがいない。そして、この記憶シリーズの白眉ともいえる本作『緋色の記憶』が一九九六年に発表され、みごと一九九七年のエドガー賞最優秀長篇賞を受賞した。邦訳は一九九八年。その年の「週刊文春ミステリーベスト10」海外部門で第一位、「このミステリーがすごい!」で海外編第二位を獲得するなど、高い支持を得た。その後、原書の刊行順とは前後する形で、『死の記憶』『夏草の記憶』も一九九九年に邦訳され、こちらも各種ランキングで上位にあがり、トマス・H・クックの日本における人気を不動のものとしたのだ。

その後、犯罪小説作家が五十年前の少女殺害事件の謎を解くように依頼される物語『夜の記憶』、一九三〇年代アメリカの東海岸メイン州にある小さな田舎町でくらす兄弟を描いた『心の砕ける音』、一九五〇年代のニューヨークを舞台に、公園で少女が殺された事件をめぐるタイムリミット・サスペンス『闇に問いかける男』など、作品ごとに時代や場所、テーマや手法を変えながら、円熟味を増していった。多くの書評家から支持され、ミステリ界の評価も高く、『緋色の迷宮』は、アンソニー賞、CWA賞、エドガー賞のそれぞれ最優秀長篇賞にノミネートされた。これは、近所に住む少女が失踪した事件に息子がかかわっているのではないかと疑念を抱く父親が語り手となっている。まさに父と子をめぐるミステリだ。デビュー作から一貫して事件や過去にまつわる暗い場所をめぐり、人や家族の抱える闇を追う作家だったが、近年は、よりその文学的な趣きが増しているように感じられる。

また、クックはノンフィクションを二作書いており、『七つの丘のある街』と*Blood Echoes*で、後者は一九九三年のエドガー賞最優秀犯罪実話賞にノミネートされた。それら二作以外にも、ライオネル・ダーマー『息子ジェフリー・ダーマーとの日々』は、クックの序文が掲載されているが、じつは中身もゴーストライターとしてクック自身が執筆したと明かしている。こうした犯罪ノンフィクションの仕事が創作に影響を与えたのは間違いない。

目下の最新作もまたノンフィクションである。*Even Darkness Sings*（2017 別題 *Tragic Shores: A Memoir of Dark Travel*）。クックは、いわゆる〈ダーク・ツーリズム〉、悲惨な事件や事故があった場所を訪ねる旅についてのノンフィクションを英国の出版社から依頼され、アウシュビッツ、ハワイのモロカイ島にあるハンセン病療養所、広島の爆心地といった場所を妻や娘とともにめぐっていった。その取材のため二〇〇九年十一月に来日したときのインタビューが《ミステリマガジン》二〇一〇年二月号に「トマス・H・クック、創作について語る」として掲載されており、「これから沖縄や富士の樹海に行きます」と語っている。

そういえば、『キャサリン・カーの終わりなき旅』（ハヤカワ・ミステリ）の主人公は、もともと失踪事件が起きた場所を訪ね歩く旅行作家だった。そして、『ジュリアン・ウェルズの葬られた秘密』（ハヤカワ・ミステリ）は、ニューヨーク在住の文芸評論家が主人公ながら、彼の幼なじみのジュリアン・ウェルズが自殺したことから世界各地で弔いの旅に出るという展開で、ジュリアンは、ダーク・ツーリズム作家だったのだ。これらにはクック自身の旅行体験が反映していたのだろう。

また、このインタビューにおける創作についての話で興味深いのは、「『夏草の記憶』を執筆中に、ある登場人物の秘密がわかって驚いたことがあります（笑）」と語っていることだ。『死の記憶』の犯人は最初の予定とは違った、とも述べている。クックは、最初からきっちりとプロットをたてずに作品を書き、下書きをしたことがないという。こうした創作法は、単なるゲームの駒のように人物を動かし、どんでん返しパズルとして構築するのではなく、他人に言えない過去をもち、哀しみを抱える血のかよった人間として登場人物を描くことにつながっているのだ。そのほか『沼地の記憶』巻末にもクックのインタビューが収録されており、興味のある方は、ご覧いただきたい。

本作『緋色の記憶』ではじめてトマス・H・クック作品に触れ、感銘を受けた方は、ぜひともほかの小説も手にしてほしい。

トマス・H・クック　著作リスト

〈小説〉

1 *Blood Innocents*（1980）『鹿の死んだ夜』染田屋茂訳（文春文庫）
2 *The Orchids*（1982）
3 *Tabernacle*（1983）『神の街の殺人』村松潔訳（文春文庫）
4 *Elena*（1986）
5 *Sacrificial Ground*（1988）『だれも知らない女』丸本聰明訳（文春文庫）
6 *Flesh and Blood*（1989）『過去を失くした女』染田屋茂訳（文春文庫）
7 *Streets of Fire*（1989）『熱い街で死んだ少女』田中靖訳（文春文庫）
8 *Night Secrets*（1990）『夜訪ねてきた女』染田屋茂訳（文春文庫）
9 *The City When It Rains*（1991）
10 *Evidence of Blood*（1991）『闇をつかむ男』佐藤和彦訳（文春文庫）

11 *Mortal Memory*（1993）『死の記憶』佐藤和彦訳（文春文庫）
12 *Breakheart Hill*（1995）『夏草の記憶』芹澤恵訳（文春文庫）
13 *The Chatham School Affair*（1996）『緋色の記憶』鴻巣友季子訳（文春文庫）※本書
14 *Instruments of Night*（1998）『夜の記憶』村松潔訳（文春文庫）
15 *Places in the Dark*（2000）『心の砕ける音』村松潔訳（文春文庫）
16 *The Interrogation*（2002）『闇に問いかける男』村松潔訳（文春文庫）
17 *Peril*（2004）『孤独な鳥がうたうとき』村松潔訳（文藝春秋）
18 *Into the Web*（2004）『蜘蛛の巣のなかへ』村松潔訳（文春文庫）
19 *Red Leaves*（2005）『緋色の迷宮』村松潔訳（文春文庫）
20 *The Murmur of Stones*（2006 改題 *The Cloud of Unknowing*）『石のささやき』村松潔訳（文春文庫）
21 *Master of the Delta*（2008）『沼地の記憶』村松潔訳（文春文庫）
22 *The Fate of Katherine Carr*（2009）『キャサリン・カーの終わりなき旅』駒月雅子訳（ハヤカワ・ミステリ）
23 *The Last Talk with Lola Faye*（2010）『ローラ・フェイとの最後の会話』村松潔訳（ハヤカワ・ミステリ文庫）

24 *The Quest for Anna Klein*（2011）
25 *The Crime of Julian Wells*（2012）『ジュリアン・ウェルズの葬られた秘密』駒月雅子訳（ハヤカワ・ミステリ）
26 *Sandrine's Case*（2013）『サンドリーヌ裁判』村松潔訳（ハヤカワ・ミステリ）
27 *Fatherhood and Other Stories*（2013）短篇集
28 *A Dancer in the Dust*（2015）

ノヴェライゼーション

Taken（2002）『テイクン（上・下）』富永和子訳（竹書房文庫）

ラリー・キングとの共作

Moon Over Manhattan（2003）

〈ノンフィクション〉

1 *Early Graves*（1990）『七つの丘のある街』佐藤和彦訳（原書房）
2 *Blood Echoes*（1992）

3　*Tragic Shores: A Memoir of Travel to the Darkest Places on Earth*（2017 改題 *Even Darkness Sings: From Auschwitz to Hiroshima: Finding Hope and Optimism in the Saddest Places on Earth*）

〈アンソロジー編者〉

The Best American Crime Reporting（2008）ジョナサン・ケラーマン、オットー・ペンズラーとの共著

本書は、一九九八年三月に文春文庫より
刊行された『緋色の記憶』の新版です。

訳者略歴　英米文学翻訳家・文芸評論家　訳書『昏き目の暗殺者』『誓願』アトウッド，『恥辱』『遅い男』『イエスの幼子時代』『イエスの学校時代』クッツェー（以上早川書房刊），『獄中シェイクスピア劇団』『ペネロピアド』アトウッド他多数　著書『文学は予言する』他多数

HM=Hayakawa Mystery
SF=Science Fiction
JA=Japanese Author
NV=Novel
NF=Nonfiction
FT=Fantasy

緋色《ひいろ》の記憶《きおく》
〔新版〕

〈HM㊺-2〉

二〇二三年四月　二十日　印刷
二〇二三年四月二十五日　発行
（定価はカバーに表示してあります）

著者　トマス・H・クック
訳者　鴻《こうの》巣《す》友《ゆ》季《き》子《こ》
発行者　早川浩
発行所　株式会社　早川書房
郵便番号　一〇一 - 〇〇四六
東京都千代田区神田多町二ノ二
電話　〇三 - 三二五二 - 三一一一
振替　〇〇一六〇 - 三 - 四七七九九
https://www.hayakawa-online.co.jp

乱丁・落丁本は小社制作部宛お送り下さい。
送料小社負担にてお取りかえいたします。

印刷・信毎書籍印刷株式会社　製本・株式会社明光社
Printed and bound in Japan
ISBN978-4-15-179952-5 C0197

本書は活字が大きく読みやすい〈トールサイズ〉です。